相约防城港

东西 / / / 主编

Meet at Fangchenggang

漓江出版社
·桂林·

图书在版编目（CIP）数据

相约防城港 / 东西主编 . -- 桂林：漓江出版社，2024. 11. -- ISBN 978-7-5801-0101-3

Ⅰ. I267

中国国家版本馆 CIP 数据核字第 2024MM5085 号

相约防城港

XIANGYUE FANGCHENGGANG

主　　编　东　西

出 版 人　梁　志
策划编辑　何　伟　黄　圆
责任编辑　吴　桦
助理编辑　兰昕悦
封面设计　石绍康
版式设计　曾　意
责任监印　杨　东

出版发行　漓江出版社有限公司
社　　址　广西桂林市南环路 22 号
邮　　编　541002
发行电话　010-85891290　0773-2582200
邮购热线　0773-2582200
网　　址　www.lijiangbooks.com
微信公众号　lijiangpress

印　　制　广西民族印刷包装集团有限公司
开　　本　740 mm × 1340 mm　1/24
印　　张　12.25
字　　数　283 千字
版　　次　2024 年 11 月第 1 版
印　　次　2024 年 11 月第 1 次印刷
书　　号　ISBN 978-7-5801-0101-3
定　　价　68.00 元

目录

〈 第一辑　山海风声

〈 第二辑　印象防城港

〈 第三辑 边关漫步

〈 第四辑　琴韵悠扬

第一辑　山海风声

古渔村的晚餐

乔 叶

作为一个中原女子，大约是从小难得见海的缘故，一到海边就忍不住欢喜。每到有海的地方，我必要到海边走一走，看一看。

这个5月，我来到了位于北部湾的广西防城港，这里毗邻着南海。防城港1993年方才被设立为地级市，就这个层面来说，还属于很年轻的海边新城。新城果然处处都是“新”。我们此行日程的第一站是去参观具有城市会客厅性质的“城市之窗”，第二站是去参观国际医学开放试验区，从这些地方都能真切地感受到这种新。而相较于朝气蓬勃的城区，让我印象特别深刻的是在簕山古渔村吃的一顿晚餐。

村庄我去过很多，渔村却来得极少，尤其是簕山这样特别的古渔村。这村庄在防城港赫赫有名——2014年被农业部、国家旅游局认定为全国休闲农业与乡村旅游示范点，先后入选广西第一批传统村落名录，第三批全国特色景观旅游名镇名村示范名单，第四批广西民族特色村寨名单……在我的想象中，拥有这么多闪亮头衔，这渔村应该是商业气息很重的，可到了地方才发现，它出乎意料的朴素——几乎感觉不到眼下诸多旅游区常见的设置，也没有什么灯红酒绿，很是安静、恬淡。

主办方的工作风格也让我们极度舒适。下了车，工作人员招呼众人言简意赅地说了几句，便让大家自由活动，想看什么就自己看去。问到什么时间在什么地方吃饭，他遥遥一指：就在那家，到了钟点就去集合呀。

我便和一位姐姐结伴闲逛，先是在周边溜达了一圈，到了一片宽展之地，听人说是观潮广场，又见到有一高台，听说是邀月台，台上立着一尊李白塑像，这自是取“举杯邀明月”之意。就李白是否来过这里的问题，我俩悄悄议论了一番，末了得出结论：不管李白是否来过，天下明月始终是同一轮，把他的塑像立在这里总是没错的。周边有矮矮的围栏，上面刻着些诗句，题材大多严肃庄重。因此看到有洒脱气质的句子，我还颇为惊喜，如宋朝陈俊卿《示二子》的“兴来文字三杯酒，老去生涯万卷书”，还有朱熹《德兴县叶元恺家题》的“葱汤麦饭两相宜，葱暖丹田麦疗饥”。

我们早早便来到了吃饭的地方。这里一看就是农家乐，立着偌大的招牌，供应的主要是粉和面两类。粉类有海鲜粉、鲜肉老友粉、海鲜老友粉、猪杂老友粉、牛腩粉、鱿鱼粉、生蚝粉、猪杂粉、海鲜炒粉、鲜肉炒粉、蛋炒粉……面类则少一些，主要是海鲜伊面、瘦肉伊面、生蚝伊面、老友伊面这几样。我好奇的是“老友”的名头，比如海鲜粉和海鲜老友粉，多了个“老友”，到底有什么差别？询问了一圈，基本都说是调味的区别，说“老友”的汤料香浓、酸辣可口。网上还有人给了一条很有趣的定义：“老友粉是没有阶层分化的小吃代表，非常具有民生气质。”好吧，我好像有那么一点点儿懂了。

旁边小超市的门口还立有更具民生气质的牌子：电动车出租，电动车充电。另一块牌子才是有趣：洗脚冲水2元/人次。显而易见，这做的都是游客生意。一是冲着岸上的游客，游客兴致来了会骑电动车沿着海边兜兜风。二是冲着赶海的游客，玩耍过后，被海水浸泡过的双脚咸湿黏腻，可不是需要冲洗一下？至于最吸引游客的景观，本地朋友说是看大潮。

“初一十五睇大潮！”他们喊。

这大潮，他们称之为“天文大潮”。“天文”一词用得妙，以我个人的歪解，既可用来做名词，指天时，也可用来做形容词，指巨大，类似于“天文数字”中“天文”的含义。看潮的最佳时节是8月，这里会举办观潮节。而据行家说，形成大潮的必要条件起码得有两个：一是要有4级以上的西南风，二是最高潮位要有4米半以上。

我们来得不巧，此行观不到大潮，但能在这个黄昏，面朝着大海，安坐于习习海风和声声海浪中等待晚餐，也有着别样的可心、惬意。朋友们陆续坐定，东拉西扯地聊着，偶尔也静默地看着远处各种各样的渔船。其中有一种船看起来特别高，横挂着一条一条的带状物。当地朋友告诉我们，那些都是灯，等晚上灯亮起来，就能把喜光的鱼吸引过去。

又聊起了疍家人。在防城港，不时会听到人们讲起疍家人的故事。之前还去参观过港口区侨史馆，主角也是疍家人。疍家人以船为家、以渔为生，在生活生产上自成一体。海就是他们的土地，因此他们日常劳作就叫“耕海牧渔”。经年累月，形成了独特的疍家文化。据说这里每年都有疍家民俗表演，有拜社、祭海、织渔网、起航升帆、晒鱼、渔家

◎簕山古渔村　凌英朝/摄

婚俗等仪式和内容。他们的歌谣叫咸水歌，一听就知道这是海水味道的歌。我在手机上找了几首，果然都有海味，如女儿要出嫁，感叹："大碗装虾跳出碗外，我爹养大女嫁出门外"，哥哥回来给妹妹送亲的感叹是："没有竹竿拦大海，妹姑成龙长智哥回来"。

闲话之时，一道道美味也上了桌。很多菜我都觉得眼生，便一边大快朵颐一边听本地朋友介绍。沙虫、文蛤、牡蛎……都好吃。突然看到了很熟悉的菜，我连忙抢答说这是回锅肉。某兄一本正经地补充，这猪肉不是一般的猪肉，是海猪肉，这里的猪会在海里游泳。我简直都要信了，惊讶地看他。直待大家哄堂大笑，我才知道他是在逗我这外客。

一时饭毕，口有余香，唇齿间似乎留有难以言喻的鲜美，尤其是那点儿盐味。盐，当然是咸的，却也隐隐有着一种独特的甘甜。这应该是海盐的味道吧？靠海吃海，这咸可不就是海盐的咸？

前些年为了写一部关于厨师的小说，我听过几位烹饪大师聊秘辛。其中有一位谈及盐的地位，说盐在调料中的重要性无可比拟，被称为百味之母、百味之首、百味之王。我当时听得心有戚戚焉，想起曾听一位历经世事的老太太如此说盐："人活一辈子，嘴要吃饭，心也要吃饭。这两样饭都不是吃饱就算。嘴里的饭得有盐，人才能有劲儿；心里的饭也得有盐，才能活得有滋味儿。"

"心里的饭也得有盐"，这是老太太的口语，用书面语来解，那就是精神的盐。有滋味儿的生命，是需要这么一点儿盐的。有了这点儿盐，人才真正地活着。人生的滋味，就是从这一点儿盐开始的。每个人都是这样，虽然含盐量自有分别，但世间所有人的人生汇在一起，也许就是面前的大海吧。这无边无垠的大海，每滴海水里都有盐，都有着盐的咸。这咸是汗水的咸，是泪水的咸。一代一代人，潮起潮落中，这海盐以百味之母的容量收纳凝集着万千况味。这是无数人想把日子过好的人生，想把日子过得值得的人生，也是让我觉得无比亲爱、心疼和敬畏的人生啊。

乔叶／WRITER

北京老舍文学院专业作家，北京作协副主席。出版有小说《宝水》《最慢的是活着》《认罪书》《藏珠记》及散文集《深夜醒来》《走神》等多部作品。曾获茅盾文学奖、鲁迅文学奖、人民文学奖、“中国好书”奖、北京市文学艺术奖、“十月文学奖”、春风悦读榜“春风女性奖”等多个奖项，多部作品被译介到俄罗斯、西班牙、意大利等国家。

美丽的防城港

宗仁发

初听到“防城港”几个字，耳畔响起的是《鼓浪屿之波》那深情的旋律——“我渴望，我渴望，快快见到你，美丽的基隆港”。大约是1993年，我和东西、田瑛、林宋瑜一起到钦州时，绕道去中越边境的东兴游玩了一天。虽然没到防城港市区，但东兴现在归防城港管辖，那这就算是我第一次到防城港吧。20多年后，终于有机会专程到防城港采风，对这座曾只掀开一角的城市，我的好奇心又被撩拨了起来。

清光绪十四年（1888年）钦州升为直隶州时，设立了防城县。防城县古称“闲寨”，据考证，宋开宝五年（972年），当地人为防御外来袭扰（据民国《防城县志》载，是为“防御交趾寇”），以木为栅、筑土为城，名为“防城”，防城县得名于此。1968年因援越抗美之需，这里建了战备港口，1972年港口启用时，时人称之为防城港。待到后来1993年设立地级防城港市时，就沿用了港口的名字。

对于带“防”字的地名，我最先想到的是越南的海防市，它是仅次于胡志明市、河内市的越南第三大城市，拥有越南北方最大的港口。1995年，我随中国作家代表团访问越南时，因为代表团的翻译——中国国际广播电台的华侨老梁家在海防，我们陪着他去城里看望了他的老父亲。当年，阮氏王朝将这里作为军事要地和海上门户，于1870年设立“海进防守”的边防站，海防市因而得其名。

吉林的珲春有个特别著名的地方，名字也带“防”字，那就是位于中俄朝边境的“一眼望三国”的小村子——防川。这里距离图们江入海口只有15公里，但由于1860年沙俄胁迫清朝政府签订了《中俄北京条约》之后，中国在丧失了黑龙江以北、外兴安岭以南、乌苏里江以东包括库页岛在内的约40万平方公里土地的同时，也截断了图们江的出海口，进而使吉林成为离海最近却没有海域的内陆省份，用《清史稿》上的话说是“遂无复有江口入海为吉辖境者”。

一座城市给人们留下什么印象，一定要看它拥有哪些让人难以忘怀的元素。发思古之幽情的前提最好是睹物思情、浮想联翩。历数防城港的地上文物，一定要提到立于东兴的大清国一号界碑——“大清国钦州界”，碑上刻着“光绪拾陆年贰月立”“知州事李受彤书”等字样。当时的东兴属钦州管辖，钦州属广东管辖。李受彤于光绪十二年（1886年）任钦州知事，两年后钦州升格，改为直隶州，李受彤也提升为知州。1885年6月清政府与法国签订《中法新约》后，结束了宋代以来越南的藩属关系，就有了怎么确定中越边界的问题。据《清史稿》记载，光绪十二年（1886年），朝廷派负责外交事务的邓承修“即赴钦州之东兴与狄隆议勘东界”。邓承修与法国的狄隆“辩论不洽”，张之洞又“派道员王之春、李兴锐亦与会议”，“议界将及一年”，双方还是谈不拢。因“狄隆与邓承修议界久不决”，朝廷就把邓撤回北京，按狄隆提出的边界与商务混合在一起的方式，交由商务方面再谈。到了光绪十五年（1889年），“十月，定界委员李受彤与法官勘东兴一带河界”，这期间法国人为了多占点便宜，还搞了许多小把戏，被李受彤向朝廷一一汇报揭穿。按东兴竹山村刻写的介绍碑上所说：“李受彤与法国代表拉巴第签订《广东越南第一图界约》，约定以沿江沿海为界，将法国企图吞占的白龙尾、江平一带划归中国，再由竹山沿北仑河直上至峒中，河之东北方为中国国界，河之西南方系越南国界，两方各立界碑。是年，1—10号界碑立好。”“防城港市辖区内中越边界线上，以立于北仑河出海口竹山村的界碑为1号界碑，溯北仑河而上，至峒中北岗隘，共竖立着33块这样的界碑，东兴市内共有8块。”至于11—33号界碑立好的时间，介绍碑上的文字说是1—10号碑立好的三年后。按《清史稿》上的记载，到了光绪二十年（1894 年），为解决未定的勘界问题，“三月，与法会勘钦、越界”，“粤督李瀚章派李受彤与会勘”，李受彤据理力争，最终达成后面的约定。这样推算下来，11—33 号界碑应是在 1894 年立好的。为什么将大清国一号界碑立于这里呢？是因为中国的陆地边界从中朝边界的鸭绿江口到中越边界的北仑河口总长度约 22 000 公里，东兴竹山村既是中国陆地边防线的终点，同时也是中国几万里海岸线的起点。

我们一行到此参观时，正赶上阴雨天气。大家举着雨伞，在竹山村的海岸与河口处眺望徘徊。历史的行进有时如大海的惊涛拍岸，有时也会像江河的静水深流。像李受彤这样的历史人物，他的生卒年月都没有留下来，留下来的是他书写在大清国一号界碑上的“大清国钦州界”六个遒劲有力的大字，字里行间似乎还隐含着他对时局无能为力的愤懑与压抑。

除东兴市外，防城港市所辖的还有上思县，上思县位于十万大山北麓。按说，我来广西已经数不清楚有多少次了，“十万大山”这几个字以前也听说过，却一直误以为是对当地诸山的统称，这一回才知道它是一座山脉的名称。这里的“十万”与数量的十万没有太大的关系，“十万”是壮语方言“适伐”的记音，意译的话是“顶天”的意思，“十万大山”可以理解为“顶天大山”。十万大山不算大，山脉呈东北—西南走向，西南伸入越南。长 100 多公里，宽 30 ～ 40 公里，总面积有 2600 平方公里。山也不高，海拔大多为 700 ～ 1000 米。主峰莳良岭海拔为 1462 米，是桂南的最高点，也是广西西南部的重要气候分界线。1995 年设立的上思县的十万大山森林公园占地面积 2037 公顷，与一般森林公园不同的是，这里的水源林占总面积的 65%。水源林的生态作用可不简单，在年降水量超过 2200 毫米的地方，它能够滞洪，也能蓄洪。下大雨时，它能让雨水减少坡面径流，增加地下径流。这样既能够避免洪灾泛滥和山体滑坡，又可以在枯水时释放出地下水，补给水源，以免河流干涸。十万大山里随处可见奇妙的自然景观，截至 2021 年，林区内已知

◎防城港码头全景　梁宗阳/摄

有维管束植物 3017 种，陆生脊椎动物 504 种。在这个森林公园里，游人可以看到国家重点保护植物，如金花茶和罗汉松等。

在广西北仑河口国家级自然保护区里，有一个面积广阔的红树林生态保护系统。我对红树林的最初印象来自莫言的一部长篇小说《红树林》，那部小说发表于 1999 年。小说情节有些繁复，有爱情故事、官场故事、侦破故事等，莫言选择把各种故事发生的环境都设置在海边的红树林里。选择红树林作名字，也是为了和他的《透明的红萝卜》《红高粱》连接为红色序列。不过，红树林的红色是隐藏在内里的，外表看上去和别的树木一样都是绿色的。红树林是生长在热带、亚热带海岸潮间带，以红树植物为主体的木本植物群落，并不是指某一种树，其中有真红树、半红树等。真红树、半红树也不是一种树，而是一类树的称谓。这些红树不管是生长在海水里，还是海水与陆地两生，它们的树干里都含有一种丹宁酸，树皮裂开的地方与空气接触后就会氧化为红色。前几年国家有过统计，全国已纳入生态保护的红树林群落面积占中国红树林总面积的一半以上。截至 2024 年，广西北仑河口国家级自然保护区总面积 3000 公顷，有林面积 1012.25 公顷，共有红树植物 18 种，其中真红树植物 11 种，半红树植物 7 种。在保护区的珍珠湾辖区内生长着全国面积最大的海湾红树林和连片面积最大的木榄纯林，北仑河口区域生长着全国面积最大的爵床科直立灌木老鼠簕群落。红树林还是各种底栖动物、鱼类、鸟类的天堂。

按照采风行程的安排，我们来到北仑河口的石角村看红树林。可惜天公不作美，下了车，雨越下越大，想进入红树林里一探究竟的念头，只能改成“望雨兴叹”了。我站在海边的长廊里，看着一望无际的红树林，心想再来防城港一定要进入红树林保护区的深处好好看看，甚至想到红树林里去寻觅一种比恐龙还古老的蓝血动物——鲎。

大巴车在雨中行进，雨过天晴时，我们已来到了防城港著名的白浪滩。奇特的是这里的沙滩与夏威夷、三亚、北海的白沙滩不同，这里是少见的黑沙滩。这种沙子富含钛，钛与皮肤分泌的酸性物质发生反应后有美白功效，休闲的时候可以在沙滩上做个免费的美容浴。白浪滩足足有5.5公里长，不愿意扎堆的游人，想找一个享受孤独的地方也是容易做到的。

晚霞降临海面时，我们一行人来到了一个海边小渔村改造的涂海艺术村，顾名思义，这里是当地的一群艺术家们“玩”的地方。过去渔民们住的石屋，外面看上去已被海水侵蚀得斑斑驳驳了，但里面却不亚于四星级酒店的水准，而且格调不俗。画家到这里来写写生，摄影家到这里来拍拍景，也可以什么都不干，到这里来发发呆。当然，愿意动的人还可以跟随渔民出海捕捕鱼。

看来防城港的好地方真是太多了，下次来得多待上几天才行。

宗仁发 / WRITER

《作家》杂志主编、编审。中国作协散文委员会委员、青年工作委员会委员、中国诗歌学会常务理事。编发的小说3次获鲁迅文学奖，1次获茅盾文学奖。主编的《作家》杂志获第三届中国出版政府奖期刊奖，个人获第三届中国出版政府奖优秀人物奖。2021年获“致敬·资深文学编辑奖”。著有文学评论集《寻找“希望的言语”》、随笔集《思想与拉链》及诗集《追踪夸父》等。

防城港的颜色

谢有顺

朋友从防城港来，带来了他珍藏的六堡茶——三鹤07123八角饼。这放了近20年的陈茶，用鼎湖山泉泡出来，浓醇甘润，还带一点木香。朋友说，真正的老茶是不用炭烤的，炭烤茶喝了上火。茶用炭烤是近年来流行的方法，但只有自然发酵的茶才温润耐泡。六堡茶并不产自防城港，朋友是梧州苍梧县六堡镇人，在防城港工作，喜欢茶，只要来广州，总要找我喝几道茶，说半天闲话。他说六堡茶的槟榔香是烟香味，我说更像是参香味，后来我们达成默契，觉得所谓的陈年味，其实就是老木香。

我喜欢走茶山，了解各地做茶的方式。多数地方的茶叶杀青都用热锅炒制，也有用槽式、滚筒式的。我在六堡镇却看过更古老的杀青方式：茶农用开水将刚采下的茶芽烫几分钟，捞出后用手搓或用脚踩，待茶叶卷缩后，再用火焙干。六堡茶杀青还会用蒸青工艺。一般的茶，如果用蒸青，水分太多，涩味就重，但六堡茶杀青后还要揉捻、堆闷，涩味就不那么明显了。

其实陆羽时代的茶叶加工，就说“晴，采之，蒸之、捣之、焙之、穿之、封之，茶之干矣”。那时的人很少喝绿茶那种鲜叶茶，也很少有像红茶那样的全发酵茶，而多是蒸青、捣烂（揉捻）、压制成饼后烘干的茶叶。茶饼用竹篾穿孔悬挂起来，储存方便，放上几年，待发酵变化之后，茶的滋味会更悠长。普洱茶、六堡茶都是这个类型的茶。

蒸青的茶，最不伤胃。六堡茶近年风行，和它能涵养胃气、调理肠胃的特性大有关系，毕竟多数中国人相信

◎涂海艺术村　黄忠秋/摄

"寒凉伤元"，而六堡茶味甘性平，听说还能消脂、降血糖，防止酒精引起的肝损伤，至少我的广西朋友们，几乎都改喝这茶了。

我还在六堡镇喝过"茶粥"。

古人烹茶，经常会加入芝麻、瓜仁、盐巴等佐料，让茶香与美食相结合，也称茶膳。茶膳中有茶菜、茶点、茶汤。淮扬菜中的"龙井虾仁"，就是我极爱的茶菜之一。我印象深的，还有云南基诺族吃的凉拌茶，他们把鲜茶叶揉碎了放到茶罐里，加上黄果叶、大蒜、辣椒、盐巴等，冲入山泉水搅拌，茶香中杂着辛辣之味。

六堡镇的瑶族人家中来了客人，他们先用茶油将茶叶炒香，加水煮成油茶水后，再加入花生、黄豆、葱花、香菜，端上来时就像是一碗粥，可以解渴，也可充饥。那时我就想，古人讲"吃茶"，很可能就是一句双关语。古语的吴越方言，"粥"和"茶"的读音是一样的，早前也有"吴人采茶煮之，曰茗粥"的记载。我读过的《桐君录》里面有"而交广最重，客来先设，乃加以香芼辈"句，"交广"就涵盖了古苍梧地区。

六堡镇离广州并不远，朋友诚邀再到他老家吃"茶粥"去。我说，现在我最想吃的，反而是防城港的海鲜粥呢。还有那里的越南鸡肉粉，看着汤色寡淡，喝上一口，却是鲜香味美，再挤上一些小青柠汁，鸡汤立马有了层次感。防城港的卷粉也令人想念，那薄而柔韧的粉皮，包着木耳碎肉的馅，淋上炸蒜油，还没吃就已口水漫溢，就连旁边那碗蘸汤，也色味俱全。

上次去防城港，不仅吃了这些美食，还吃了沙虫粥，滑嫩可口，真是北部湾一绝。厨师说，煮这碗粥，要先把沙虫放锅里过油，先炸到微焦、出香，然后捞出，放水里泡几分钟，再与大米、瘦肉同锅煮熟，最后佐以葱姜。就着海潮声喝上一碗，再点个篝火，就可直达“陶然无喜亦无忧”的自由境界了。

“而今何事最相宜，宜醉宜游宜睡。”食欲既然被勾起来了，那就走吧。坐上火车，防城港，我又来了。

防城港市地处广西南部沿海地区，以海岸线看，是在中国的最西南端，背山面海。这个边陲明珠，海鲜尤为丰富。有报道说，8 月 16 日休渔期结束。我看过那千船出海的照片，极为壮观。码头上，捕鱼的大船陆续回来了，船上全是生猛海鲜，皮皮虾、麻虾、明虾、黄花鱼、龙利鱼、花蟹、八爪鱼、白鳝、鲈鱼、马鲛鱼、带鱼、鲍鱼、石斑鱼、鱿鱼……应有尽有。

感觉远方的大海都被渔民们搬回来了。

我们到防城港的时候，正是午饭时间，就先去企沙海港市场挑海鲜。市场里鼎沸的人声中夹杂着腥味、咸味，一片烟火气，又像电影画面。想吃什么就买什么，买完就到附近的海鲜大排档加工。生蚝 3 元一个，扇贝 1 元一个，鲍鱼 6 元一只，皮皮虾 15 元一斤，蟹、螺也便宜。点了一大桌菜，大家都春风满面。光皮皮虾，我们就让厨师做了 3 种，清蒸、油炸、爆炒。清蒸的滑嫩多汁，油炸的鲜香酥脆，爆炒的香辣可口。这刚上岸的皮皮虾肉质紧实而有弹性，果然和别处吃的大不相同。

当然，我们没有忘记让店家煮一锅热腾腾的海鲜粥。

坐在大排档的遮阳棚下，远处是深蓝的海，上面泊着许多正蓝的渔船，一眼望去，又是蔚蓝的天空——这抹只属于防城港的蓝，我是再也忘不掉了。

而后去的白浪滩，浪花是白色的，沙粒却泛着黑，赤脚踩在沙滩上，看一排排欢乐的白浪滚滚而来，漫过脚背，在小腿上抚摸，有一种梦幻感。追逐完白浪，再去涂海艺术村时已是傍晚。那些建在海边的矮房子，推窗即可看见石板路，还有肆意生长的榕树，夕阳打在房子石头外墙上，那颜色就是阳光的模样。太阳落下去前，海面上全是金色的碎片。“莫道桑榆晚，为霞尚满天。”霞光射向天空，又反射回海面，真可谓光芒万丈。

我印象中的防城港，是蓝色的、白色的，也是红色的。

接着去簕山古渔村。这里有最美的滩涂、奇特的礁石，还有岗楼、古堡。树林清幽，村民友善，绕村走半小时，神清气爽。晚饭就在渔村的大排档吃，主要是吃蟹。香辣蟹、炒花蟹、清蒸梭子蟹、葱姜炒青蟹、梭子蟹粉丝煲。防城港的海蟹品种实在太多了。远海梭子蟹，即花蟹，它的胸甲表面是密集的花白云纹，螯足为深蓝色，带有白色斑点；红星梭子蟹，即三点蟹，壳呈灰绿色，胸甲下方有圆斑，煮熟后特别红；最多的是拟穴青蟹，即青蟹，胸甲呈三角形，背甲是淡青绿色，海边泥滩上有人养殖，但当地人吃的都是野生的。蟹壳在我们面前堆成了小山。洗完手，意犹未尽，我们又吃了一大盘卷粉。

饭后，我们沿着码头走，海风吹过来，清新而湿润，有海藻的气息。同行的朋友，有人迎着海风唱起了歌，那个年轻的朋友，反复唱那一句，“没关系你也不用给我机会，反正我还有一生可以浪费”，是林宥嘉的《浪费》，像示威似的。是呀，他才二十多岁，所有的随性、率性，顶多只是浪费，却不能说虚度。而我们几个，人到中年，有了暮气，已没什么可浪费，吃个饭，都老念叨着体重和血压，好像这个年龄的人，每做一个决定，都是咬紧牙关的。

终于走累了，在一个路边冷饮店坐下来，朋友向主人要了壶开水，开始泡茶。这次他带的是另一款六堡茶，说是在一个老镇长那里要来的，80 年代的老龙珠。投茶量明显大了，茶汤呈透亮的酱油色，但并不苦，入口绵滑，有药香。朋友说，自从他这些年只喝六堡茶后，身体的各种指标都正常了，接着还哼上了歌，“我就是剩这么一点点倔，称得上，我的优点”，也是《浪费》里的歌词。他边给我们斟茶，边说，大家都吃太饱了，多喝点，这茶消食，解腻。

谢有顺 / WRITER

福建长汀人，现任中山大学中文系教授、博士生导师，兼任中国作家协会文学理论批评委员会副主任、中国小说学会副会长、广东省作家协会副主席等。出版有《文学的常道》《成为小说家》《散文中的心事》《长篇小说的深意》等著作二十几部。曾获冯牧文学奖等。入选中宣部文化名家暨“四个一批”人才，为国家重大人才工程项目人。

写作的又一个福地

李约热

2001年，北漂进入第三个年头，我参与北京某电视台新栏目的策划、拍摄工作。新栏目的主要内容是反映各地爱心人士所做的对社会有益、不图名利的事——一句话，栏目所要呈现的就是：善人善事。

栏目刚刚开启，拍摄的内容主要还是靠各地线人提供线索，如哪个地方哪个人十几年如一日资助失学儿童；哪个地方哪个家庭义务造林十几年；哪个地方哪个人开办特殊学校，靠四处化缘让残疾孩子有饭吃有衣穿；等等。栏目组同人在一起开会，梳理来自天南海北的诸多善人善事的线索，我们心潮澎湃——那些善良的人，他们的义举总是让人赞叹、泪目、提气。新世纪第二个年头，电视台风头正劲，那个时候大家似乎都有使不完的劲，都争着去核实线索真伪，争着到条件最艰苦的地方去采访、拍摄。在栏目组里面，我资历最浅，且只有文字方面的特长，自然担负不起带组拍摄的重任。开会的时候我就在一边听，期望哪一个摄制组抛来橄榄枝，带我一起飞。

好运气还真降临到了我头上。那是因为有一条线索来自广西防城港：防城港市的一个小村庄，是白鹭的天堂——再细一点说，是防城港市的一个小村庄里，一户许姓人家屋后的小树林，是白鹭的天堂。这天堂不是一天建成的，是因为许姓人家多年来一直保护遗失在村边的幼鸟。他们把幼鸟带回家中喂养，鸟通人性，它们知道什么样的地方最安全，渐渐地，越来越多的白鹭来到许姓人家屋后的树林。清早，一群群白鹭飞到海边觅食；傍晚，鹭鸟归来，它们披着晚霞飞行，金澄澄、黄灿灿，成为防城港的一景。因为我是广西人，栏目组把核实线索真伪的任务交给了我。正值暑期，我从北京回老家都安探亲，在家里待了几天，就迫不及待前往防城港了。

2001 年的防城港，成为地级市刚刚 8 年，铺桥修路，拆旧建新，到处都是工地。我坐在善庆的摩托车后座，在大路、小路上穿行。满载建筑材料的大货车一辆辆从我们身边经过，路还不够平坦，车被颠簸得发出哐当哐当的声响；数不清的高高的塔吊在目之所及处左右移动；大车小车都在赶路，少不了尘土飞扬——这是我第一次感受这个城市的勃勃生机。善庆是我在都安工作时的同事，后来调到防城港电视台工作，为人实诚，活泼开朗，乐于助人。2001 年夏天，善庆把我带到了防城港电视台。当时的防城港电视台非常简陋，楼面贴着白瓷砖，跟旁边的民房没有什么两样，设备跟之前我们供职的都安有线电视台相比好不到哪里去。善庆在这里干得非常起劲，已经当上专题部副主任，我来找他，也算是工作上的对接。善庆算是一个“外来者”，从农家少年到师范生，从小学教师再到县电视台记者，再到市电视台中层领导，非常不容易，我为他高兴。回广西探亲前我给善庆打电话，说我领了任务准备到防城港踩点，善庆豪爽地回答：“欢迎来我们防城港！”之所以在这里提到善庆，那是因为他是我认识的第一个“防城港人”。我认识的第二个“防城港人”是韦佐，他是我河池老乡，当时在《防城港日报》工作，我们是多年的朋友。因为有了善庆和韦佐，那次的踩点和后来的拍摄都非常顺利。除此之外，我想要说的是，当年的防城港吸引着众多的“善庆们”和“韦佐们”来到这里施展才华。人往高处走，防城港是高处，就像我去踩点的许姓人家，他们家屋后的树林，是鹭鸟的天堂，良禽择木而栖，“善庆们”和“韦佐们”何尝不是如此？善庆说，你知道这个城市变化最大的另一件事情是什么吗？我问，是“大兴土木”吗？他说，由旧变新，城市建设只是其中之一，还有一个事情我肯定猜不出来。我接着追问。他说是讲普通话的人越来越多了。善庆在都安时大多讲壮话，少部分时间讲桂柳话，但在防城港，他把“夹壮”的普通话练得很标准了，这是很了不起的事情。我相信很多人跟他一样，来自广西区内的河池、梧州、来宾，来自区外的云南、四川、贵州，他们在防城港这个“高处”用普通话交流，并且越交流越顺畅。

回到那个夏天。我跟善庆和韦佐来到离市区 10 多公里的小村。许姓人家的屋前，男主人老许在等着我们。他五十开外，高、瘦，皮肤黧黑，脸上挂着腼腆的笑容。我发现，他走到哪里，那些落单的、受伤的小鹭鸟就跟到哪里。他带我们去屋子后面的树林，这时刚好很多白鹭觅食归来，一群又一群，由远到近，最终落在了树上。它们在树上跳跃、鸣叫，我当即拨通北京制片人的电话，说：“你听！”随即把手机高高举起，鹭鸟嬉闹的声音传到北京，然后我说：“来吧，这里确实是鹭鸟的天堂。”

不久，拍摄小组来到防城港，我们在老许家拍鹭鸟栖居，去海边拍鹭鸟觅食，到村里拍村民的日常生活……当地有关部门非常重视，市环保局派人全程陪同并提供用车；广西环保厅的一名副厅长还前来探班；防城港市政府的一名副市长还带我们到海河的交会处，观江河入海……这真是一段难忘的旅程。后来节目顺利播出，老许护鸟爱鸟，防城港人重视生态、谦卑温和的个性也留在了我的心底。

再后来，我由一名编导成为一名作家。每当写作遇到困难，六神无主如困兽犹斗之际，我便毫不犹豫地前往防城港——她让我安静且文思泉涌，她对我展现出来的魅力，我想是从 2001 年夏天开始的。可以这么说，防城港已经成为我除家乡河池之外去得最多的城市。

防城港，显然已经成为我写作的又一个福地。

李约热 / WRITER

本名吴小刚，壮族，广西都安人。广西作家协会副主席、《广西文学》主编。主要作品有小说集《涂满油漆的村庄》《人间消息》《李作家和他的乡村朋友》，长篇小说《侬城逸事》《我是恶人》等。作品曾获全国少数民族文学创作骏马奖、《小说选刊》全国优秀小说奖、《民族文学》年度奖、广西文艺创作铜鼓奖等。

对一座边陲城市的混合记忆

徐　迅

据天气预报说，我到防城港的这几天都会有雨，依次是阵雨转中雨、阵雨转大雨、中雨转大雨、阵雨转多云……看了预报，我对防城港的雨有了充分的心理准备，我不仅带了一把雨伞，还破天荒地带了一双雨鞋。我知道防城港是亚热带海洋性季风气候，那雨不仅是边陲城市的雨，还是亚热带的雨、南海的雨……因为雨，我对防城港这座城市有了一种莫名兴奋的期待。

但 2024 年 6 月 14 日，防城港没有雨。我看到的是阳光，抑或说是阴天，体会到的是亚热带城市的闷热，一种类似蒸桑拿的天气。防城港没有下雨，我就不用带伞，也不用穿雨鞋，能轻装上阵地看这座美丽的城市了。对于防城港，我感觉它是幸福的，它的幸福是由企沙、渔沥、江山三个半岛以及东湾、西湾、珍珠湾三湾组成的。有岛有湾就有水，这水，不是简单的水，而是南海的水。防城港拥有完备的城市建设。我沿着防城港城市公园里的塑胶跑道漫步，看到水里生长的一大片红树林。我原以为红树林是红的，但看到的却是绿色，才明白红树林本就是绿的，是长在海水里的绿叶植物。看到一簇簇红树林，我就感觉这座城市的个性出现了。

但很快就有人否定了我。他说红树林不止生长在防城港，也不是防城港的市树。防城港的市树是秋枫树，市花是金花茶。秋枫树树干笔直、树冠较大，防城港的十万大山就有十万株秋枫。秋枫树是防城港的精神象征，有“正气凛然、奋发向上”的美好寓意。而红树林在南方则很普遍，它由秋茄、桐花树、木榄、拉关木等树组成，广西、广东、福建等沿海城市都有。防城港的红树林有着“中国大陆海岸红树林连片面积最大”的称号，但这还不算是防城港的特别之物。如果要说特别之物，还得是金花茶，他们尊金花茶为“茶族皇后”。金花茶鲜艳俏丽，娇嫩得让人看上一眼，心里就颤颤的。

我开始喜欢看防城港疯长的一些植物。那些植物，颜色丰富多彩，如三角梅、桂花、白兰花、月季、勿忘我、紫薇、木槿、紫花地丁、千日红、万寿菊、雏菊、荷花、扶桑、蔷薇、玉簪、萱草、地锦、美女樱、天人菊、茉莉、栀子、龙船花……什么样颜色的花草都有。有我见过的，也有我没有见过的；有我熟悉的，也有我不熟悉的。我在岛上看到一株芭蕉树，芭蕉树朝我不停地做着鬼脸，芭蕉叶像是大地吐着绿色的舌头，显得一脸无辜。但有时它又得意洋洋，双肩垂立，就像一位京族少女望着情郎，又像一位绿衣宽带吟哦的诗人……

说到诗人，有那么一刻，我感觉找到了防城港的不同，因为在簕山古渔村，我看到了唐代大诗人李白的踪迹。“举杯邀明月，对影成三人。”李白似乎正在邀月台上。据说，住在簕山古渔村的都是李氏陇西堂的后人，是他们发现了这块风水宝地，将其命名为“簕山”，并在这里定居下来。朝暾中出海打鱼，有月亮的夜晚，对酒当歌。除了邀月台，海边还有揽月阁、观月楼……有李白后人，当然也就有李白的豪情。这豪情，便是防城港独有的一种诗情了。

我们在簕山古渔村吃了午饭，还兴致勃勃地看了防城港其他几个海滩。短短几天时间，我们就到了金滩、白浪滩和怪石滩。我是在车上看金滩的，透过玻璃窗，我看金滩上聚集了很多游客。乌云滚涌，海浪滔天，渔船不知去了哪里，眼前只有一片汪洋。这没有什么不同，不同的是白浪滩——黑沙白浪。白浪远远推去，一望无际吐着白色海沫，黑沙也一望无际。防城港有着多么顽强的黑沙，千年万年的海水也漂洗不白……我心里嘀咕，对着“黑沙白浪”的石刻用手机乱拍，忽然一阵海风吹来，我手忙脚乱，手机啪的一声掉在了地上。我心里一惊，自忖自己的唐突怕是让大海听见了，故意给我一个小小的惩罚。这样想着，不一会儿就到了怪石滩。怪石滩怪石嶙峋，海风起处，“惊涛拍岸，卷起千堆雪”。我赶忙搬上一句古人诗，大声地喊，像是用一把镇尺镇住海的一角。果然波澜不惊。

在海边，我们当然要吃海鲜。当地朋友说，这些海鲜刚从海里捞出来。为了证明他说法的准确性，他带我去了一个海鲜市场。牡蛎、海参、鱿鱼、白鳝、对虾、大蚝、青蟹、沙虫……这里的海鲜新鲜无比。最新鲜的是这次吃了沙虫。沙虫生长在泥沙滩涂，又名沙肠虫，顾名思义，沙肠虫就像一根直筒肠子。当地人说，沙虫出没的大海没有污染，是环境标志生物。我上次听到类似的说法是在一座大山里。那座大山有很多山蚂蟥。他们说有山蚂蟥就表明大山的生态环境好。山蚂蟥不能吃，沙虫却可以吃。沙虫的味道鲜美脆嫩，吃时嘴里沙沙响，有咀嚼感——我这样说，是想表明我吃到的与众不同。但话未出口，同行作家说，黄海和渤海的滩涂也有沙虫，他们早就吃过，沙虫也没什么特别的。

从资料上看，早在五千年前的新石器时代，防城港就有先民在这里繁衍生息。这有大量新石器时代的贝丘遗址为证。他们很早就懂得靠海为生。再要说不同，就是这里有边境口岸。有边境口岸就有边防的故事。当地朋友似乎存心让我们寻找防城港的历史，不仅让我们参观了大清国一号界碑，还带我们瞻仰了白龙炮台。一号界碑矗立在防城港北仑河出海口，界碑高 1.7 米，宽 0.7 米，厚 0.4 米，上面写有“大清国钦州界”的字样，字是清光绪年间钦州知州事李受彤所书。笔力遒劲、铁骨铮铮，一笔一画都呈现了不屈不挠、脊梁挺拔的汉字尊严。而位于江山半岛一个小山包上的白龙炮台，更是防城港人民抗击外来侵略的历史铁证。登上炮台，我看炮台尽管有被时光遗忘的落寞，但却从未减灭一个国家和民族精神的昂扬。

防城港的不同就这样一点一点浮出海面。很快走到东兴侨批馆。在侨批馆的门前，东兴侨批汇路文化研究协会会长林惠江给我们讲了个有关“侨批”的笑话。他说，当年有些人来到侨批馆，还以为这是一个华侨批发市场。林会长说，在边境城市，有这样的想法也可以原谅，但“侨批”实在不是华侨批发的意思。“批”在闽南语和潮汕话里是“信”的意思。侨批俗称“番批”“银信”“批信”，是华侨寄回国内的信与汇款合一的家书。1941 年冬，太平洋战争爆发，香港以及南洋各地相继沦陷，邮路掐断，华侨家书和钱款无法寄送，突如其来的灾难使侨眷们无依无靠，度日如年。但智慧的边陲人民不畏艰难，秘密地在防城港东兴开通了一条交通运输线，让侨批源源不断地通过这条运输线汇入，使断炊断粮、缺衣少食的侨眷们绝处逢生，渡过难关。“烽火连三月，家书抵万金。”侨眷们热血沸腾，母亲送儿打东洋，妻子送郎上战场，让侨批之路成了革命与生命并行的一条道路。

我虽是第一次认识侨批，但我知道，随着时光翻滚，大海会让一切事物浮出海面。随着行走的深入，浮出海面的故事越来越多，典型的例子就是海岛女民兵，我听到了她们戍边卫国的动人故事。在"南疆第一哨"，我们有幸见到了海岛女民兵杨富丽和她的丈夫刘华强。报纸上说，他们是"北仑河口的守望者"。这对夫妇除了自己守望边疆，他们的三个儿女也都在守边或从军，都挑起了保家卫国的重担。不知道边疆有多少这样的英雄儿女，"岁月静好，只因有人在为你负重前行"。在这里，这就是一种真情的工作。这种工作，便是边陲人民面对的不同吧?

告别哨所，我们就快要结束防城港的行程了。有趣的是，我们最后一站参观的是东兴京族博物馆，这让我们感受到了与别的民族不一样的京族文化。在京族博物馆，天气预报上说的那一场大雨终于如期而至。瓢泼的大雨倾盆而下，哗哗的，在博物馆的屋顶上狂奔着，雨一下子就布满了我的眼帘。其时，我突然发觉，这场大雨与我在防城港所感受到的种种不同或者相同，已经共同构成了我对防城港的全部记忆——一个阳光和雨雾混合的边陲城市。我发觉从一开始，我似乎就在怀念这座城市。

徐迅 / WRITER

安徽潜山人。中国煤矿文联副主席、中国煤矿作协常务副主席、中国散文学会副会长，是中国作协第十届全委会委员。著有小说集《某月某日寻访不遇》，散文集《徐迅散文年编》（4卷）及《半堵墙》《春天乘着马车来了》《响水在溪》等20部。曾获老舍散文奖、三毛散文奖、琦君散文奖、全国煤矿乌金文学奖及"啄木鸟"杯中国文艺评论优秀作品等荣誉。

古渔村，滩涂上，小海鲜

陈武

一

午餐是在簕山古渔村揽月居吃的。这是一家临海的大排档，环境很朴素，新鲜的食材养在显眼的池子里或特殊的容器中。鱼和海贝表面的天然纹路都好看，随便瞄一眼，就能认出有沙尖鱼、红丝鱼、金鲳鱼等鱼类，还有鼻螺、花螺、车螺、花蚬、海蛏和文蛤等贝类。主人招呼我们入座后，先端上来一碗奶白色的汤，卖相极佳。汤里汪着圆筒状的软体食物，半浮半沉，似为水芹的切段。汤勺一动，但见一条条约一指长、表面有灰褐色不规则斑纹的泥丁现了真身，并散发出引诱食欲的香气。我迫不及待地舀一碗，先喝一口汤，清淡鲜爽；再吃一条泥丁，口感纯正，且柔而脆，有点嚼劲，回津略甜，毫无泥腥味，顿时连疲乏都消散了。此前大家在簕山古渔村前的滩涂上逛了一上午，眺望远处的大海，吹南海深处刮来的风，又在滩涂上踩沙、捉蟹、玩水、拍照、寻找贝壳，体力已略略难支，一碗鲜汤下肚，精神又回来了。

二

泥丁是防城港的特产。虽然江浙、闽广沿海的滩涂上也有，但品质和口感怕是要数防城港的为佳。泥丁就生活在像簕山古渔村前的这片潮间带的沙泥中。高潮带或潮上带盐碱性草类丛生的泥沙，最适宜其生存和繁殖。所谓潮间带，简单说，就是海水退到最远处和海浪涨至最高处的中间地带；相应的，高潮带就是海水所涨到的最高点；潮上带是指海浪溅起的水花所到之处。簕山古渔村前的滩涂，除近岸的部分为怪石岩滩，其他整个滩涂平缓、绵延。我们到达时，正好是低潮期，大海离我们足有好几公里远，宽阔的潮间带滩涂上，停着好几辆拖拉机和摩托车，那应该是赶海人的交通工具了。我们眺望躲在远处的大海，它看着很安静，仿佛海水不会上来似的，其实这是假象，是在伺机而动。在晚潮时，海水在海潮的推动下，不消多久就会漫过滩涂，让滩涂成为浩瀚大海的一部分。

在簕山古渔村前的潮间带滩涂里，泥丁有其自己的生活、繁殖方式，平时扎个洞，躲在洞穴中，靠吸食泥沙过活。从前有老百姓常说穷愁潦倒之人或自嘲者靠吃土过活。泥丁真的就是靠吃土过活的小可爱，不过它是靠泥沙中的有机质来获取营养的，吃进体内的泥沙会排出来。所以，要说纯自然、纯天然食材，泥丁是能担当得起这个名号的。

泥丁的食用历史很久远，营养价值极其丰富，历代文人也时有记载。清代聂璜就著有一部连文带图的《海错图》，其中就有“泥丁”一条，不过他所记的是“泥钉”，而且画的两幅图虽然看起来极其逼真，就像是泥丁的活体标本，但其实泥丁的尾巴前后颠倒了。他的《泥钉赞》曰：“蛎盘饰棂，鱼鳞作篷。钉以泥钉，成水晶宫。”聂璜在释文里说：“如蚓一段而有尾。海人冬月掘海涂取之。洗去泥，复捣敲净白，仅存其皮。寸切炒食，甚脆美。腊月细剁，和猪肉熬冻，最清美，而性冷。”聂璜所说的尾，其实是泥丁的翻吻，是它用来吸食和呼吸的，并不是尾巴，“水晶宫”

是说其所藏身的洞穴。

说到找泥丁的藏身之处，防城港人很有发言权，他们就是靠原始的简单工具，在滩涂上采挖泥丁的。我们在簕山古渔村前的滩涂上漫步时，看到不远处有两个大人躲在伞下玩手机，三个挨肩儿大的孩子在滩涂上挖东西。我和作家杨遥都很好奇，便走到孩子们那儿看热闹。三个孩子，大的六七岁，小的三四岁，两个小女孩，一个小男孩。他们在做一个超级城堡，或者说是一座水电站，中间是四角带楼的“建筑”，四面是很深的壕沟，壕沟里已经升了半槽水。三个孩子头挨头还在挖，玩得不亦乐乎。孩子们的世界神秘莫测，我们走不进去，但见旁边的一个红色小塑料桶里有不少小动物，有十几只小螃蟹，还有花蚬、文蛤和香螺，让我们吃惊的是，还有十来条泥丁和海肠。我逗他们说，挖这么多宝贝啊，卖吗？最大的小女孩很爽气，笑说：“卖，五块钱一个，随便挑！”然后露出可爱的小虎牙。我又问他们的海肠和泥丁是在哪里挖的，孩子们嘻嘻哈哈地说随便挖的。那口气，似乎到处都有。看来靠海吃海真是名不虚传啊。早在明代，文人谢肇淛在《五杂俎·物部一》一书里，就有关于泥丁的一条，曰：“南人口食，可谓不择之甚……又有泥笋者，全类蚯蚓，扩而充之，天下殆无不可食之物。”这里的泥笋，就是泥丁，它还有泥线、土蚯、土钉、土蒜、海丁、海钉、土笋、海笋、泥虬、海泥虫、海蚂蟥等别称。清代学者周亮工著有《闽小记》一书，其上卷关于泥丁的吃法曰：“余在闽常食土笋冻，味甚鲜异。但闻其生在海滨，形类蚯蚓，终不识作何状。后阅《宁波志》：沙噀，块然一物，如牛马肠脏……谢在杭作泥笋，乐清人呼为泥蒜。”周亮工文中所说的“土笋冻”，做法简单，把洗净的泥丁放入锅内加水，略放些食盐煮熟（可多煮一会儿），拌些葱花，冷却后，汤汁自然胶冻，这就是泥丁冻了，有点类似于猪头冻的做法。泥丁冻呈银灰色，清淡爽口，一年四季可做可食，还可当菜当饭，秋冬尤其好吃。清代的《晋江县志》里，也有关于泥丁冻的记载：“涂蚕，类沙蚕而紫色，土人谓之泥虬。可净煮作冻。”至于聂璜所说的“和猪肉熬冻”，我没有吃过，不敢评说。这么一个好东西，古人也会给予高度赞赏，形容它是“滩涂肉丁”。至于眼前三个小朋友所挖的泥丁，其吃法除了烧汤和小炒，大约也离不开上述几种。我问他们打算怎么吃时，显然他们不大懂，说:“就这么吃。”我和杨遥都被逗乐了。泥丁汤，在防港城那几天，几乎每天都吃，至于其他吃法，只吃到过一次花生芽炒泥丁，也是一等的鲜。我当时还想，花生芽的鲜和泥丁的鲜，配上泥丁的脆和花生芽的脆，这菜是否可以叫“爆炒双脆”呢?

三

防城港的海岸线长，有500多公里，且曲折多变。大大小小的海湾有很多，大海湾里套着小海湾，每个大大小小的海湾里都有滩涂。和别的沿海各地海湾滩涂不同的是，防城港的海湾滩涂形态多样，有黑沙滩、金沙滩，还有泥滩和怪石滩。白浪滩的沙子是黑色的，把黑的说成白的，立马就显出防城港人的幽默来了。

沙滩上除了我们偶遇的这幸福的一家子，还分散着别的一些赶海者和观光客，不仅有本地人，有外地游客，还有来自越南等国的外国人。古渔村的人告诉我们，有一些游客，到村子里一住就是一周或半个月，他们会找一家满意的民宿住下进行深度游，爬山、下海、游泳、晒太阳……想干什么随自己的便。而大多数游客，都喜欢赶海。在这片广阔、富饶的滩涂上，可以捕捞到牡蛎、青蟹、文蛤等小海鲜，而最为丰富的是泥丁和沙虫。挖泥丁，潮上带的草丛下最好。挖沙虫，以分布着潮池的沙滩为佳。挖沙虫的人，手里要持有一把铁锹，在滩涂上巡视，看到有冒水泡的，瞅准机会，一锹下去，翻上沙泥，一条沙虫就现身了，伸手捡到身上背着的小渔篓里，不消多时就能挖到大半篓。沙虫的学名叫裸体方格星虫，俗称沙肠虫、海肠子，虫体圆桶状或纺锤状，不分节，样子较丑。很多外地游客会把它和泥丁弄混了。其实，分辨也很简单，沙虫比泥丁要长一些，泥丁有长长的“尾”，沙虫的翻吻很短。沙虫处理后还可晒成沙虫干。在簕山古渔村临海的村街上闲逛，能看到海堤的水泥墙上的竹匾里晒有沙虫干。我和杨遥见过多次，还饶有兴致地拍了几张照片。据当地人说，簕山古渔村前的沙滩上出产的沙虫最好，沙虫干当然也就数一数二了。

四

这片滩涂真是太大了，我和杨遥怕迷了路或掉了队，一边时不时地看一眼在远处的队友们，一边不紧不慢地在滩涂上漫步，不觉就走到了“怪石滩”上。

所谓怪石滩，是我和杨遥临时起的名字。但见在簕山古渔村前大片滩涂的一隅，有一片退潮后裸露出来的礁石，走近一看，礁石上有无数挤挤挨挨的海蛎。它们有的层层叠在一起，有的零散地分布，还有的刚被敲过，只有散落的壳和吸附在礁石上的那一面闪着莹白色的光泽。这片滩涂上的礁石很值得一说，其“长相”和别处的礁石完全不一样，可能是礁石质地的原因，被海水多年侵蚀，海浪长年淘洗、潆洄和灌注，已经显示出“盆景”般的风姿来，一处处“盆景”可以单独欣赏，也可以整体观看。单独欣赏，其细微之处，复杂丰富、多姿多彩，可看可玩；整体观看，气势磅礴，层峦叠嶂。我们被气度不凡、连绵不绝的礁石吸引，互相拍了不少照片，正准备向礁石深处探秘时，看到脚边大大小小的潮池里有不少小鱼小虾和小螃蟹，还看到黑色沙滩上有无数个密密分布的小洞洞，里面大约都藏着沙虫或泥丁吧。忽然，我们发现前边有一位穿一身花衣裳的大妈在敲海蛎，遂前往观摩。

大妈左手拿着一把两头尖的小铁锤，右手拿着一根铁丝铲，弓腰曲背，娴熟地瞄准礁石上的海蛎，力度恰到好处地敲下去，顺手一带，海蛎壳便被拉了下来，出现一汪水一样的海蛎肉，右手小铁丝铲再辅助一撬，就把海蛎肉扔到了小筐里的一只绿色小桶里。小桶里，已经有四五斤海蛎肉了。我们驻足观摩，发现敲海蛎不仅是体力活，也是技术活——主要体现在敲上。敲重了，海蛎壳就碎了，会有残渣碎末掺到肉里，这海蛎肉就废掉了；敲轻了，壳上没有裂口，打不开，就无法挖到鲜肉。不轻不重、力度正好，就能在其边缘处敲开一道裂缝来，俗称“张嘴”，再用手里的专用工具一撬（勾）、一挖，一块水淋淋、肉嘟嘟、颤巍巍的海蛎肉就被挖了出来，飞进容器中。但见眼前这位大妈，手脚不停，动作协调连贯，沿着海岸或滩涂上的礁石，一边轻挪脚步，一边寻找可敲的海蛎，基本上是敲一个、看一个、寻一个，这样就可一气呵成地不用停手了。

五

簕山古渔村的渔民或是旅游来此小住的游客去敲海蛎，就像到自家门前屋后的小菜园摘个豆角、薅棵葱一样便利。潮退之时，他们带上工具，端只碗，或别的盘盏到海边走一遭，不多时就能敲来一两斤新鲜的海蛎肉，炖个豆腐、抱个鸡蛋、烧个鲜汤，一顿可口透鲜的小海鲜宴就整出来了。

海蛎又叫牡蛎，品种丰富，还可细分为草鞋蛎、长牡蛎、蛎黄、石蛎等。簕山古渔村人所说的敲海蛎，专指石蛎，即附生在岩石上的海蛎子。清人聂璜所著《海错图》有《石蛎》篇，有诗赞曰：“水沫凝石，无中生有，惟蛎最多，坚而且久。”还有一首《蛎肉赞》，是说闽粤的，但和防城港的蛎肉其实是一回事，赞曰：“闽粤蛎肉，秦楚罕睹，赛西施舌，类杨妃乳。”“西施舌”“杨妃乳”之喻，看来，聂璜的想象也就到此为止了。聂璜把牡和蛎分开来讲，认为“蛎之大者，其名为牡”。他在《海错图》之《牡蛎》篇如是说：“附岩石而生，礌磈相连。外壳为房，内有肉，略如蚌胎而柔白过之。其房能开合，潮至则开以受潮沫，潮退则合。海人取者，以冬月用斧斤剥琢始得。”这个描述是准确的。

不过，古人对于海蛎没有多少科学了解，认为其有雄无雌。唐代陈藏器在《本草拾遗》中说：“天生万物皆有牝牡。唯蛎是咸水结成，块然不动。阴阳之道，何从而生？《经》言牡者，应是雄耳。”段成式在《酉阳杂俎》一书的《广动植》（二）里也说：“牡蛎，言牡，非谓雄也。介虫中唯牡蛎是咸水结成也。”刘恂《岭表录异》卷下云：“蚝，即牡蛎也。其初生海岛边，如拳石，而四面渐长，有高一二丈者，巉岩如山，每一房内，蚝肉一片，随其所生，前后大小不等。每潮来，诸蚝皆开房，见人即合之。海夷卢亭往往以斧揳取壳，烧以烈火，蚝即启房。挑取其肉，贮以小竹筐，赴墟市以易酒。肉大者，腌为炙。小者，炒食。肉中有滋味，食之即能壅肠胃。”文中说的是一个叫卢亭的人，以蚝肉换酒之事。明代李时珍在《本草纲目》之《牡蛎》篇里有释名，曰：“牡蛎（《别录》）、蛎蛤（《本经》）、古贲（《异物志》）、蚝……时珍曰：蛤蚌之属，皆有胎生、卵生，独此化生。纯雄无雌，故得牡名。曰蛎，曰蚝，言其粗大也。”明代王世懋在《闽部疏》里说：“蛎房，虽介属，附石乃生，得海潮而活。凡海滨无石、山溪无潮处皆不生。余过莆迎仙寨桥，时潮方落，儿童群下，皆就石间剔，取肉去。壳连石不可动，或留之，仍能生。”

上述所说的“咸水结成”“独此化生”“纯雄无雌”等说法都是以讹传讹。大多数海蛎属于卵生型。一般来说，在温暖的海域，每年夏季的6—8月是海蛎的繁殖期。像箬山古渔村前这片“怪石滩”上的海蛎，此时正是其繁殖期，是其最肥的季节。不过古人的说法也有一点道理，即有少量的海蛎为雌雄同体。而雌雄异体者，其繁殖也比较奇怪，有的是把卵排到水中受精，有的则在雌体内受精。受精卵发育成浮游的幼体后，经浪花附着到海蛎壳或岩石上，固定一段时间后，幼体变成小的成体，再经过海水的滋养慢慢长大。徐珂所编的《清稗类钞》，把海蛎编在《动物类》，云："牡蛎，为软体动物，一名蚝。右壳小而薄，左壳大而凸，外面魂礌不平，腹缘为波状屈折，色淡黄，内面白而滑润。足渐退化而失其用，常以左壳附着于岩石，连缀至一二丈，崭岩如山，俗称蚝山。产浅海泥沙中。肉味美，富有养料，易消化，谓之蛎黄，海滨之人多以为食品。"如果在防城港沿海礁石上敲海蛎，或在各种宴席上吃海蛎，了解一些关于海蛎的基础知识，也是大有裨益的。

六

在诗人笔下，海蛎也经常是其描写的对象，或以景抒情、怀旧，或以食赞美。宋代诗人潘朝英有《题金龟山》四首，其一曰："春潮暮落海门山，百艇齐飞牡蛎滩。分得鱼虾归野市，满江鸥鹭夕阳间。"清代齐召南的《金鳌山集》，有诗曰："鳌山临水一青螺，避寇曾传玉趾过。牡蛎滩回春后雨，飞龙纛映夕阳多。此时万乘唯航海，何日三军更渡河。野寺仙题诗句在，侍臣谁赋式微歌。"诗中的两处牡蛎滩看来规模不小，能够"百艇齐飞""万乘唯航"，当能和簕山古渔村前的这片海滩相比了，应是十分壮观。明代陈子升有《寓潮戏集海味成律》，曰："海青窥瓦屋，沙白露为霜。玉赘长须国，珠联牡蛎房。月姑能不字，螺女亦名香。何必遵伊洛，方知贵鲤鲂。"他还有一首《中洲草堂新成》："去国徒为尔，为家今在兹。门庭环牡蛎，花竹闲蹲鸱。"这就有点厉害了，这家的房子、庭院连着牡蛎成片的海滩。这一点，倒是有点像簕山古渔村前临海的这些人家了。清代钱澄之在《同曹素臣入羊城纪事》一诗中写道："崧台历岁任沉浮，老友邀同羊石游。牡蛎墙高知近市，荔枝阴合一维舟。驾风海舶来东岛，入夜蛮商遍酒楼。古寺最多官最冷，与君耐可度清秋。"朱彝尊《岭外归舟杂诗》有一首也提到海蛎墙，诗云："蛮江豆蔻一丛丛，牡蛎墙围半亩宫。贪看河头采珠女，轻帆不趁酒旗风。"这直接就是用海蛎壳来砌围墙了，可见那时候的海蛎子可不是一般的大，惹得我走在簕山古渔村的村街上，还不停地看那些人家的屋墙，期望能看到有海蛎壳砌的。清代汪东有一阕《南柯子》，也说到牡蛎墙，词曰："宛宛泪连屋，萧萧竹映廊。冰壶一酌肺生凉。讳道温柔，却道醉为乡。牡蛎裁窗瓦，飞鸳饰镜囊。声名久压杜秋娘。不是小姑，居处也无郎。"这就有点夸张了。清代黄公渚有一阕《渔歌子》词，曰："窑货第宽二里强。渔村八月烂秋光。山枣熟，柿经霜。红出人家牡蛎墙。"清代周景涛有《新年次东坡韵》诗，其三曰："兹乡滨海尽，眼界若为清。禾黍高登廪，鸡豚富入城。欲消无事日，祇益可怜生。牡蛎梅花市，吾思豆腐羹。"清代林占梅在《官渡港暮望即景》其一云："幽阒沙原里，渔家结屋栖。潮平桥脚短，汐退港喉低。牡蛎粘船腹，旋螺贴蟹脐。一村风景胜，绿柳护长堤。"船底粘牡蛎，这在防城港海边，也是常能看到的风物景象了。最后一句，仿佛就是在说簕山古渔村，村前有大海、滩涂，还有挡浪的堤墙，满村高大的绿树，临海那么多海鲜排档，是担当得起任何美誉的。

之所以不厌其烦地列举这些古代的旧体诗词，无非是被簕山古渔村前这片海滩上如此之多、如此之大的海蛎集群震撼了。六月里，在这么宏大、辽阔、几乎一望无垠的潮间带滩涂上，游客并不多，海滩上如此丰富的小海鲜，还在等待更多的人来采挖。如果能有观光者赋诗作文，我想要不了多久，这些诗文也会被另一些文学爱好者引用，那么簕山古渔村，乃至整个防城港，也就天下皆知了。

七

我和杨遥脱离采风的大部队，在簕山古渔村的滩涂上寻寻觅觅，想看看能否找到心仪的宝贝。我发现一个如拳头大的海蛎壳，但造型不美；造型美的，有些趣味的，又不够大，但我依然选了两个。杨遥没有捡海蛎壳，他除挑拣一些好看的鹅卵石外，还捡到一块黑色的木头块，说是沉木也未尝不可，大约比一枚香瓜还大，经海水多年冲刷，呈椭圆形，像鹅卵石一样圆润、光滑，上面还分布有一些枯眼和花纹，特有情趣，如略加处理，可作为案头清供来把玩，或作为书橱中的装饰品用于观瞻。看来我们是各有所获。在寻寻觅觅中，我再次想起古代人把海蛎壳当建筑材料来砌墙，也想到有人拿来当盆做碗的。聂璜在《海错图》里就记有“草鞋蛎”：“小者如掌，有长及一尺、二三尺者。海人用代执爨冶铫。海乡之民饮食器具，莫非海物，如鲎背代杓，鳅脊任舂，海镜为窗，螺壳作盆。”这里的“爨”和“铫”，就是指灶和熬煮食物的器具。我见过朋友用海蛎壳做清供小容器的，是一个像小餐盘一样的椭圆形海蛎壳子，略经收拾以不刺手为宜，放在案头，栽一头水仙，有着别样的情调。而我手里的这枚和我拳头相当的海蛎壳，到了冬季，亦可栽一头水仙，清供于案头，也是别具一格的小装饰了。

陈武 / WRITER

江苏东海人。作品见于《人民文学》《十月》《钟山》《花城》等刊物，出版各类文学作品六十余种，代表作有《连滚带爬》《中介》《换一个地方》《三姐妹》《一封信和另一封信》等。

约在防城港

张鲁镭

我使劲吸了吸鼻子，满心满腹都甜兮兮的，就像通过喉咙吸进去一块薄荷糖，但却没有薄荷糖那样刺激，这空气是温润的、凉凉的，一腔沁人心脾。于是我又吸鼻子，幻想着把更多沁人心脾的能量储存进身体里，然而造物主使然，人类的身体会储藏热量、储藏记忆、储藏能力、储藏知识，却不会储藏空气……对，我尝到了有点甜的空气。我贪婪地想像存钱那样把它们存起来，我张大嘴巴，伸开双臂，要与它水乳交融……

一会儿让人觉得甜兮兮，一会儿又让人觉得沁人心脾，它是谁呢？先别急。截至2022年年末，它怀抱着约102万子民，其中60岁往上数的约有16万人，80岁的约2.9万人，100岁的167人，人口平均预期寿命为80.76岁。通过各项指标的认定，早些年前它就已经被授予中国“长寿之乡”的称号了。想照100岁活不？你说想奔200岁去？那还等什么？来呀！

因为十万大山里的负氧离子，它被称为“中国氧都”；因为百岁老人多，它被冠名中国“长寿之乡”。别忙，这才哪到哪，接下来更精彩。它，自然风景秀丽，生态环境优良，拥有林种资源1500多种，林产品300多种，森林覆盖率超60%；它还是“中国白鹭之乡”，已经形成了多处鹭鸟繁殖地，拥有岩鹭、黄嘴白鹭、大白鹭、中白鹭、小白鹭等多个品种，其中岩鹭为国家二级重点保护野生动物，黄嘴白鹭为国家一级重点保护野生动物，也属于世界濒危鸟类。在春夏繁殖季节，白鹭种群数量达30万只之多。漫天的白鹭如大兵压境，那是何等的壮观！向往吗？好奇吗？那还等什么？约呀！

柴米油盐酱醋茶，茶可是日常生活不可或缺之一，知道金花茶吗？那可不是一般的茶，它是山茶家族中唯一具有金黄色花瓣的品种，被誉为“茶族皇后”。全世界 90% 的野生“茶族皇后”生长在这方土地，因为高湿的南亚热带海洋气候和季风性气候的林区生态环境，此地成为金花茶最早的发源地，所以它顺理成章地又赢得了“中国金花茶之乡”的美誉。金花茶含有丰富的维生素，不仅能润肺止咳，降血脂降血糖，还有美白护肤的功效。想来一杯黄灿灿的金花茶吗？想让自己神清气爽时皮肤也跟着白皙吗？那还等什么？走啊！

这里雨量充沛，山地土壤肥沃，截至2024年6月，它拥有74万亩八角林，年产干八角 0.8 万吨；77 万亩肉桂林，年产干桂皮 1.9 万吨。于是，“全国八角经济林产业示范县”“中国肉桂之乡”就这样诞生了。还有“中国首个 GEF 红树林国际示范区”“中国外贸百强城市”“中华诗词之市”，这些统统是它的美名。树林茂密鸥鹭高飞，它都是用“绿得好看”来展示自己。好吧，我现在来公布它的名字——广西防城港市。

有幸参加《小说选刊》组织的“共赴海边山・相约防城港”采风活动，来到一个与越南仅一河之隔的边陲城市。来广西多次，近距离接触防城港却是头一回。它是我国两个既沿海又沿边的城市之一，也是我国面向东盟开放合作的前沿。

白浪滩位于江山半岛东海岸，其西北至东南最长距离为 1650 米，西南至东北最长距离约为 3850 米，西边是苍茫山体，东南侧靠海，以礁石为界限，形成了独特的海岸线，总面积约为 3.73 平方公里。白浪滩在平坦宽阔的沙滩上翻起层层叠叠的浪花，十里长滩坦荡如砥，沙质细软……大巴车上导游小姑娘娓娓道来，我都听困了，我是海边人，沙滩海浪于我就像早餐桌上的面包牛奶。

但，这个大名鼎鼎的白浪滩居然呈黑褐色。听当地人说，这沙子里含有钛，在防晒和美白方面很有效果。我迅速在网上查阅，原来这白浪滩的沙子好比面膜，敷上会让皮肤光滑细嫩。那挖沙坑把自己埋进去，不就等于去美容院了？我赶紧把双脚埋好。待离开这个天然大露天美容院时，我看了一下刚刚敷过“面膜”的脚，似乎确实光滑细嫩了一些。

见过渔民捕捞吗？即便在海边生活的我也不常有这运气。但这回看见了，我看见渔民收获的喜悦了。他们先是把网拉上岸，然后给大小鱼分类，再装进一个个大筐里，最后用小货车把鱼拉回去。他们面带喜色，那黝黑的皮肤在阳光下熠熠闪亮……这里就是簕山古渔村，这里受海浪侵袭，海岸礁石形态万千，生成一道自然的风景线。因为海水纯净，这里常有海豚出没。每年夏至前后，受强降雨和强天文潮汐的影响，这里还会出现天文大潮景象，其间会举办每年一度的观潮节，届时将巨浪滔天，人声鼎沸……不用过度想象我就知道那是个怎样的场景，不是有句话叫来日方长吗？约上！

侨批，平生第一次知道这个词。先前好多中国人跑到国外或打工或开餐馆或做小生意，他们省吃俭用把钱积攒下来，寄回家乡养育子女。侨批，成了他们与家人互诉思念的载体，也成了后方家眷赖以生存的经济来源。1941 年太平洋战争爆发，日本侵略者独霸全球的野心急剧膨胀，一边侵占中国一边把魔爪伸向东南亚，随后南洋各地相继沦陷，通往中国香港、越南、泰国、新加坡、马来西亚、印尼等地的侨批路被战火硝烟吞没。这突如其来的灾难令闽、粤、桂各地侨眷陷入无依无靠的境地中。有人看中了东兴这个连接国内外的交通枢纽，及时地、秘密地开通了这条侨批路，源源不断的侨批如雪中送炭般，使那些处于困难之地的侨眷得以绝处逢生，渡过难关，这条侨批路也为抗日战争做出了历史性贡献。华人华侨们和全国百姓一样，同仇敌忾一致抗日，他们有钱出钱有力出力，当时民间流传这样一句话，“母亲送儿打东洋，妻子送郎上战场”，侨胞人民为抗日救国尽着自己最大的力量。一条侨批路就是一条生命之路，一条希望之路，一条革命之路。站在老旧斑驳的侨批馆前，听着那些动人的往昔，没有人的内心是平静的。历史的尘烟已经过去，但昔日侨批的功德人们将永远铭记……

“清清界河水，悠悠界河梦。一桥架南北，两岸人潮涌。”这说的就是中越北仑河大桥。这里于1994年4月正式恢复通行通车，大桥全长111米。放眼桥上，滚滚人潮从桥的两端交会而过，不同国籍、不同肤色，旅游、出差、探亲访友的人川流不息。桥中间有一条红色斑马线，也是两国的分界线。我真真切切地体会到了什么是跨一步出国，退一步回家。等什么？来体验啊！

沥尾岛与越南隔海相望，在岛上的民兵哨里，我认识了一对夫妻，他们是刘华强与杨富丽，是当地出名的“夫妻哨”。他们积极配合当地政府反走私反偷渡，为村民提供出海信息，修筑堤坝，抗洪救灾，抢救落水游客，转运被困群众……夫妻二人尽其所能帮助村民，“有困难找哨所”已经成为当地人的口头禅。他们在平凡的岗位上日复一日以哨所为家，每天值班执勤，已经在这儿工作了11年之久。守一道岗、护一座城，他们用实际行动书写着哨兵扎根南疆、为国戍边的豪情壮志。

其间，我们还参观了防城港城市之窗、广西3·22工程纪念园、防城港码头、防城港国际医学开放试验区、大清国一号界碑、东兴京族博物馆、京族哈亭、白龙炮台等地。这是一座令人震撼的城市，它的城市名片达20多张，是“一带一路”西部陆海新通道的重要门户和重要节点城市，入选港口型、陆上边境口岸型国家物流枢纽承载城市，拥有西部第一个亿吨大港，是全国27个沿海主要港口之一，已经建成万吨级以上泊位57个，其中20万吨级泊位5个，与世界100多个国家和地区250多个港口通商通航，成为中国大陆距离马六甲海峡最近的国际枢纽海港。这么一座内容庞大的城市，还等什么？约起来！

张鲁镭

WRITER

中国作家协会会员，文学创作一级，辽宁省作家协会主席团成员，辽宁省作家协会签约作家，现工作于大连市文化艺术研究所。作品发表于《人民文学》《当代》《十月》《北京文学》等杂志。曾获第二届曹雪芹华语文学大奖、第二届“禧福祥杯”《小说选刊》最受读者欢迎小说奖、第六届《中国作家》剑门关文学奖。

山从海上来

又见

十万大山从北部湾盘旋而来，一路向西，到了上思才放慢步履，顿首回眸之间，拐出了一段弧状山脉——四方岭。四方岭与十万大山之间的中间地带，就是明江流域平原，溪流纵横，阡陌交通，小桥、流水、人家都在这里集结。明江从这里出发，经过宁明县城和花山岩画群，流入左江，一路向东海奔去。山从大海来，水从山上去。这一来一去，吸百川，纳千水，这水过明江、左江、郁江、西江、珠江，大费周折，才抵达了辽阔的大海。

甲辰岁仲夏，我也来了。与几位友人结伴，从港口区西湾海边出发，也是一路西上，横穿十万大山北麓，所遇皆为土坡谷岭，地势由低渐高，而后由高往低，尽管是高速公路，仍能感觉到车子是从上坡到下坡的。这一带刚下过一场雨，午后的阳光微辣，溪水在山谷里闪烁着金色的光芒，林子深处传来清脆而悠扬的蝉声。沿着流水过处，江面越来越宽阔，有人说这就是明江了。突然才觉得，仿佛只是翻过一座山的工夫，就到上思县城了。首选登临明江桥头，可见山城车水马龙，鸟雀鸣叫间，风从树叶间簌簌而过，江水汹涌翻滚，人行江畔如时光流水匆匆。明江从城中穿过，城郊有重重土岭，青翠里层层围护着，更远处云雾空蒙，隐约可见十万大山如旌旗招展，心情很是惬意。

闲情怡然自有源头处，应在远山青岚里。于是，又上了车，沿着明江往南走，往十万大山深处去。车子在深山谷底穿行，所过之处有溪流汩汩而来，两边尽皆原始森林，坡峦也郁郁青青，高崇挺拔如幕，半山生层云，不知巅顶在何处。只见雨后的阳光倾泻而下，空谷里只留下热辣辣的光芒。大约两刻钟工夫，便到了十万大山国家森林公园。入得园门，几栋楼宇赫然入目，是景区游客服务中心，规模结构宏伟壮丽，外观造型独特，斜坡面的外墙线条轮廓鲜明，色调素洁典雅，似乎有点法式的浪漫。这楼宇共有四五栋，点缀于深山谷底，布局着餐厅和客房，虽有点老旧，但那华贵而富有内涵的气质，让人很快就沉浸于大自然的情境之中。

楼房所在是一处地势稍微平缓的地方，椭圆顽石，苍绿古树，鲜艳野花，汩汩溪流，碧绿泳池，都掩映在青藤老树间。房后中间坡岭镶嵌着山石，从很高的坡峦徐徐降势，像舌头一样伸展，迎接着楼宇以及它远道来的客人。左右石山土岭都是茂密的原始森林，从远远的地方包抄而来，到了房前不远处越发收紧。有两条溪流沿着山谷潺潺流动，一条叫那林河，一条叫石头河，绕到楼前汇合，形成了明江，明江就这样发端了。可真正的明江源头又在哪里呢？向导指着山势说，那林河从很远的山间而来，一路都是原始的生态，要探源只能摸着石头蹚水而上，难度太大；石头河水流过处叫念板沟，两岸都是石板路，又有多处吊桥相通，应是可以走走的。于是，我们沿着那林河到楼宇后山，拐往石头河，沿着河岸的石径，慢慢向山里去。

河水湍急，一路翻卷过溪沟和石林，冲刷着浑圆的石子，或者说是不规则的石子被它磨砺成了浑圆的样子。这里的水出奇的清澈，能见到水底的鹅卵石，只是颜色显出明晃晃的黄，这是水中含有多种矿物质的缘故吗？先前到过上思县城的布透温泉，水从沟边岩石缝间涌流，水温与人的正常体温相当，是个泡浴的好地方。布透温泉位于十万大山的落脉处，泉水从深山腹地奔涌而出，水色也是明里透着黄的，说是含有锌、锰、铁等多种元素。地下水是相通的，布透温泉水与石头河水是同样的色调，无论水涝干旱。与今天一路走来所见的河水不同，那些河水更多为山洪积水，浑浊不堪，深浅莫测，怎可与这两处山泉水相提并论。

沿着江岸登山，江水淌过石滩迎面而来，水势常常受到约束而不能完全畅流。山势曲折陡峭，峰回路转之间，斜坡与小平地交替出现，水道也因此跌宕起伏，水势缓急错落，一路上出现了很多大大小小的瀑布和水池。跌水瀑布形成的小水池，深浅二三米，方圆不足三分地，清凉彻骨，通透得可见池底奇石弄态，可赏小鱼嬉戏，可观小蟹蛰伏。还不时有飞鸟惊起，蝉虫低鸣，松鼠在树木间乱窜。如此佳境，怎不让人心无旁骛，流连忘返之间，世间俗务已退至千里之外。有潭名曰“天然药浴池”，不知药从何而来？但见流水穿林转石，流入一处深潭后稍做停留，让人有机缘在此一泡，消解一路风尘所携带过来的病痛和苦楚。不是吗？这水是高山流水，是泡过千百古树之根的水，是淌过亿万斯年之石的水，正如“羊百草”因荟萃山羊采集的千百种草药后所具备的药疗价值一样，这水足以让人视为神水灵液。潭水去处，是一处很浅的石滩，水从石上过，又是一段瀑布，日光穿过古树苍翠的叶片间隙，在水面和瀑帘上筛下一颗颗珍珠一样灵动的光圈，又反射到空气中，江面上空便呈现出一道绚丽的彩虹。石滩至潭水之间，有数十座石头墩子一线排开，连起两边的溪岸。人光着脚丫踩着石墩行走，凉凉爽爽的。加快脚步，便如剑走江湖，多么玄妙的意境。更有潭名曰“天女浴池”，瀑水从高处直泻而下，形成一汪深水池子，很适合游泳和淋浴。有人说七夕夜，七仙女前往南海“鹊桥相会”，沉迷此处景致，曾于斯更衣沐浴、戏水弄姿；也有人说，山中常住着姑射仙子，每当月色皎洁，便出来玩水泡澡。当然这些说法都不足信，但多少都令人怦然心动，神往艳羡。

众人一步一回头地好像在等候着什么，走走停停之间，闲坐小憩，慢品山的静美。山泉水在赤溜溜的悬崖壁上流淌，浑圆的石子在水底静养着，清澈的山泉水于古树桩间相互照着面，漫山遍野地遮掩着原始森林，宛若这是与世隔绝的地方。特别是河溪中多石少泥，到处是顽石，大小不论，都挡住了水的去路，水遇之则分崩离析，形成大大小小的瀑布。水势猛烈而剽悍，谁敢与它争高下？可山势越是往上，所遇的石头就越多，水流也越费劲，冲击的力度也就越顽强。而岩石也不甘示弱，嶙峋迭起，竭力抵御水的锋芒，水与石就这样相持着。我突然注意到，以水战石，水则澎湃轰隆，汹涌激烈，被水避开的成为石林、石沟，受水侵蚀了的成了窍穴，被水冲刷得锐利的成为剑戟，盘旋于水中的像大象、似老虎、如犀牛。而其间，岩石似乎也没有做出什么让步，以迎战的姿态面对水，总能雄伟地屹立着，似雄健的鸷鸟怒目狰狞，似顽劣的花岗岩坚韧有余，任流水来冲刷、摩擦、激荡，或即将被打散，也纹丝不动。千万年来，水竭尽所能达到的力量，只能损伤岩石的一点皮毛，始终不能伤到其筋骨，却让岩石锤炼得更圆润、更坚硬、更顽强。于是，岩石常常获胜而水不能取胜，这也正是这山岩乃至十万大山所以能成为一方的中流砥柱，而为世代所景仰的缘故。而水何尝败落过呢，一路受岩石的阻挡，一路搏击，奋勇向前，历练十八般武艺，才过得了险滩，流入大江大河甚至大海，才能生生长流、行稳致远。我想，水和石相战，两者都是赢的，不是因为力量，而是因为坚持。

再步行百余米处，有两水相会，从此往上，统称三叉江。沿着左边的水道往上寻去，过了约五十米，又是两水相会，石壁上有“珠江源头”四个描红刻字。我想，大江大河哪能只靠一个源泉就能形成，珠江也一样，不知汇聚流域多少水系，而此处只是其中的一滴水罢了。只见清泉无语，从崖岩石缝间涌出，好像是静止而不是流动的，只是借着石头的势以不同的角度存在而已。初始涓流纤细，与其他几处泉水衔接后，便成了溪流，数条溪流再汇聚，再出发，江河湖海也就有了取之不尽用之不竭的源泉了。

珠江源头至此，完全是险峻的石壁石崖，欲转折往上登至山巅，却寻不到路，只能原路折返。很快又到了三叉江口，我们沿着另一条水道行进，过了百余米，有三条溪泉之水陆续汇入溪的主沟。再沿溪流往上攀登，过了青石沟，至水穷处，但见泉水从嶙峋怪石间缓缓流出，清冽通透，不染一丝杂质，瞧着就感觉清爽可人。泉眼周遭林子越来越茂密了，地上满是落叶斑驳，却暗藏着一条古朴的石板路。仰望而去，似有石阶上千级，不算太长，但攀爬行进却很吃力，许是坡度太陡的缘故吧。

这就是粤桂古商道，旧址遗迹依然历历可辨，商队赶马时的吆喝声仿佛还回荡在山里。十万大山横盘桂南一域，延绵中越两国，向南可望北部湾和南海，向北则平陆运河尽收眼底。自古疆域多以山河为界，这山曾一度成为粤桂两地的分界，直到 60 多年前的一次行政区划调整，这里变成了广西两个区县的分界线。在这之前的千百年来，广东等沿海地区乃至东南亚的海盐、瓷具、丝绸等商品，经过海陆通道，抵达“一带一路”海上始发港之合浦港，分装后肩挑马驮，通过古道穿越十万大山，直奔桂中腹地和云贵高原；而山这边的大西南，茶叶、马匹等商品跨越古道，源源不断地向山外的世界输送。和历史上许多茶马古道、盐马古道一样，粤桂古商道曾在推动商品贸易、促进各民族交往交流交融中发挥着重要作用。如今，水陆空齐头并进，世纪工程平陆运河即将开通，古道早已完成了它的使命，淡出了世人的视野，成为时光印记里逝去的一道风景，但那却是我们出发的地方，是一个国家和民族走向未来的起跑点。

沿着崎岖的古商道行进，再往上数百米，穿过一段很陡的竹林小道，不见石板了，脚下却散落着大小不一的椭圆石子。竹林尽处，豁然开朗，一片高山草甸映入眼帘，路边立着的一块巨石上刻下了此处的地名——扶隆坳口。往山巅望去，山势起伏错落，露出的山脊，披着草甸，异常青绿。沿着山脊摸索前行，草甸里夹杂着云香竹，一拨接一拨的，密不透风。这种高山植物，我小时候曾采过叶子，用以包三角糯米粽；也可用于编制斗笠，防晒遮雨功能极佳。今天总算明白，那令人连吞口水的三角粽，那配合我们摆姿弄态以拍摄的斗笠，竟然有十万大山一样的高度。

再行进 200 余米，到了山之巅，几块花岗岩突兀而立，石壁上“狮山观海”四个大字赫然入目。这就是十万大山的岭顶，海拔 1264 米。站在花岗岩上，环顾四周，此处正如虎狮项背，群山连绵起伏奔袭聚拢而来，宛若数十条苍龙巨蟒蜿蜒匍匐前来朝拜，巍峨壮观。遥望远山，苍苍莽莽，无边无际，都掩映在浩浩烟海中。俯瞰脚下来路，有群泉暗涌，水石相击，巨响似晴天惊雷，细声像珍珠落玉盘，溶洞处有泉声嘶嘶作响，如嘴馋的夜猫轻舔咸鱼，似海潮轻吻着海岸。众泉出发后，再汇成小溪流，骑众石，漫卷险滩而直泻，汇入不远处的明江。两水相接处，青黄分明，很明显地能划分出泉和洪的界限。又有数条橘黄或黝黑的，沿着河溪侧畔安置或穿插，那就是新建的向海高速公路或进山公路吧。西北方向山麓下，千百楼群素雅洁白，静若处子地亭亭玉立着，向晚的云霞如同晚归的羊群，在近家的地方微微轻绕着，左牵右引，但始终绵延串连。远远的上空仿佛飘浮着都市的声音，近处却出奇寂静。江水浩荡穿城而过，向海奔去，难道这山这水是从海上来，要回海上去吗？

此刻，山风从遥远的海边轻轻拂来，豁然开朗之间，胸中荡生层云。众人促膝休憩，美景一一品赏，妙谈益发热烈。有的说，写作文章如同深山云出，江河流水，自然而然，不可靠凿石引云，凿壁偷光，决堤导水，故作文要有所等待。有的认为，文章如山岚云霞，存于天地自然之中，就如同云烟中显现的意象，俯仰之间都有可能逃遁得无影无踪，所以为文者贵在抓住每一个不轻易的瞬间。有的慨叹世事沧桑，为文要入世扬道。比如，历史上这一带曾常闹匪患，在此取景的电影《英雄虎胆》也反映了发生于斯的一些旧事。过去有人在此落草为寇，是心性使然还是无奈之举？而今我等有幸到此一游，放逐心灵，倒是一番美事，却怎站着说话不腰疼，胡乱揣摩别人的苦楚？三十年河东，三十年河西。同一境地，不同时光，遭遇却如此悬殊。正如过去猪食的蕨菜、荠菜、艾草、蒌蒿、马齿苋、雷公根、鬼针草、红凤菜、红薯叶、马兰头、屡析草、牛皮菜、萝卜缨等物，现在却拿来养人；过去养人的木薯、苞谷、番薯、南瓜、马铃薯、豆腐渣、猪羊板油等物，现在却拿来喂猪。当然，生活总需要陌生度和新鲜感。

王勃《倬彼我系》云：“夫岂不怀，高山仰止。愿言毓德，啜菽饮水。”登十万大山，却让我等感受如此深刻，受益匪浅，怎能不抬头仰望它呢。眼前峰峦巍峨，正是山河盛夏，良辰美景，岁月静好，难道不值得珍惜吗？

又见

WRITER

本名韦秀观，壮族，广西大化人。中国作家协会会员、广西作家协会理事，现任广西民族报社社长。有小说、诗歌、散文、报告文学等作品散见于《民族文学》《北京文学》《散文选刊》《散文海外版》《安徽文学》《广西文学》等刊物。出版有散文集《大地之眼》、小说集《落在你胸口的目光》、诗歌集《又见村庄》等多部。

在恐龙曾经散步过的地方

韦 佐

零

这是百度和旅游攻略之外的江山半岛。

一

江山半岛就像大陆延伸到浅海里的一只脚。一旦驻足，从此便不再移步，就像一个坚贞而执着的守望者，一个时光的守望者。

江山半岛距今存在几万年？十万年、百万年或千万年？然而，它古老的程度仍极大地超出人类的想象，说起来就像蛮荒科幻片。

2002 年，岛上有村民发现疑似恐龙骨骼的化石。经专家考古发掘后，化石被认定为侏罗纪时期的恐龙，且为当时广西发现的时代最早的恐龙化石，也是我国南方沿海发现的首例侏罗纪时期恐龙化石。要知道，恐龙是生活在距今大约 2.4 亿年至 6500 万年前的巨无霸动物，曾是地球上最繁盛、最高大、最凶猛、最具代表性的物种，它统治地球时间长达 1.6 亿年之久。或可说，恐龙曾经在江山半岛散了亿万年的步。

发现恐龙化石在防城港境内不是孤例。2021 年 6 月，正在施工的东兴高铁站附近，工人挖出了疑似的恐龙化石，经专家鉴定为侏罗纪晚期恐龙化石。在防城港发现恐龙化石的两个地点，直线距离不到30公里。在直径30公里或更大范围内，是否还隐埋着更多的恐龙化石，这还不得而知。

作为地球上的生物，恐龙远远先于人类。据科学家考古认定，最早的人类可能在距今300万年或400万年之前出现。假如恐龙统治地球到20万年前，还会不会有人类的今天？要知道，恐龙中有吃素的，也有吃肉的。最高大的恐龙有6层楼高，身长有四五十米。人类能在地球生存繁衍到今天，并能上天入地无所不能，是多么了不起。我们必须为人类不与恐龙同一个时代而深感庆幸，或者说，人类也只是地球上的幸存物种。因此，我们没有理由不善待大自然和所有生命。

时光无痕，好在生物化石都万古长存。它就像骤然停摆的钟表，却清晰地刻录了时光的脉络。抚摸一节恐龙骨骼化石，耳畔仿佛会回响起亿万年前雷鸣般的长啸和震颤。

我想，江山半岛上一定还埋藏着更多的恐龙化石，包括恐龙蛋化石——当然，不必刻意去发掘，就让它们继续孵化无穷的时光吧！

二

其实，江山半岛的前身是一座孤岛。20世纪初围海造田后，孤岛才与陆地连接，从而形成今天我们所看到的半岛。

人类涉足江山半岛可谓年代久远。距今约一万年前的某一天，人类像游魂般穿越林野，涉过浅滩，走上这座孤岛。当他们反身时，来路已被汹涌的潮水淹没。人类由此认定这是天意，索性就安顿下来。大家席地坐卧，并着手钻木取火，于是岛上升起了人间炊烟。

日出日落。人类继续捕鱼猎兽，不知一日几餐，反正大把食材，取之不尽，足够全天候坐吃烧烤。人类于采食

◎江山半岛旅游驿站灯塔广场　梁宗阳/摄

之余，四处游荡。到了晚上，篝火是聚拢的中心，一为吃夜宵，二为驱猛兽，三为寒夜取暖。人类饱食之后，骨头和贝壳被随手弃于一旁。各类骨骸早已化为尘土，坚硬贝壳则堆积如丘，直至一万年后仍可辨认，故有“贝丘”之称。岛上的石海村，今存的阿婆山贝丘遗址，便是人类最早在岛上生活的最有力证明。

贝丘是古代人类的“厨余”遗物。地球上的沿海、内陆湖滨及临河地带，多有贝丘遗址分布。地球上贝类种类之多数量之大，非现代人类所能想象，它们是人类最重要的食物之一。人类狩猎猛兽，往往性命攸关，而采集贝类则不然。贝类行动缓慢，老幼俯身可拾，不需任何工具，且又便于烤炙，这也是贝类空壳堆积成山的一个原因。

对于无始无终、万世永续的时光，一万年也只是瞬间。

而今，江山半岛早已升格为国家4A级景区，大排档、民宿已有数百家。

疫情发生前，仅一个国庆假期，游客流量就超过50万人次。“上山下海又出国”是防城港旅游的“七字诀”。但凡到防城港，游客大半都会从江山半岛下海。

当然，还必吃海鲜。可选择烧烤的方式加工食材，可烤贝、烤鱼、烤大蚝、烤鱿鱼……好像除了海蜇（水母），没什么不能烤的。大约在一百万年前，人类就能控制用火。一百万年来，烧烤一直是人类的最爱之一，也是人类最古老、最传统的风味。人类的科技在飞速向前，但人类的味蕾却万古不变。现代人类所遗弃的贝壳，如果能像祖先那样堆积于某处，说不定也能成为一百万年后的贝丘遗址。

三

20多年来，我曾多次去白龙村。白龙村前有个珍珠湾（从前也叫珍珠港），那是江山半岛上最珍贵的去处。

我所知道的珍珠港在全世界有两处，一处在美国的夏威夷，因当年被日军偷袭而家喻户晓；另一处则在江山半岛，因盛产珍珠而闻名世界。

所谓“东珠不如西珠，西珠不如南珠”，而南珠的主要产地就在中国北部湾。南珠有两个主打品牌，皆称“白龙珍珠”，来自两个白龙村，一为北海市铁山港区营盘镇白龙村，一为防城港市防城区江山镇白龙村。两地采珠活动已有两千多年的历史。当年，两个白龙村都归合浦郡管辖。范晔在《后汉书·孟尝传》里有记载，说白龙珍珠湾一带“郡不产谷实，而海出珠宝，与交阯比境，常通商贩，贸籴粮食”，交阯所指区域为今越南北部，与“交阯比境”的就是今天的江山半岛白龙村。白龙珍珠曾在1980年美国国际珍珠评比会上获得“第一珠”的殊荣；同年，在日本博览会上被评为世界第一流珠品。

20世纪80年代中期到21世纪初期，江山半岛珍珠湾产珠达到高峰。个体养殖340多户，水体养殖面达3000

多亩，最高年产珠5吨。20世纪末的一个五月天，我在“岛主”老罗兄弟的引导下，深度采访了白龙村，当时正是插核季节。插核是个技术活：工人从未成年的珍珠贝里取出外套膜放在玻璃片上，用刀片小心翼翼地把外套膜切成七八厘米长、三四毫米宽的长肉条，接着再切成半颗米粒大的细胞片。用药水消毒后，再由插核工把一段珍珠细胞片和一颗珍珠核插到珍珠贝里，一段时间后就会形成珍珠膜。插核季节，每家养珠户都要请插核工，每户数人或数十人。其时几千人插核劳作的场景，相当壮观。

盛极一时之后，珍珠湾渐渐归于静寂。2017年5月，我再次采访白龙村。不到20年，340多户养珠户仅剩两户。

至今，大部分人对珍珠的认识，仅限于首饰。珍珠是奢侈品不假，但那是顶级产品，因品质等次不同，其价格差距也很大。购买者根据自己的经济条件量入为出便好。其实，一般工薪阶层也是能消费得起珍珠的。

珍珠不只是装饰品，其功效和作用也甚多。珍珠也是中药，具有安神定惊、清热滋阴、养肝明目、解毒生肌等功用，还具有淡化雀斑、美白润肤等作用。珍珠养殖对环境要求极高，尤其要求水质必须洁净。

特别怀念当年五月数千人插核的壮观场景。我在想，珍珠文化既可高大上又可接地气。为什么白龙珍珠湾不可以成为一方高品质的文化景点，一个时尚的游客体验区，从而成为一个网红打卡点呢？

四

我还多次去过岛上另一个著名的村子——潭蓬村。

它的闻名是因为唐朝人在此开凿了一条运河——潭蓬运河。它是中国唯一的一条海上运河，与桂林的兴安灵渠一样都是广西古运河。关于古运河，史书上有所记载。如今运河边的石壁上仍记有工程竣工后的落款。在此不再赘述。

而今，潭蓬运河的航运功能已废弃，但运河里淡水长流，仍灌溉着潭蓬、潭西两村2300多亩的稻田。因活水源源不断，古运河得以永远年轻。至于有无必要复原，又如何复原古运河，非笔者所能言说。

五

20多年了，之于我，江山半岛已成故地。但每一次去，仍必去岛上的大平坡——白浪滩。仿佛要去那里开阔一下郁结的胸襟。虽然我的居所可朝夕观海，但局促于海湾里，视野有限。

白浪滩能让你看到海洋弧形的天际线，看到地球蓝色的轮廓，而白浪滩本身可容纳数十万游客。当潮水退到最低，沙滩更加坦荡而辽阔。整个海洋疆域此消而彼涨，并不因此缩减。站在海风中，你的心情要化作一匹野马，化作一只海鸥或信天翁才足以驰怀。

当年交通虽不太方便，但我一年里仍多次去江山半岛。因为年轻，好玩好耍好山好水，当然还好其他。多样爱好，综合形成热爱江山半岛的所有理由。那里承载过我青春的一部分。

当年我还住渔沥岛上。渔沥岛属港口区，渔沥岛北码头及各个深水码头泊位，与防城区的江山半岛仅隔一道海湾。跨海大桥未开通之前，走陆路去江山半岛，得绕道防城，走一个变形的U形路，先搭中巴，再转搭“三马仔”。虽费时费力，但我们仍乐此不疲。

取水道比较直接，可从北码头搭乘载客的船只。10多年里，船费从2元涨到5元，包船也就三五十元。而现在，走陆路更方便，因此几乎没人搭船去江山半岛。

搭船约20分钟后，可从牛头码头登岛。临时客码头边上，十数辆“三马仔”已迎候多时。去的次数多了，被一些“三马仔”车主认出，他们也知道我们与老罗兄弟的关系。于是，每次上岛时他们都迎上来，说是老罗的亲戚，让我们搭他们的车子。没想到老罗兄弟的亲戚如此众多，且感觉越来越多。

上了客，“三马仔”便“吧吧吧”地吐出油烟，一路摇晃着，前往月亮湾、白浪滩、怪石滩等景点，或是去事先定好的某个村屯的农家小院。比如，盛夏时节，海鲜大餐已在沙滩边上准备就绪，或在寒冬时节，当地风味的狗肉大餐正在张罗之中。20 年前，我曾写过一篇题为《过海啖狗记》的文字，以纪念有一生友谊的狗肉兄弟。

而今只要空余，随时可去江山半岛。不过，我去的次数反而少了。与其说我渐渐忘记了江山半岛，不如说是渐渐忘记了自己。自庚子年以来，我们好像忘记了更多春秋，忘记了沙滩和海浪，忘记了白鹭和海鸥的啼鸣。年轻时的情意，好像也彼此隐逸，就像鱼和鱼相忘于江湖。

或许因为太熟悉了。但岛在心中，美好的一切，也长留心中。

六

江山半岛当然是我陈年忆旧的一个集散地。

自登上江山半岛的第一天开始，我就认识了“岛主”老罗兄弟。老罗兄弟是老兵、本土作家、半个歌手兼半岛上的活字典。他带着我采访了半岛上多位传奇而平凡的人物，其中有老兵、渔民、歌手、教师、个体户等。我们还设想过写“江山美人”人物系列，可最终未遂。

老罗写过或带着我采访过多位老兵，让我印象至深的是一位名叫张梓春的老兵。张老 1951 年入伍，曾在中央警卫团服役。警卫团的主要任务是保卫五大书记。退伍后，张梓春回到江山人民公社，后从江山乡（现江山镇）人大主席岗位上退休，如今老人年近九旬。还有一位老兵姓汤，参加过国民党军，起义后参加四野部队，随后又加入中国人民志愿军，奔赴抗美援朝战场。在战场上，他和战友一起用机枪击中低飞的美军飞机，飞机掉到汉江里，他们因此立了功。两位老兵的事迹，先后在当地党报刊发过，引起众多网友关注。

印象至深的，还有一位如“海碰子”的黄坤修老人。年轻时，他是江山公社沙万渔业大队灯光捕鱼船的一名船长。当年，他指挥40名船员，历经3个小时，最后成功捕获了一条5000多斤重的大鲨鱼。战胜恶鲨，这足够老船长自豪一生。当然，这条大鲨鱼比海明威《老人与海》笔下的那一条，应该大得多。前者靠的是人民公社集体的力量，后者却是一个老人的孤勇。意义各有不同。

七

江山如意，而意态万千，它就像一部蔚蓝的大书，任由海浪和时光书写。在无穷无尽的时空中，单个星球于整个宇宙，每个生命个体于人类整体，只不过是蝼蚁一般的细节和存在。

好在，我们的内心，曾经拥有过各自的江山，并曾经踏过脚下同一片江山。

韦佐 / WRITER

壮族，广西河池人。中国作家协会会员，广西作家协会理事，防城港市作家协会主席。已出版散文集、诗集、随笔集、长篇报告文学等6部。

归去来兮三十万

徐仁海

一

深秋的脚步，随了那渐渐透凉的北风，说到就到。在防城港市538公里的海岸线和更宽广的纵深陆地上，分布有超过10万亩的滨海湿地、库塘、河流、湖泊湿地等，还有中国大陆海岸连片面积最大的红树林以及北仑河口国家级自然保护区。这些都构成了防城港市良好的生态环境，更有无数善良的爱鸟之心，为候鸟的迁徙将这里打造成了安全通道、丰足的加油站、快乐的栖息地、舒适的繁殖地。

市林业局有关工作人员介绍：据监测，近年来，每年途经防城港市的迁徙候鸟有30余万只，在防城港市有迁徙记录的候鸟超过299种，分别隶属于16目50科，包括了鸻鹬类及鸥类等60多种鸟类，其中小青脚鹬、黄嘴白鹭、黑脸琵鹭、黑嘴鸥等为国家一级保护野生动物，更有全球极危珍稀鸟种勺嘴鹬。

一千只，一万只，十万只候鸟集中在这片滩涂上，它们在这里停歇、繁殖……赫赫三十万！似欲遮天，似欲蔽日。如约而至，如期而归。南是家园，北是家园，它们与人类同处一个地球村。

我的目光，执着地漫步或行走，在候鸟的落脚处，与候鸟和爱鸟护鸟人一次又一次，发生情深深意浓浓的情感碰撞。

二

防城港是一座生态之城，城在海中，海在城中。在港城西湾一隅，在江的入海口处，海岸线和浅海滩涂的红树林蔓生，并顺着江口往里延伸。在西湾50亩左右的红树林里，栖息着2000多只鹭鸟和其他候鸟，年年初冬来，岁岁暮春去。

冬日的傍晚，夕阳的脚步极慢，磨磨蹭蹭的样子。一抹抹金色的光照渐渐散淡。我静静伫立在瞭望哨似的观鹭棚里，海风带着湿润的海腥味儿，索索地钻入怀中。10米开外的红树林下，光线似是遭人刻意扯成细碎，而后极随意地一抛，凌乱偏又带着诗意。再30米开外，红树林密如草丛的冠顶上，两三百只早归的鹭鸟或站或卧或蹲，以千姿百态的画意朗朗然入目。鹭鸟们有的酒足饭饱似的紧闭着黄边嘴儿，眼睑欲闭未闭，似睡非睡地养神；有的翅膀扑棱着，悠悠然摇那爪下的枝条，似荡秋千的模样；有的曲颈咕噜咕噜地用喉咙哼着断断续续的歌子，安详地唱着晚歌，音色像极了腾格尔的低音，吵吵的带着让人麻酥酥的悠情；有的交颈相依，或脉脉含情相视，或喁喁情话；有的一副安详神态自顾自养神；有的凝了眼神，对着高高的云天；有的表情敦厚，盯住其他同族，眼神温柔……

远天，一抹红黄的晚霞，于悄然间，正为夕阳的归途铺了张巨大的金色飞毯。面前的红树林中，鹭鸟越聚越多，在晚霞的映衬下雪白得炫目。渐渐变得浅灰的天色里，百鸟归巢的情景，让人看着看着便产生情切切的归家意绪。

我望向低低的天空，鹭鸟三五成群，二三十只结队，细细小小的、一团一团的白棉絮似的从西湾的海天那边，朝红树林疾速飘来，渐渐地变大，倏忽现了身形，俄顷就有了展翅的仙姿，绰约地飞临头顶。归心似箭的鹭鸟们居然没有急于降落红树林上，而是执意地伸展翅膀一圈再一圈，三圈盘旋后才稳稳当当地落在红树林上。顷刻，枝条上、冠顶上便涌起一阵绮丽的骚动，一群又一群的鹭鸟，经过一天的劳累觅食，终

◎大白鹭　韦峻峰/摄

于又回到栖息地，享受一个晚上的安静与平和。

随着夕照慢慢散淡，红树林的绿，也就跟着变成了深灰。而那 2000 多只鹭鸟疏疏密密，皆白棉花团一般，和谐地构成一幅家园的安宁与祥和图。扑棱声和鸣啭声就渐渐弱了、隐约了。

妩媚的、婀娜的、仙姿绰约的、富态的、趴着的、单腿独立的、用长嘴梳理羽翼的、大鹭鸟低头与小鹭鸟亲昵的、交颈亲密的……皆随渐浓的夜色变得隐约。这时的我，真真恨不得轻手轻脚靠近它们，走进它们之中，甚至融进它们的和谐里……最让我动情的是，一只迟归的鹭鸟，于最后一抹天光中，嘴衔一尾鱼儿，匆匆掠过我的头顶，一个半月形的盘旋后，一闪身降落于枝丫处的鸟巢。幼鸟的晚餐，就这样有了安顿。

观鹭棚的远处，一艘赶夜海的机排，突突地鸣叫着，由远而近向我驶来。装着渔具的机排的身影越来越清晰了，却居然一下子没了声息。原来是机排熄火了，只借了惯性滑行，悄声驶过红树林。可渐行渐远后，机声复又响起，先是细小，而后消隐在夜与海的虚空处……那机排的驾驶者是怕机器声惊扰了白鹭家园的安宁吗？上岸后我问了村民，果不其然。

村民蔡二，四十刚过，身材精瘦干练，性格直爽，用闯海人特有的大胆与精巧，靠海致富，在临海处建了幢漂亮楼房。家门前这片红树林和红树林里憩息的那些鹭鸟，分明是与蔡二结了深深的情缘。蔡二对鹭鸟有一种欣欣的喜爱，他一直对这些吉祥鸟呵护有加。风雨来临之时，蔡二牵挂的心就会被扯到红树林去，雨停风止后，蔡二便会从冰柜里拿一袋小鱼仔，到红树林边抛撒……

三

山心沙岛东临钦州湾，南濒北部湾。岛上拥有大片的红树林、木麻黄和各种海洋水生植物以及泥质滩涂、沙滩，经过几年的保护和修复，现如今已经成了天然的滨海湿地。这块物种丰富多样的滨海湿地，既是广西沿海最重要的水鸟栖息地之一，也是东亚—澳大利亚鸟类迁徙路线中重要的中转站和越冬栖息地，同时还是候鸟们的繁殖地。山心沙岛位于防城港市港口区企沙镇，是国际重要湿地。

全球《湿地公约》规定，如果一块湿地规律性地支持着一个水禽物种或亚种种群的 1% 的个体生存，那么就应该考虑其国际重要性，可列为“国际重要湿地”。

防城港市海域内的海岸湿地、河流湿地、沼泽湿地与人工湿地共 82247.48 公顷，其中近海与海岸湿地 59853.42 公顷。

这里，没有冬日的肃杀，没有人类的侵占和驱赶。生物多样性的丰富，让候鸟们丰衣足食。它们的汇集，引起更多善良的注目，包括用长镜头或短镜头拍摄鸟类的摄影发烧友。

防城港市有这样一群摄影发烧友：在夕照的诗情里，在晚霞的画意中，他们的镜头久久聚焦的是纯纯的白与碧碧的绿。

这一刻，我仿佛看见拍摄者轻轻翕动的鼻翼，听到拍摄者心底的情感因候鸟而成为一幅虔诚祈祷的悠远投影；看见 40 米外的候鸟那闪闪的明眸悄然给他们行注目礼，听到候鸟发出的缠绵而温柔的低吟浅唱。

摄影，是他们对候鸟由衷的赞美。水波不兴，海风分明是轻得不能再轻了。他们趴着，他们蹲着，他们挺立着，甚至弓腰，甚至仰躺着。只为，抓拍候鸟在枝丫上的舞蹈；只为，抢拍一团绿上两团白色的热烈相拥；只为，捕捉一群归巢的候鸟在头顶上盘旋，仿佛棉絮漫天飘舞的精彩瞬间……

亲近候鸟的摄影，是他们向更多人传递的一种因为礼赞、因为感动、因为震撼而油然生出的对大自然、对鸟类的博爱情衷。是啊，地球是我们与动物共有的家园。生命因敬畏而高贵。我们都该深怀此情此爱，如同让心底拥有一轮永远温暖的日出。而深怀此情此爱的拍摄者，他们总是用镜头抓拍的精彩光影，在公众的注目中以花开的方式绽放。

洁白的鹭鸟为大自然奉献优雅的美，拍摄者用镜头捕捉到熠熠闪光的内核，为大自然升华和谐之美。但愿我的文字，以致敬的名义，能与摄影者、红树林以及红树林中这一群吉祥的鹭鸟同框。

每一抹晚霞，注定成为一段往事。但今时今日的这幅同框，明天依然新鲜，以至永远。我为人类与野生动植物共有的地球家园祈祷。

“像这样热爱拍摄鸟类的发烧友，防城港市目前有 50 人左右，他们将抓拍到的鸟类影像制作成短视频、影集等发至各类网站、公共社交平台和个人朋友圈，为爱鸟护鸟做义务宣传。”防城港市摄影家协会主席梁宗阳告诉我。

一个风和日丽的秋日，我与几个拍摄鹭鸟的发烧友来到山心沙岛时正值涨潮，秋水共长天一色。小岛完全被海水包围，像漂浮于海面的绿洲。周边星散的沙堆露出水面，以弓背或伸腰的状态，自然地“隔离”出一片湿地滩涂。湿地周边是海岸、红树林和木麻黄树，疏密不等，高矮不一，但都葱绿着。各式各样的留鸟和候鸟在浅滩上，忽聚忽散地觅食，或纵跃，或亭亭而立，或翩翩飞舞，或如天空一片片不带雨的云，场面蔚为壮观。

别小看了这一小块湿地滩涂，于长途跋涉的候鸟而言，这就是上天赐予它们既能歇脚又能饱餐的天堂。每年农历八九月间，随着候鸟迁徙季节的到来，爽爽的秋风吹响集结号，大量越冬候鸟就会从很远很远的海与山集结到山心沙岛。历经旅途艰辛的候鸟，终于有了一个觅食点和落脚点。

四

在冬日一个阳光灿烂的中午，瓦蓝的天空缀着几朵白云，北风带着寒意使了劲地吹。我迎着北风，穷目之所及，在百米开外的沙滩一隅，发现一小群疑似勺嘴鹬的鸟儿正在觅食。一瞬间怦然心动的我，惊喜自然是热烈的，满心雀跃中，我迫不及待地举起望远镜……

果真是勺嘴鹬！我终于遇见勺嘴鹬了！那一刻，我兴奋得快要喘不过气来。

小小海沟曲曲弯弯，细如溪的海水悠悠然流淌着。嵌在鸟群中的勺嘴鹬，脚步碎碎地行走在沙滩上，那黑漆漆的勺嘴如匙，在阳光的照射下油油地锃亮着，它们正迅捷如电动似的在浅水中铲着、戳着，在海水留给沙滩的皱褶里觅吃小鱼小虾和各种微生物。沙滩的凹处，仄仄斜斜的小海石旁，都是它们觅食首选的地方。它最特别的是那汤匙形状的嘴，觅食时，那嘴迅速地铲着，短腿呢，时慢时快地碎步前行。灰褐色的羽毛，配上浅黄色的纵纹格外显眼，白色眉纹尤为显著。冬季时体羽灰色较浓，额及胸皆雪雪地白着，虹膜是褐色的，一副惹人怜爱的模样。我屏住呼吸慢慢向它们靠近。它们显然已经发现了我，微微骚动又骤然飞起，见我不再靠近，又倏忽而落，专注地觅食。若它们真的受了惊吓，很容易飞走，飞往不远处那茂密的红树林。立即止步不前的我，远远地、友善地望着它们……两三只吃饱喝足的，收起一只脚，作金鸡独立状，在呼呼北风中独脚站立。那站立的独脚竟像是着了魔似的居然纹丝不动，在风中稳稳当当。北风将它们尖细的叫声传来，听着更让人心生怜爱……勺嘴鹬身边的沙蟹和跳跳鱼也在躲躲闪闪地觅食；海鸥星星散散，跃行觅食那小鱼小虾，灰白的羽毛闪闪发亮；红嘴鸥或舒展翅膀低飞或碎步而跑，鸣啭调笑；一只翠鸟机敏而快活地左顾右盼……构成一幅和谐而动感十足的和美生态图。

距勺嘴鹬百十米处，十来只黑翅长脚鹬，正抬着鲜红的长脚，一步一步地探在浅滩中觅食。头与胸是雪白的羽，刺眼。它们在冬日里产蛋，暮春归途时便会拖儿带女……

据劳科长介绍，2014 年，在京族三岛的金滩东面沙滩，几个摄影发烧友首次发现三只勺嘴鹬。防城港市林业局森林资源保护科的工作人员闻讯即赶往金滩，在几天的守候和搜寻后确认这是勺嘴鹬首次现身防城港。此后每年，在守候和搜寻中，他们都会发现勺嘴鹬数量有递增，且往红树林茂密的山心沙岛方向的沙滩逐年汇集。这个极度濒危物种，落户防城港，应该是因为这里生态环境的不断改善。2022 年，在防城港红树林近旁不同的三四个点上，共发现有 12 只勺嘴鹬，这是目前广西发现勺嘴鹬最多的滩涂。

五

广西北仑河口国家级自然保护区，经过 10 多年的生态修复，生态环境正在持续向好发展，成为广西沿海重点保护水生野生动物最多、野生动物多样性最丰富的地区之一。

拥有“中国白鹭之乡”称号的防城港市，近年来以红树林保护区生态修复为契机，积极实施海岸绿化带修复、提升及湿地生态恢复工程，不让湿地被填土、被挤占，同时不断加大对水生野生动物及其栖息地的保护和修复建设力度，让“万物各安其所”。这里的生态资源持续丰富，拥有 84 种大型水底栖息动物，鱼类 24 种。野生水生动物种类繁多，野雁、尖嘴鹬、青鹬等上百种候鸟迁徙于此。在海水的载沉载浮中，在红树林的遮风挡雨中，在爱鸟、护鸟人的守护中，在这样祥和良好的生态环境的滋养里，这片沙滩成为名副其实的鸟类乐园。

我在走访中得悉，防城港市在广西率先设立红树林长制，红树林保护纳入所在地行政主官的任务清单。同时，聘请专职巡护员对红树林开展网络化巡护，全市红树林巡护率达 95% 以上。

截至 2023 年年底，防城港市红树

林面积达 2258.1 公顷。在保护现有红树林湿地的基础上，连续几年来，防城港市不断加大力度，陆续实施了“珍珠湾片区红树林保护与恢复工程”“蓝色海湾”生态整治修复工程。

常言道：水积而鱼聚，林茂而鸟集。良好的生态，让候鸟们想来便来，来了能住，能栖息，能繁衍。

30 万只想来来、想去去的候鸟，你们有福了。

徐仁海 / WRITER

中国作协会员，防城港市作协副主席。在《民族文学》《中国报告文学》《广西文学》等全国 20 多家报刊发表报告文学、小说、散文、诗歌等近百万字。曾获广西壮族自治区成立 60 周年讲好“广西故事”民族团结进步征文一等奖、“壮美自然杯”文学作品一等奖。

寻访八阵图

磨金梅

早就听说在苍苍莽莽的十万大山里深藏着一个神奇且秀丽的地方——八阵图，相传那是远古时候的神仙们运用法力搬来八座大小不一的山峰排布而成的。为了一睹它的神秘与风采，去年十月的一天早上，我们一行八人在向导的带领下雄赳赳气昂昂地驱车出发了。

经过将近一个小时的车程，我们来到南屏瑶族乡汪乐村汪门屯背面的山脚，没有休息就迫不及待地跟着向导向耸立在面前的大山进发了。

顺着悬垂在倾斜近 70° 的斜坡上的羊肠小道，我们一行鱼贯而上。山林里格外寂静，偶有山鸟一两声清脆的鸣唱在某处悄然响起。山路越来越陡，我们只好借助双手，紧紧抓住路旁的小树慢慢往上攀缘。穿过一片茂密的松林之后，原木弯曲的小道在这里莫名地消失了，展现在我们眼前的是一片低矮修直的竹林。没有办法，我们只好学着向导的样子，双手小心扒开前面细密的竹枝，低头敛气艰难穿行。竹林非常茂密，一根根挤挤挨挨地连成一片，像巨大的帷幕延绵遮挡，以至于相距才一米多的两个人竟然看不到对方的身影，只能听见沙沙的声响在身前身后响起，却辨不清是风吹竹叶的声音，还是同伴们在穿行。我们就这样持续行进了半个多小时，前面的竹林逐渐变高，竹身挺拔且疏落了一些，刚才分散前行的队伍终于慢慢地汇拢起来。带队的领导清点了一下在场的人数，还好，一个没落。经过了刚才的一番密林穿行，大家显然都累坏了，头发蓬乱，衣服鞋裤甚至是脸上都满是竹木摩擦出的灰黑的印痕。有人嘿嘿地笑着说："当年作恶多端的土匪为了躲避解放军追剿，逃到这深山老林里，日子着实不好过啊！"他话音未

◎十万大山　刘柳龙/摄

落，即引来了大家一片哈哈的笑声。大家见我背着沉重的相机包行动不便，便纷纷劝我就地休息，等傍晚他们返回时再和我会合。我坚决不肯。独自待在这不见天日的深山老林里，再多借我几个胆，我也不敢呀。再说谁知道返回时他们是不是还能找到这里呢，万一他们不从这里经过，那我岂不得成为野人了？到时候，即使是开着直升飞机来寻也未必能寻得着呢。

灌了几口随身携带的矿泉水，大家都精神了不少，又有说有笑地出发了。可还没走出多远，就听见“啊”的一声惊叫。大家的目光顺着叫声定在我旁边正龇牙咧嘴的同伴身上，发现他的一只脚踩中了猎人埋藏在枯竹叶下的一个海碗大的铁夹，铁夹两边巨大的齿子牢牢咬住他的鞋和小腿。大家都被这突如其来的一幕吓住了，赶紧扶住被夹的同伴，并让两个身强力壮的男士弓下身来，一人一边使劲往后掰铁夹。无奈，铁夹实在是咬得太紧，尽管这两位大力士牙关紧咬、眉拧筋凸，脸涨得通红，可铁夹却丝毫不肯松口。最后有人提议砍两根坚实的木棍，分别插进铁齿的空隙里用力撬，最终才把同伴的脚从铁夹的尖嘴里解救出来。向导心有余悸地告诉大家，这是猎人专门用来夹野猪的“铁猫”，好在它已经被埋藏了很久，锯齿完全锈掉了，要不然呀，被夹的脚不断也得掉块肉。

有了这样的教训，向导为了安全起见，遂砍了根棍子在前面探路，让我们一行人紧跟在后面踩着他的脚印前行。起初大家也都还算规矩，排成一列，迈着谨慎的步子小心前进，可还没坚持多久，就有人陆续偏离队伍，采草药、寻灵芝、摘蘑菇、捡木耳去了。我也被路旁一种红色的肉柱状植物吸引了眼球，掏出相机狠拍几张后又赶紧小跑着追上前面的队友。向导看了我拍的相片后说这是肉苁蓉，可以入药的。我对此不感兴趣，只是喜欢它火红敦实的可爱模样。

如此经过三个多小时的丛林行军，我们终于拨开竹林见天日。抬头仰望，只见丝丝缕缕洁白的雾霭从矗立在我们前方的两座高矮不一的山峰后面款款而出。以前在南屏工作时，也时常看见雨后的山林里弥漫着一层会流动的白纱，如烟如雾，轻盈缥缈，恰似仙女轻舞的飘带。可那时只是远远地望见，虽觉得惊奇和美妙，却少了一丝震撼。如今看见这如岚似梦的一丝丝、一缕缕、一团团就那么源源不断地、触手可及地涌现在我们面前，大家一时竟都忘记了说话，就那么静静地瞪大眼睛仰着脖子望着，如痴如醉，如一路跪拜而来的信徒终于望见了自己苦苦找寻的神龙雪山。向导见我们痴醉不前，提醒我们，翻过前面这座山峰，后面那座高一点的山岭下面就是我们要寻找的八阵图了。听向导如此说，大家立刻情绪激奋，欢呼着拨开挡路的杂草灌木，一鼓作气冲上了面前这座云遮雾绕的高峰。

说来也怪，刚才我们在山脚仰望时，只见团团白雾自此山中滚滚而出，好似这山里藏着一个能吞云吐雾的怪洞，如今爬上来一看，却不见有一丝一缕的云雾分绕左右了，四周只清清爽爽的。连绵起伏的山岭或呈苍黄色、或呈墨绿色、或呈青黛色地横亘在我们前方，一望无际，气势磅礴如铺展的巨幅国画。极目远眺，隐约可见乡村、公路点缀其间，使这幅巨画少了点呆板，多了些灵气。一位同伴颇为感慨地说：“我想，当初第一个把这片山脉命名为十万大山的人一定也是登上了这座山岭，他才会有十万大山这样一个千古的慨叹。”

此时已经是中午十二点半了，一路跋涉而来，我们都已经疲惫不堪。可是前面不远处，不断喷涌洁白云雾的另一座更高的山峰却依然强烈地激发着我们探秘的欲望。同行的伙伴掏出了早上从县里带来的小面包发给大家，大家就着矿泉水匆匆聊慰一下辘辘饥肠，然后又开始向着巨人一样耸立在前方的第一高峰发起了最后的冲锋。山路并不好走。隐约可辨的小路由于人迹罕至，早已是古藤盘绕，枯枝败叶横陈。幸亏我们这位头发花白的向导有先见之明，在早上出发时随手带了一把锋利的柴刀，一路上劈枝砍藤，为我们开出一条需要低头弯腰才可勉强通过的小径。

循着小径翻过灌木覆盖的山岭，我们终于站在了第一高峰的顶上。向导说，我们的前面就是八阵图了。呵，可是谁能看得清这八阵图的真面目？刚才在我们身旁消失的云雾，原来是集中到这山谷里来了。只见我们脚下的这条山脉全部淹没在茫茫雾海中，这些白色的雾霭慢慢地往上飘移，我们也便置身在云雾的包围之中了。忽然，山谷里的雾海像被一只无形的巨掌一拨，苍翠的八阵图如一件深藏不露的宝物，蓦地出现在我们面前。可还没等我看清八阵如何排列，那些绵软如絮的雾霭复又把它遮盖得严严实实了。如此循环往复，终不能叫人看透八阵图的神机奥妙。想必当年布阵的神仙，早已在此设下了瞬息万变的迷雾，凡人是不可随意看清的吧。也罢，且让我张开双臂，拥抱住从身旁轻盈掠过的雾岚，体会一下凡间胜景的美妙吧。可是我却无奈地发现，除了衣服上、头发上的微微湿润，我的臂弯里一无所有。我想，也许这辈子我注定无法摆脱红尘俗世的羁扰，所以才无法挽留住这些缥缈的神烟仙气吧！

人说最美的风景总是在难以到达的山巅。这话是不错的。只有付出了常人难以想象的艰辛与努力，才能有别人意想不到的收获。更关键的是闯过了今日如此的艰难险阻，今后的人生路上，我们，还会惧怕什么？！

磨金梅 / WRITER

壮族，中国作家协会会员，防城港市作家协会副主席、上思县文联主席。曾获冰心儿童文学新作奖、广西文艺创作铜鼓奖等。出版有散文集《爱，就在身旁》《忘情花》，诗集《我在十万大山等你》（合著），中篇儿童小说《红娃仔》《举起我的梦想》《寻找并蒂莲》，科普读物《水中精灵》等。

海边的孩子

亮　华

防城山谷里的风开始吹向海岸，拂过细软的黑沙，卷起一排又一排的海浪。南渔妈妈唱起了咸水歌，爸爸启动渔船驶向在月光中摇曳的漆黑色的大海。

南渔躺在渔船的甲板上，她的腰上绑着一根麻绳，麻绳的另一头绑在妈妈的腰上。南渔学会走路以来，每次出海捕鱼，她的腰上都会绑着这根麻绳，妈妈在麻绳的另一头和爸爸一起忙碌，她在麻绳的这一头自由自在地玩耍。一根麻绳紧紧地连接着妈妈和南渔，就像一条生命线绑在了妈妈的心坎上。尽管南渔觉得她现在已经长成一个大孩子了，不需要再用麻绳绑着了，可妈妈却从未松开过这根麻绳。只有把它牢牢地绑在南渔的腰上，妈妈才能安安心心地出海。

爸爸和妈妈的目光都停在一望无际的大海上，那个他们一次又一次驶向的大海，是他们生存的依靠。而南渔的目光，却留在了防城的山谷里，那里有着她的牵挂。

自从和爸爸妈妈搬到岸上住后，南渔就喜欢上了陆地的生活。她喜欢在沙滩上奔跑，喜欢去学校上学，喜欢走进防城的山谷里。南渔便是在一个雨过天晴的午后，在防城的山谷里遇见了金花。

那天，南渔刚走进山谷，就听到了一声声“哎哟……哎哟……”，南渔呼喊:“是谁？”没有人回答她。可过了一会儿，“哎哟”的声音又响起来了。南渔顺着声音的方向，走到山谷的深处，然后向上攀爬，一直爬到了山顶，可她还是一个人都没有见到。这时，山崖边又传来了那个声音。南渔小心翼翼地走到山崖边，只见到一株倒在地上的小树苗，它的根裸露在地面上，还带着湿漉漉的泥土。看见南渔走来，小树苗竟激动地对她说：“快来帮帮我！”南渔没想到这株小树苗竟然会说话，她疑惑地问：“刚刚一直发出声音的是你？”小树苗说：“是的，就是我。”南渔摸着头还想问什么，小树苗着急地说：“先帮帮我，把我移植到土里吧。”南渔只好走过去，挖开小树苗旁边的泥土，轻轻地扶起小树苗，把它移植进泥土里，再把泥土填回坑里，用力拍紧。

小树苗告诉南渔，它叫金花，是一棵金花茶树。南渔奇怪它为什么会说话，金花笑着告诉南渔，它从出生在这山谷时就会说话了，只不过只有还没长大的孩子才能听到它说话。南渔说，你明明长着翠绿的叶子，怎么会叫金花？金花说那是因为它现在只是一株小树苗，等它长大到了花期，就能开出金色的花朵了。

南渔对金花说：“我刚搬来陆地上不久，还没有朋友，我可以和你做朋友吗？”

金花说：“没问题，你是第一个发现我的人类，你可以随时过来找我聊天。”

从这一天开始，南渔和金花便成了最好的朋友。每天放学后，南渔都要跑进山谷，来到金花的身边，把她当天学到的知识、遇到的事情分享给金花。南渔说了很多在渔船上没有经历过的事情：南渔说她第一次吃到了又冰又甜的雪糕，雪糕含在嘴里的感觉，她一辈子都不会忘记；南渔说妈妈帮她买了一条漂亮的花裙子，她在金花的身边转着圈，裙摆飘起来，就像一只美丽的花蝴蝶；南渔说她学会了写汉字，知道了“疍家人”指的就是她和爸爸妈妈……

金花听了南渔的分享，对人类的世界充满了好奇，它开始每天期待南渔的到来，期待听到更多人类的故事，金花甚至想过要到人类的世界去看看，但它知道它不能离开山谷。

清晨，太阳还没有从海平面上升起，南渔家的渔船就捕鱼归来靠近港口了。昨晚的渔获很多，爸爸和妈妈都很高兴。南渔也很兴奋，她拍打着甲板，催促着爸爸赶紧靠岸。周末不用上学的日子，她可以整天和金花待在一起。

渔船刚刚靠岸，南渔便快速地解开腰上的麻绳跳到岸上，帮妈妈把固定渔船的缆绳系在岸边的石桩上后，就头也不回地跑了。妈妈看着远去的南渔，无奈地摇了摇头。虽然他们现在搬到了岸上生活，但是疍家人世代以捕鱼为生，他们始终没有放弃捕鱼这门生计。只要有时间，她都坚持要带着南渔出海捕鱼，她希望南渔能多少学到些捕鱼的技能，可偏偏南渔却对捕鱼丝毫不感兴趣。

南渔飞快地奔向山谷，跑到了金花的身边。金花对着跑来的南渔着急地说："你可算来了，昨晚一场大风，又把我吹倒了。"南渔看着金花窘迫的样子，一边笑一边又把它扶起种好。金花说："你别笑了，快想想办法把我种得牢靠一点，我可不想再被风拔起来，再这么折腾几次，我都要长不大了。"南渔想了想，在山头找了一块扁平的石头，将金花下面的泥土用力拍紧。随后又找来了一堆石头，堆放在金花身边，只留下一些缝隙，让雨水可以渗透下去。南渔对金花说："这下你肯定不会再被风拔起来了。"看着南渔做完这些，金花催促她赶紧说说昨晚出海捕鱼的事。南渔告诉金花，昨晚他们的渔船捕获了很多的鱼，最重要的是爸爸捕到了一条十几斤重的石斑鱼。这种鱼虽然长得有点丑，但是味道好吃，价格也贵，他们可以卖不少钱了。金花想象不出南渔说的丑石斑鱼是什么样子，它对南渔说："我也好想去看看你说的那个石斑鱼呀！"

南渔说："我可以带你去呀！"南渔说完，想了想继续说，"对，我可以把你移植到我们家，这样我们就能一直在一起了。"

金花说："不行，我是这个山谷里唯一的一株金花茶，这里是我的家，我不能离开这里。"

南渔有点失落，她很想把金花带回去，但是她知道不能强迫自己的好朋友。南渔只好对金花说："那下次我带一条石斑鱼来给你看看。"

金花安慰南渔说："你别难过，等我长大，长出新的侧芽，你可以把它带回去，养一株金花茶在你的家里。不过你得答应我，你要好好照顾它。"

南渔听了金花的话，开心地猛点头，她对金花说："你放心，我一定会精心呵护它的。"

经过了几个月忙碌的捕鱼期，很快

◎金花茶　梁宗阳/摄

就只剩最后一天捕鱼的时间，过了这天就要进入休渔期了，可偏偏天气预报说今晚海面有暴雨，提醒渔民不要出海捕鱼。南渔爸爸和妈妈商量后，决定不能浪费这最后一天出海的时间。暴雨天出海的渔船少，说不定他们还能捕到更多的鱼。妈妈把南渔留在了家里，和爸爸一起出海了。

南渔听着窗外的电闪雷鸣，总担心爸爸妈妈遇到危险，一整晚都没怎么睡。天还没亮，南渔便急忙起床跑到码头等爸爸妈妈。南渔一直等啊等，等到天亮了，等到太阳从海平面上冒头了，还是没有见到爸爸妈妈回来。其间只有零星的几艘渔船回到码头，南渔跑过去问，渔民都说没有见到她家的渔船。南渔挠挠头，跺跺脚，继续等啊等，直到太阳升到她的头顶，她才见到自己家的渔船缓缓地驶回码头。南渔激动地朝着渔船挥手，又赶紧跑到石桩旁边。渔船一靠岸，她快速地跳上甲板，抓起缆绳绑在石桩上。南渔跑进船舱，看见妈妈披头散发地坐在船板上，一脸的憔悴。南渔走到妈妈的身边，抚摸着妈妈脸上的泪痕，担心地问:“妈妈怎么了？爸爸呢？”

妈妈一把将南渔抱在怀里，痛哭起来。一边哭一边颤颤巍巍地告诉南渔，昨晚捕鱼遇到大浪，爸爸为了救摔倒的她，不小心掉入海里了。南渔不敢相信她听到的，她哭着说:“爸爸的水性那么好，怎么没有游回来呢？”妈妈断断续续地说，风浪太大了，渔船一下子被冲出好远，她只能眼睁睁地看着爸爸被卷入海水里。

爸爸的离去，让南渔感觉自己的世界一下子变小了。她的心里非常难过，可是她更担心妈妈，这几天她总是寸步不离地陪着妈妈。

等到妈妈的情绪稍稍稳定，她离开家来到金花身边时，已经是爸爸走后的第八天了。这是南渔和金花认识以来，南渔第一次这么多天没有找金花聊天。南渔没有告诉金花爸爸去世的消息，但是金花明显感觉出来，南渔跟以前不一样了。

南渔离开山谷之前，金花似乎预想到了什么，它让南渔把自己长出的一株侧芽带回去。南渔十分客气地对金花说了声谢谢，把小金花树苗带回了家，种在了院子里。

日子一天天过去，院子里的小树苗在南渔的养护下，长到她的腰那么高了，三个多月的休渔期过去，又要开海捕鱼了。南渔紧紧地跟着妈妈，想要和妈妈一起出海。妈妈却独自踏上渔船，不让南渔上船。妈妈知道，南渔喜欢陆地的生活，她不想把南渔“绑”在这艘渔船上。

渔船缓缓启动后，妈妈走到甲板上，拿起她过去用来绑住她和南渔的那根长长的麻绳，对着南渔招了招手，笑着把麻绳扔进了大海里。南渔望着妈妈的身影，抹去眼角的泪水，一头扎进海里，快速朝着麻绳的位置游去。麻绳刚刚吸够水正缓缓下沉时，南渔游到了那里，抓起麻绳又加速游向渔船。

妈妈看见南渔跳下海，赶紧停了渔船。她很担心南渔，等南渔爬到甲板上，她刚想训斥南渔时，南渔走到她面前，把麻绳的一头紧紧系在了她的腰上，另一头牢牢绑在了自己的腰上。南渔用她的行动告诉妈妈，她会是妈妈坚实的依靠。

南渔开始常常和妈妈一起出海捕鱼，她的技术越来越娴熟，成了一个出色的小渔民。

院子里的金花茶树开出第一朵金花茶的那一天，南渔出海捕到了一条大大的石斑鱼。她想起了防城山谷里的金花，于是她带着捕获的石斑鱼，来到了金花的身边。金花已经长得很高很大了，金黄色的花朵开了满满一树。南渔轻轻地呼喊着金花，说给它带来了丑石斑鱼。

山谷吹起一阵暖风，南渔闻到了金花茶的清香，可是她已经听不到金花的声音了。

亮华 / WRITER

本名张亮华，湖南桃江人，广西作家协会会员，现任职于广西民族大学文学影视创作中心。著有小说、童话、诗歌、散文等作品，发表在《作家》《儿童时代》《东方少年·阅读与作文》《小溪流》《语文报》《小学生拼音报》等刊物。曾获改革开放40年来广西优秀儿童文学创作评选三等奖、2019年《好儿童画报》“小百花”好作品奖等。

北仑河口红树林

陈增瑜

涨潮时，防城港市北仑河口的红树林肩并着肩、手挽着手，茁壮挺拔，无边无际，浪打不倒，风吹不折，像一排排抗洪护岸的卫士。当狂风横扫北部湾的海面，涌起的滔滔巨浪似千万匹脱缰的野马，竖着鬃、昂着头、撒开蹄，向红树林猛扑过来的时候，被团结坚韧的红树林撞得昏头转向，“哗——哗——”地喘着粗气。

去年的冬季，我到了防城港市的红树林区域——北仑河口国家级自然保护区，这里是中国大陆海岸连片面积最大的红树林和中国唯一的边境红树林，被列入国际重要湿地名录。尽管是入冬季节，但这里依然生机勃勃，呈现出一种异样灿烂的华彩。在阳光的照映中，红色的红树林果、青绿色的红树林叶、灰色的红树林干，浓淡有致，层次分明。红树林里，一丛丛红树林花，在冬天里开放。一只只林雀，如紫燕在欢跃。置身于这种空气清新、色彩丰富的环境之中，望一眼都惹人心醉，在冬天里根本没有“满地芦花和我老”的萧条之感。

同山里人喜欢竹子一样，防城港人对红树林有着特殊的感情。红树林自然保护区的老李同我一见面，便红树林长红树林短地跟我讲得津津有味：红树林以凋落物的方式，通过食物链转换，为海洋动物提供良好的生长发育环境；红树林区内潮沟发达，潮沟为海水的流动提供了通道，吸引了深水区的动物来到红树林区内觅食栖息，生产繁殖；由于红树林生长于热带和亚热带，并拥有丰富的鸟类食物资源，所以红树林区是候鸟的越冬场和迁徙中转站，更是各种海鸟觅食栖息、生产繁殖的场所；红树林的重要生态效益是它防风消浪、促淤保滩、固岸护堤、净化海水和空气的功能；红树林盘根错节的发达根系能有效地滞留陆地来沙，减少近岸海域的含沙量，茂密高大的枝体宛如一道道绿色长城，能有效抵御风浪袭击……

我受他情绪的感染，连声称赞道：“这种植物用途广泛，真是防城港的一件好东西啊！”

老李几乎是手舞足蹈地继续介绍道：自古以来，绝大部分红树林都是自生自长的。防城港市有538公里海岸线，截至2023年年底红树林面积为2258.1公顷，是全球三大国际红树林示范区之一。每年有数以万计的候鸟在红树林保护区内过冬。防城港环境空气质量优良，多年居全区首位。近年，飞抵防城港红树林保护区过冬的候鸟越来越多。截至2024年8月，监测到的鸟类由原来的187种增加到304种，其中包含勺嘴鹬、黑脸琵鹭等珍稀濒危物种和小滨鹬、大天鹅等广西首次记录鸟类，监测记录到的鸟类数量居全国保护区前列。

以前，防城港的红树林周围有很多餐馆和大规模海鸭养殖场，导致红树林生长一直都受到影响。因此，防城港出台政策规定，不论什么大项目，只要影响红树林发展，都要让位。为此，防城港开展以红树林生态系统、滨海过渡带生态系统、海草床生态系统及生物多样性为主的生态保护，促进了“三大生态系统”的良性循环。在北仑河口国家级自然保护区先后设立石角、交东、黄鱼万、佳邦、独墩、黄竹江口6个永久性固定观察研究基地，全面开展海域、海岛固定样地样点的水质监测、底质监测、红树林生长情况监测和鸟类监测等生态监控工作，有效地保护了红树林。病虫害是红树林最大的天敌。2015年秋，北仑河口国家级自然保护区内，出现了大面积红树林叶黄、枯萎等现象，不到10天，受害面积超过2000亩。专家迅速到现场勘察，确认红树林枯萎的原因是遭受虫害。发现问题后，当地马上进行灭虫处理，保护区采取远距离高压水冲的方式，对附在叶片上的幼虫进行冲射，然后用自制的网兜捞取被冲落在海水里的幼虫和虫茧并进行消灭。为了彻底除虫，工作人员还在潮落间隙采取人工摘除受害树叶的办法。很快，病虫害得到有效遏制，红树林又恢复了往日的生机。

◎防城港市红树林　寇林波/摄

从2004年开始，防城港市的有关部门定期对红树林生态系统、生物多样性、海洋环境和鸟类进行科研监测，对重点海区、园区污水排放口、入海河流断面等实行全天候在线监测，对北仑河、珍珠湾等重点区域进行环境状况趋势性监测。近年来对重点海域的东湾、西湾，进行了全面清淤，并对西湾岸线进行整治，开展了红树林、海草床修复工作。同时，不断控制近岸养殖规模，推进人工鱼礁、海洋牧场建设，控制围填海总量规模，控制北仑河、企沙港和珍珠湾等海域的开发利用空间，增加生态保护空间，使自然岸线保有率不低于35%，海洋生态功能区面积占防城港市近岸海域面积的比例不低于40%，使防城港的红树林面积每年都有所增加。如果说数字就是音符的话，那么，以上这些数字，不就能谱成一首首激动人心的歌曲吗？在这些简单的数字里，包含着多少风霜雨雪的考验，反映了多少日日夜夜的鏖战，体现出多少攻关克险的智慧啊！

北仑河口的红树林，是团结战斗的集体，肩并着肩，手挽着手，浪打不折，风吹不倒。

北仑河口的红树林，是繁荣兴旺的家族，根走芽，芽发根，易生易长，海岸处处为家。

北仑河口的红树林，是防城港的珍宝。为祖国，为人民，鞠躬尽瘁，争做贡献。

陈增瑜 / WRITER

瑶族，中国民间文艺家协会会员，中国少数民族作家学会会员，广西作家协会会员，广西民间文艺家协会会员。有散文、诗歌等作品散见于国内各种报刊。出版有散文集《在那神奇的地方》，诗歌集《我们可爱的边疆》《山海情韵》等。编著出版有《京族喃字史歌集》《京族喃字民歌集》《宋珍歌》及《中国京语词典》（合著）等。

第二辑　印象防城港

相约防城港

李 洱

防城港是一个极有特色的城市，工业发展和生态保护都给人留下深刻的印象。

我常来广西，但却是第一次到防城港市。很早以前，我对防城港市就有初步的了解，知道这里是“海上胡志明小道”的起点，是一个边陲城市。百闻不如一见，这次参加“共赴海边山·相约防城港”采风活动，让我大开眼界。这个城市碧海连天，有古村、古街、古庙，有新港、新街、新风尚，是一个古与新、历史与现实互相交融交叠的城市。这样的城市在内陆也有，但防城港市给人的感觉非常直观，又风情又风流还有风度。

我们到了防城港码头、簕山古渔村、东兴竹山村、东兴侨批馆等地实地参观，了解了防城港的边海特色和历史文化。在簕山古渔村，我看到孩子们在海边玩耍，就想他们长大后应该会心胸开阔吧。在山海相连地标广场，我看到来自越南的游客和我们的百姓友好交谈，觉得这真是一幅美好的画面。

在东兴侨批馆，听了讲解后，我对侨批的历史文化颇感兴趣。我在侨批馆里感触很深，觉得它是一个历史的见证。在这里，我们了解了对外交往的故事，感受到了对外开放的悠久历史。它是一个既有历史感，又有现实感的地方。

广西著名作家东西邀请我参加作家鬼子的长篇小说《买话》在北京的新书发布会，但因为要来防城港，我与发布会擦肩而过，非常遗憾。东西、鬼子同为广西河池籍作家，我发现他俩笔下的广西，与我所见到的广西边城防城港有很大的不同。

我和鬼子共同参与了 20 世纪 90 年

代中国小说的变革。那时候，鬼子的“瓦城三部曲”名重一时，至今仍是中国当代文学史绕不过去的作品。多年来，文学圈一直在期待他的新作。看到《买话》，我认为这是鬼子迄今为止最重要的一部作品，他又一次超越了自己。

无论是对有城市生活经验的读者来说，还是对有乡村生活经验的读者来说，《买话》都具有启发性和概括性，能让人产生强烈的共鸣，相信很多读者能够从中看到自己，看到自己的生活、自己的心灵。同时，这本书从另外的角度书写了山乡巨变。在山乡巨变的时代，一个人、一群人，从孩子到老人，如何被塑造，是非常重要的主题。《买话》准确捕捉了这样的主题。

鬼子的小说非常耐读，他的语言明白晓畅，故事内蕴又非常复杂。这本书对城乡生活的描述准确而真实，同时又有些荒诞。毫无疑问，我认为这是最近几年非常值得读书界重视的一本书。

河池多山，相对闭塞；防城港面海，相对开放。河池的山乡巨变与边境城市防城港的五彩缤纷，是时代文化多样性的一个实证，也是广西文旅多样性的一个实证。

有人问我，此次采风活动所感受到的防城港的海边山特色和了解到的历史文化是否会给文学创作带来灵感时，我是这么回答的：“当天看到什么和听到什么并不会立马变成文学创作的灵感，而是会深入到记忆当中，有种‘才下眉头，却上心头’的感觉，在哪天进行文学创作时，才有可能会与作品中的人物产生千丝万缕的联系。”

李洱 / WRITER

1966年生于河南济源，作家。1987年毕业于华东师范大学中文系，现任北京大学文学讲习所教授、北京作协主席。著有长篇小说《花腔》《石榴树上结樱桃》《应物兄》等，短篇小说集《午后的诗学》《饶舌的哑巴》《破镜而出》《遗忘》等。2019年8月凭借《应物兄》获第十届茅盾文学奖。

◎防城港城市美景　梁宗阳/摄

解读防城港

田 瑛

宋，因防外寇，故竖木栅为寨城，始称“防城”。

这便是防城港的缘起，也是这座城市最简洁的说明。

2024年初夏，防城港迎来了有史以来最多的一次文学名家聚会，即“共赴海边山·相约防城港”文学名家笔会。在我们的想象中，依山临海的防城港，和其他海滨

◎白龙炮台 梁宗阳/摄

城市应该并无多大区别，然而事实证明我们错了，同样是居于山水之间的城市，防城港显得如此与众不同，甚至可以说与其他山海城市大相径庭。丰富的生态资源，构成了防城港独特的优势。各地大打旅游牌，不外乎做山水文章，而天下所有山水，几乎都大同小异。行迹所至，山山似曾相识，非要区分开来的话，也不过是两片树叶之别；至于水，河流、湖泊、大海，其本质上也别无二致。然防城港是个例外，它背靠十万大山，面朝百里沙滩，人置身其间，有一种城在海中、海在城中、人在景中的感觉，真可谓一步一景，处处皆景。即便纯粹为旅行，也值得专门来此一游。如果你是一名摄影爱好者，算你找对了地方。可以毫不夸张地说，在这里拍照，大致是不需要刻意取景的，镜头对准任何一处，都能够截下一幅美景。防城港之所以风光别具，除了因为金沙、渔沥、江山半岛与东湾、西湾、珍珠湾三岛三湾交错分布，还因为其独一无二的物产金花茶和同样特有的海洋生态系统红树林，以及其所荣膺的中国氧都、中国“长寿之乡”、“中国白鹭之乡”、“中国肉桂之乡”等诸多美誉。众所周知，防城港其实已经声名在外，因此对我们而言，这里并不陌生。时常遇见一些来过这里的人言其印象，几乎无人不交口称赞。在人们的描绘中，防城港犹如梦幻之城，充满了诗情画意，给我们这些初来乍到者以无尽的诱惑。俗话说，眼见为实，只有身临其境，才可能真正得以领悟防城港的独特魅力。所以，我们来了。

防城港是需要解读的。我以自己的方式解读它，没有在意眼前的自然风景、风物风情，而专注于其人文部分。这无疑给自己设置了难度。作为人文的重要环节，历史是无论如何也绕不开的话题。我的目光穿越千年烟云，落在历史的某个点上。透过时间这扇窗口，纵观防城港的历史，便可发现其变迁是有迹可寻的。说起防城港的历史，有三位出身当地的人物值得书写。冯子材，晚清抗法名将，民族英雄。光绪年间，他率部在镇南关修筑长墙，抵御法军入侵，以其高超的指挥艺术，一举收复谅山失地，取得了镇南关大捷，从而导致法国茹费理内阁倒台，在中国对外战争史上留下了光彩一笔。其同乡刘永福，同样在抗法战争中立下赫赫战功。同治、光绪时期，法军大举侵犯中国藩属国越南，刘永福应越南国王阮福时之邀，两度率领黑旗军入越作战，先后击毙法军头目安邺和法军司令李维业，因而当时只要提起刘永福的名字，无不令敌人闻风丧胆。1894 年，中日甲午战争爆发，刘永福奉命帮办台湾军务，次年在反割台斗争中，被推为全台抗日首领。无论抗法援越还是抗日保台，刘永福厥功至伟，所以必然受到国人敬慕和拥戴。现在，我伫立在北仑河边，眺望对岸，当年的战事似乎并不遥远，硝烟尚未散去，镇边将士浴血奋战的情景仿若就在眼前。华夏历史上大大小小对外或援外战争无数，以清王朝为例，战后签下的条约，丧权辱国的居多，1885 年与法国签订的《中法新约》便是其中之一。条约承认法国对越南的保护权，结束了我国自宋以来与越南的藩属关系。之所以会签下这一不平等条约，皆因清王朝腐败无能，居然在我军取得节节胜利的时候采取屈辱退让的政策，但这并不能抹杀我军英勇抗敌的功绩。作为这段历史的见证者，大清国一号界碑岿然竖立在中越边境。有句话说，战场上得不到的东西，谈判桌上也得不到。这块象征民族尊严的界碑由沿海所产的海蚀岩凿成，一人多高，近一米宽，半米厚，碑文字体端庄、遒劲，与碑石浑然一体，竖在那里犹如一座不可逾越的高山。它的诞生实属不易。参与勘界的我方代表一直坚持不屈不挠，据理力争，为国争取最大利益。这个结果，和冯子材、刘永福的部队能克敌制胜是分不开的。在这次采访的整个过程中，我在界碑前长时间停留，久久凝思碑文不愿离去。由此，我自然想起了北方边界，为当年被沙俄割占的大片疆土耿耿于怀。

陈济棠，这是我将要论及的第三个人物，一个曾经影响过南方历史进程的人。他所处的年代，军阀割据，战乱频仍。从行伍出身到主政一方，他一生可谓经历风云变幻，既有飞黄腾达之际，又有走麦城的悲凉。他颇受争议，但其爱国为民之心始终未改，治粤八年，多有建树，兴教育、办实业、治乱象，竭力造福于民之举有目共睹，故而无论在政界还是民间，留下了良好的口碑。迄今依旧保存完好的陈公馆，成为今天游人必来打卡的景点。

冯子材、刘永福、陈济棠，构成了一道别样的防城港人文风景。如果这也可以视作一种精神的话，我们看到它已经在当代防城港人身上得到了传承。由此注定防城港的未来是大有可为的。

田瑛／WRITER

原《花城》杂志主编，作家。迄今已出版中短篇小说集《龙脉》《大太阳》《生还》，散文集《未来的祖先》。主要作品有《大太阳》《炊烟起处》《早期的稼穑》《生还》《未来的祖先》等，被评论界誉为写出了“另一种湘西”。

防城港行记

钟红明

一、边地

在我的认知里，边地不只是一个地理概念，还是一个视野的概念。防城港市地处中越边境，它远离我的日常生活，在去那里之前，除了知道它与越南接壤，以及有一段不太遥远的历史，我对它一无所知，所阅读的书籍也没有它的故事。但也因为如此，2024 年 5 月，当有了一次“相约防城港”的机会，听到来自它的召唤时，我便满怀着“陌生化”的热情对它充满了向往。

短短几天的行走，在密集的场景转换中，我努力感知它的复杂与纵深。在陌生而丰富的环境、生态、方言、文化、地理等空间里的跳转，让我的认知里有了一块时空印记，这块边地也不再是地图上一处抽象的深浅色块，变成了一个有细节、有温度的真实的场景。

不久前，在青海高原的一段旅途中，我们小队里的一个女孩说她是西昌人，但祖籍是广西防城港，爷爷是京族人。当时我的眼前便立刻浮现出防城港市下辖的东兴市的京族聚居地的模样：这个只有几万人的少数民族，曾称为越族，1958 年正式改称京族。传说京族的祖先是陆续从越南涂山等地来到今天东兴京族三岛的。当年那些岛还是丛林密盖的荒岛，在沥尾岛的乡村中，有清光绪年间留下来的乡约，上面记载着“承先祖父洪顺三年贯在涂山，漂流出到……立居乡邑”等文字。“洪顺”是越南 16 世纪中叶后黎王朝的年号，洪顺三年即公元 1511 年，正是我国明武宗正德六年。京族三岛与越南仅一水之隔，三岛之间鸡犬相闻，涉水可渡，现在因为围海造田和筑堤引水，海岛变成了半岛。

京族是中国唯一的海洋民族，靠海为生，从经济生活到节庆文化，都有着浓郁的海洋气息。哈节又称唱哈节（“唱哈”就是唱歌的意思），是他们最隆重的民族庆典。届时，男女老少都会穿上民族盛装，迎神、祭神、坐蒙、送神，一般要热闹好几天，哈节已被列为国家级非物质文化遗产。

于是我忍不住说，哎，我知道防城港，我也知道京族。

那个女孩的家族迁徙史也非常有意思。她的爷爷是防城港人，有人拿走了他的一块金子，他追踪而去，先去了四川大凉山深处，线索断了又接续，路途变得越发曲折，最后到了西昌。带走金子的人销声匿迹，她爷爷却从此在西昌定居下来，开枝散叶。

二、不再移动的军舰

防城港市因港得名，先建港，后建市。1968 年 3 月 22 日，中越签订了《关于中华人民共和国给予越南民主共和国经济技术援助的协定》（简称“中越 3・22 协定”），启动了“广西 3・22 工程”。建成后的防城港作为援越抗美海上隐蔽运输航线的主要起运港，被称为

“海上胡志明小道”的起点，先后有16.18万吨援越物资通过它运送。如今这座深水良港是西南地区走向世界的海上主门户。

那艘不再移动的军舰是“南宁号”，我国设计和制造的第一代051型导弹驱逐舰，舰身刷着它的舷号“162”。它于1970年12月26日广州造船厂开始建造，1979年3月23日服役于中国海军南海舰队。“南宁号”先后圆满完成了中国首次向太平洋发射运载火箭的警戒任务、西太平洋远航训练任务等多项任务，2012年12月，曾经战功赫赫的它退役……而如今，停泊在旅游码头的它，甲板上面人迹全无。漫长的时间里，海水日夜拍打，大风吹过，雨水洗过，暴烈的阳光晒过，它变得锈迹斑驳，如今它静默矗立，成为凝固的纪念碑。只有游览船不时从它旁边缓缓驶过，带来偶尔的凝视。

三、簕

在防城港经常遇到这个“簕”字，心里悄悄唤它一声“lè”，一查，蒙对了。

防城港市的簕山古渔村，位于企沙半岛东南面，傍海而居，始建于明正统年间（1448年前后），是一个面积约480亩的半岛村落。因为它是保存相对比较完整的古渔村，可以视为渔村变迁的缩影，尤其是可以在这里近距离观察到渔民鲜活的日常生活。也因此，如今它被挖掘出的元素越来越多：原生态森林、古墙、古堡、古树、风俗文化、美食……村前的浅海滩涂有数十平方公里，走在海岸边，发现海浪日久侵袭的大块礁石姿态奇异。村里的李庄古堡，是李氏始祖于明朝建成，古堡围墙已毁，现存东岗楼，部分古宅尚存，墙体斑驳。

簕山古渔村有一片古树参天的原生态森林，里面有上千年的银叶榕、古榕树、车辕树等，珍稀树种有40类之多，气势宏阔。银叶榕在全国目前仅存51

棵，而在簕山村就有 5 棵，其中最老的已有 1400 多年。海边一棵曾被台风刮倒并连根拔起的古榕树，凭借顽强的生命力，竟然发新根抽新枝重生了。渔村的栈道延伸至远方，渔船悠悠地停在寂静的海面上。高耸的灯塔，号称“南方雪原”的沙丘，在沙滩和近海作业的渔民，蓝天白云，入眼便是一幅美丽的画卷。

街边便利店，四把椅子架着一块平板，竖着的店招牌标着“洗脚冲水 2 元 / 人次”“本店消费顾客凭借付款凭证免费冲洗”的字样。店主不在，高悬付款二维码，想必也可以自助。

夕阳西下，渔火点点，岁月都放慢了节奏。沙滩边，这条街上的饭店渐渐热闹起来。滩涂上捕获的沙虫，原以为像蚯蚓一样，其实并不像。沙虫是这里的特色食材，爆炒或是做汤羹都可，味美鲜香，脆嫩爽口，为北部湾一绝。牡蛎、青蟹、文蛤、对虾，葱姜炒，蒜蓉蒸，朴素直接的烹饪方式，锁住的是原汁原味，充分保留了大海赋予的天然美味。

南方多处沿海海域，原本有着一群世世代代漂泊在水上，以渔为生、以船为家的特殊水上居民——疍家。“疍”曾有不同文字表述，疍家来源也有多种说法。其一，早前他们居住的舟楫外形酷似蛋壳漂浮于水面，所以称为疍家；其二，他们常年与风浪搏斗，生命如同蛋壳一般脆弱；其三，“疍民”是古越族的后代；其四，他们源自南下漂流的蒙古人……宋代周去非的《岭外代答》写道：“以舟为室，视水如陆，浮生江海者，蜑也。钦之蜑有三：一为鱼蜑，善举网垂纶；二为蚝蜑，善没海取蚝；三为木蜑，善伐山取材。凡蜑极贫，衣皆鹑结。得掬米，妻子共之。夫妇居短篷之下，生子乃猥多，一舟不下十子。儿自能孩，其母以软帛束之背上，荡桨自如。儿能匍匐，则以长绳系其腰，于绳末系短木焉，儿忽堕水，则缘绳汲出之。儿学行，往来篷脊，殊不惊也。能行，则已能浮没。蜑舟泊岸，群儿聚戏沙中，冬夏身无一缕，真类獭然。蜑之浮生，似若浩荡莫能驯者，然亦各有统属，各有界分，各有役于官，以是知无逃乎天地之间。”把他们的生活特征，描述得非常细致。现代还有从父系、母系的基因对比方面来研究他们来源的。历史上，疍家是水上居民，他们没有田地，没有远航的大船，一般在近海以捕捞、采珠、摆渡为生，随着汛期也会迁徙，但不被允许上岸，也不与陆上居民通婚，因而疍家人在饮食、服饰、婚俗等方面都自成一体，被称为“海上的吉卜赛人”。旧时疍家人身份卑微，科举考试里也没有他们，直到近代，其命运才发生转变。

在这次的行程里，企沙华侨渔业村（以下简称“华侨村”）的侨史馆，也是疍家文化的展厅。1978—1979 年，由于越南排华，滞留在企沙的归国华侨有 1866 人，其中约 1100 人选择以船为家，生活在渔港，有约 700 人选择上岸，住在临时安置的油毡棚屋里。1981 年，由中国政府与联合国难民署专项拨款部分资金，建设华侨村，建成砖混结构的住房 32 栋 256 套……30 年过去，这里的变化巨大，从越南划回来的小艇，早已经换作大小各类渔船 600 多艘，专业的船队赴南海、西沙捕捞，新一代的“陆上疍家人”将相关的产业链不断伸展，疍家民俗文化被搬上各种舞台……而华侨村这里的疍家饮食习惯，也融合进浓郁的东南亚特点。比如鱼露，是疍家人餐桌上常见的调味品，海里的大部分鱼类都可以作为制作鱼露的原料，其中以青鳞鱼为佳。将青鳞鱼洗净之后，以 5 ∶ 1 的比例加入海盐，放在缸中密封腌制发酵。青鳞鱼在阳光和盐分的充分作用下，逐渐融化成琥珀色的汁水。在食用前，将炒香的黄豆和八角倒入鱼露中，可以去除腥味。还有鸡粉、卷粉等美食，都充满了东南亚特色。临别的时候，我们听到了非物质文化遗产的咸水歌，咸水歌素有“千人千调”的说法，在婚礼庆典、家庭聚会或朋友聚餐等场合，歌者即兴作词、临场发挥，曲风格调不受限制，一般为四句七言绝句，可以独唱，也可以对唱，分为情歌、山歌、嫁娶歌三大类型。其中，嫁娶歌里细分的种类更多，如接亲歌、叹家歌、拜堂歌、茶会歌等。

四、老鼠簕

我们抵达北仑河口国家级自然保护区时，正值大雨倾泻，密集的雨携带着声响，摇撼着或高大或纤细的植物。如果以为红树林如同秋天的枫叶一样红彤彤的，那是一个美丽的误会。眼前宏阔的红树林，郁郁葱葱，被一阵一阵如烟雾般的雨水冲刷着。红树林是一个丰富多彩的大家族，“红”得名于红树科植物富含的酸性物质——单宁，单宁在空气中极易被氧化，进而呈现红褐色。红树林对环境的保护作用十分明显，能净化水体，也是海鸟、虾蟹、贝类的栖息地，对维护生态平衡有着其他生物难以替代的作用，所以又被称为“海洋绿肺”。涨潮时，红树林的下半部几乎全部泡在海水中，退潮时又露出水面。遗憾的是，大雨阻挡了我们深入观察红树林的脚步。

北仑河口国家级自然保护区总面积 3000 公顷，共有红树植物 18 种，其中真红树植物 11 种，半红树植物 7 种，主要的红树植物有白骨壤、桐花树、秋茄、老鼠勒等，这里拥有国内最大、最典型的海湾红树林，也是我国唯一的边境红树林。

用老鼠给植物命名似乎有点怪，但查了一下，以“鼠”命名的植物还不少，比如鼠尾草，因它的花序酷似老鼠尾巴而得名。老鼠簕，得名是因为它椭圆形的果实后面拖着长长的花柱，似老鼠的身体和尾巴。老鼠簕的叶子有两种叶形，一种叶端有尖刺，一种没有尖刺。叶边的尖锐锯齿被称为“簕”。据说，老鼠簕有一种奇特的本领，能将体内过多的盐分通过叶片的盐腺体排出，从而生长在海边多盐的环境中。与其他红树植物相比，它的耐寒能力也是非常强的。老鼠簕除了为鸟类提供栖息地、食物资源，其另一个重要生态效益是它能防风消浪、促淤保滩。保护区记录了来过的那些鸟类，有的非常珍稀。这里有大量的海洋生物资源和鸟类资源，也是两条重要的候鸟迁徙通道的交会点，因而成为候鸟的栖息天堂。

红树林，无疑就是这座城市的灵性所在。

五、一号界碑

一号界碑，又称大清国一号界碑，在一座小山坡之上。这里是广西防城港市东兴的竹山村，位于北仑河出海口，高大、树冠茂密的大榕树旁，是一座碑亭，里面竖立着一块饱经沧桑的界碑。在亭台的顶端，画着伏波将军马援的画像。伏波将军是古代对将军个人能力的一种封号，“伏波”意为降伏波涛，中国历朝出现过多位被授予“伏波将军”的人物，最为著名的当属东汉名将马援。

1883年底，中法战争爆发。1885年6月9日，《中法新约》签订，清政府承认法国对越南的保护权，自宋以来中国历代封建王朝与越南的藩属关系结束。清政府派出钦差勘界大臣、鸿胪寺卿邓承修进行勘界、核查与谈判，其间经历了据理力争与军民共同抗争，挫败了法国侵占白龙半岛、江平等中国领土的图谋。1887年3月，邓承修与法国勘界使臣狄隆在越南芒街签署了粤（钦）越、桂越两段的勘界文约。当时竹山一带属于广东钦州管辖，清政府派钦州知州李受彤与法方办理粤（钦）段立界事宜。1890年4月，李受彤立下“大清国钦州界”一号界碑。这是从竹山的北仑河口至峒中的北岗隘边界线33块界碑中的首块界碑，因而称为“大清国一号界碑”。

界碑材质是沿海所产的海蚀岩，碑的正面书“大清国钦州界”，碑高1.7米，宽0.7米，厚0.4米。碑文为当时清政府界务总办、四品顶戴钦州直隶州知州李受彤所书。

史料记载：“广东全界四百华里（一说四百五十华里），陆界仅五十华里，其余均以河为界。”中越两国以河流的主航道为界的，因界碑不能立于河内，故而立在双方靠近航道的陆地上；以山岭为界的，双方共立界碑。

在一号界碑不远处，一只巨大的石球置放在石坛上，刻着两个字——零点。中国大陆海岸线东起辽宁省丹东市鸭绿江口，西南至广西东兴市北仑河口，全长18 000多公里。竹山也是广西沿边公路的起点。

站在北仑河边眺望，河水舒缓地从眼前流过，雨水又浓密了起来，对岸的山与树显得越发朦胧。

幽静的路旁，艳红的花朵绽放在树上，繁盛热烈。当地的朋友说，这是凤凰花，也叫毕业花，花树繁茂的时候，学生就毕业了。

钟红明 / WRITER

1985 年毕业于复旦大学中文系，即至《收获》杂志社工作，现任《收获》杂志社副主编，编审。所编辑的作品曾 6 次获得鲁讯文学奖，1 次获得茅盾文学奖。

镶嵌在海景里的城市

田 耳

终于要为防城港写些文字了，我总有些找不准状态。我对这地方熟悉，经常感觉就是生活起居之所。2024 年，我调来广西整整 10 年，供职于南宁的一所高校，10 年里，来防城港早已不下 20 次。首先，固然是因两地相距较近，两小时的车程即可抵达。其次，我想是因两地自带的某种亲缘关系，南宁人会把防城港当成后花园。这种亲缘关系跟行政划分无关，划归南宁管辖的一些县市至今我从未去过，但防城港却是说去就能去，也想去的地方。广西三个港口城市——北海、钦州、防城港。北海较远，名声又最大，说是全国人民的北海也不为过；钦州与防城港差不多远近，但似乎防城港才是南宁人爱去的地方。比如吃海鲜，南宁人都知道“吃海鲜一定要去海边”，只有海边的海鲜，清蒸白灼，稍事加工便有令人欲罢不能的鲜度。若是运到南宁，虽只有百多公里，但无论用怎样先进的贮藏手段加持，口味也定然打折。在我看来，南宁人嘴里的“海边”，往往专指防城港而不是别的地方。

记得第一次来防城港是在自己调入广西后不久。2014 年的冬季，我想去海边看看，询问朋友和同事后，得到的建议都是说防城港就好，用不着去北海。于是，我找了一个周日驾车前去。下了高速路，行驶到笔直的北部湾大道，先是左侧林立的高楼映入眼帘，稍后又见右侧出现了海。海中有山、山湾藏海的画面随着车的行驶而移步换景，一路延绵，以至让我感觉整个城市都镶嵌在海景图中，内心一点一点起了震颤。去过的海滨城市、看过的海岸风光也不算少，却是第一次看见山水画一般立体呈现的海景，行驶在城区的主干道上，就有蔚蓝的海扑面而来。

过了伏波文化公园那尊“马援征战”的雕像，我自然将车右拐上桥，不出所料，在桥上可以将这立体图卷更清晰地收进眼底，随后又去了江山半岛。江山半岛上的环岛路，我每一次来都要走一走，每前行一阵，道路侧边便生出一条岔路导向一片海滩或是码头。这些年我早已走遍半岛上每一条岔路，依次去到牛头、三块石、白浪滩、怪石滩，还有白龙炮台。第一次去时，怪石滩只有一处店铺售卖海鲜；去滩头走走，除了几条渔船停泊，再找不到一个人的踪迹。冬日里海风在耳畔细响，微微发腥，海面湛蓝，拣一块礁石坐一会儿，便得来从未有过的安静。那种独自一人的安静暗自席卷全身，当时就想，如待在海边写写东西，或能找到完全不一样的灵感。

有了这样的开始，往后再去便顺理成章，而且都会待上几天。那时候三块石还没有海景酒店，白浪滩民宿也不算多，入住以后老板见我独自一人，晚上还邀我喝当地的京岛米酒或是小锅米酒。在此写作也容易进入状态，晚上睡眠质量更有保证。我喜欢没有星月的夜晚，写到深夜推窗时，常见眼前一片浑然昏黑。想听浪时，经常因为退潮没一点声音而怀疑还是不是身在海边，但很快，少许海腥味钻进鼻腔，便让我确定海仍在不远的地方。海面偶尔有光，却容易消散，我盯着它一小会儿就能逼它遁走于无形。我喜欢沐浴在这种昏黑当中，睁大眼，正构思的情景便从黑暗里纷至沓来，栩栩如生。如果觉得海滨夜色来得黏稠，有些凄冷，就上到屋顶看一看附近的灯火，就能感觉回到人间。之后也去过万欧渔村和牛头一带的民宿小住，那一阵写的中短篇，多了些海滨的情节和海洋的气息。小说里的异质，被一些细心的文友看了出来。我坦诚在海边写作是不太一样的状态，文友也说有机会同来海边写一阵，看自己笔下能否翻生异彩。

在江山半岛小住和写作，每年至少一两次。起初喜爱待在牛头一带的民宿，白日里低头写稿，抬头总能看到对岸防城港船舶停靠、货物吞吐的繁忙景象。看得多了，我不免生出去对面港口近距离探看的愿望，尤其那些起重机，沿着泊位井然排列，会让我想起《变形金刚》里诸多耳熟能详的人物。虽然那是劳作的场所，但在我看来也是一片独异的风景，不容错过。后来联系了朋友，请摄影师黄嵩和帮忙，找到了在码头工作的小卢带我进到里面。小卢自道是“码二代”，父亲和他都在这个码头工作，他大专毕业即进入码头，一晃已有十余年，从机械师一路干到管理岗。一路开车行进，以前隔着浅浅海湾看到的既熟悉又陌生的诸多巨型机械，此时无比清晰地耸立在眼前，最常见的当属门座式起重机、自动化轨道吊、岸桥，还有卸船机……我以前隔岸遥望，反复想象着这些家伙到底有多大，而今近距离目睹，仍然超乎想象。小卢指着一只抓斗，要我眼估它的起重量，我猜5吨，他说再乘以 4，并说这还只算是基配，大抓斗抓起 40 吨不是问题。作为西南第一大港，防城港跟 100 多个国家的 250 多个港口通商通航，货船在此装卸、挂港或者停泊补给。小卢的英文虽不是特别好，但可以一眼辨认出货船的国籍，不管是阿根廷、巴拿马、塞拉利昂还是格林纳达。一号泊位始建于 1968 年，正是赫赫有名的“海上胡志明小道”的起点。现在整个码头已经扩至近 17 平方公里，并且还在填海造港不断生长。小卢对眼前的一切十分熟悉，事无巨细地一一讲解，浸润着“码二代”的自豪。回程时，我主动跟他聊起这个城市的发展。他觉得遗憾，说这么好的一个海滨城市应该有更好的发展，虽然这 30 多年里人口增加不少，但仍旧太少。如果再增加二三十万人，才会有他期待中的热闹。我坐在一旁，暗想我来防城港正为享受宁静，跟长居于此的人，心情毕竟有异。

来这写作，也来这更换心情，海边小住会调节情绪。这些年里的生活大抵是平静的，但依然难免有各种烦扰。海边小住，沙滩上走走看看，海面的辽阔和海天之间云彩的变换，都是自带疗愈功能的。随着时间的推移，我几乎见证着来防城港，尤其是来江山半岛的游客的变化。记得三年前的五月初来此处，赶去怪石滩，车要停在半里之外，赶到滩头，人多得简直难以立锥，售卖椰子的摊前排着长队。我一时恍惚，很怀疑这里是否还是当年我独自停驻的那片沙滩。而平时空荡自在的白浪滩，在节假日里，车几乎开不进去……这不正是小卢一直想有的热闹吗？我虽感觉稍有不便，但也知防城港的美景是包藏不住的，好的景色自会招徕更多游客，甚至也会吸纳更多想小住和愿定居于此的外地人。防城港人由寂寞催生的热情，让来到这里的游客有了不一样的感受。

最近几年来防城港的次数有增无减，但性质稍有变化，多数不再是独自赶来，而是带着亲戚朋友同游。亲朋好友老远赶来南宁看我，如何将他们招待好是个棘手问题。南宁虽是首府，但风物确实乏善可陈，就拿最享有盛名的青秀山来说，在我看来也如街心公园一般缺乏特质。后面想到往防城港去，这问题才迎刃而解。来的次数多了也就形成了一条固有的路线。首日赶来，先看企沙港和簕山古渔村，再环游江山半岛。江山半岛无疑是必来之处。去到月亮湾，我可以跟亲友一一讲解对岸码头各种机械设施的名称，甚至能够大体估摸停泊着的那些轮船有多少吨位，只是不能像小卢一样确定它来自哪国。去到白浪滩，我可以挑一位于冷僻之处但口味超赞的海鲜摊档。夜宿三块石附近的酒店，夜景和酒店自助式的夜宵也从未让亲友们失望。若是年底年初，就去海滩放一放烟花，氛围感瞬间拉满，还秒回童年时光……我乐意跟亲友展示或说是卖弄对此地的熟悉，让他们体会到我对这半岛、这海岸的喜爱，同时也提升他们的旅行体验。这时候，我分明感觉到了防城港与南宁的密不可分，也妥妥地感受到防城港就是南宁阔大且丰饶、景物取之不尽的后花园。

次日定是去往东兴游国门，那里是全广西最热闹的地界之一。隔墙看一看北仑河对岸的芒街，虽然也没有很特别之处，但依然可叫作异国风情。亲友来东兴，忍不住采买一大堆物品，购物尽兴，也是旅行不可或缺的乐趣。归途又嫌负担沉重，替他们打包邮寄也是我乐意承担的责任。再去京族三岛，听独弦琴。这些年我已不知听了多少回，起初是在哈亭外面听几个老者弹奏，没有听出妙趣，后面是听东兴京族博物馆馆长的弹奏，才知琴声因人而异，有时竟可有霄壤之别。一根弦弹拨几个声部，视听皆得以满足，有难以言说的神奇。去沥尾金滩吃海鲜也是旅行的重头戏。路边已有熙攘的海鲜市场，这时告诉亲友，此处是专门招徕游客的地方，往里的农贸市场才是本地人的选择。简单一句话，亲友便对这顿大餐抱以信赖，事实上也从未辜负他们的期待。农贸市场像是一个海鲜展览馆，数十个摊位，玻璃水箱里斑斓的海鲜会让你不敢相信这些竟然都是食材。每次去，总要多凑些人，人多好点菜，十人以上，市场里的品种几乎可以遍尝。满满当当的一桌，足以摆平任何老饕。

这便是我私人订制的线路，款待各地赶来的亲友，几乎全是好评，屡试不爽。当然，这固然是一座镶嵌在海景里的城市自带的彩蛋，但要将它们有序归置，适时拿出，须对它足够熟悉。是的，我对防城港已相当熟悉，但又远远不够。即使不来，只要一想到有这么个适合写作、能够调节心情，还能帮我款待朋友的城市，内心便觉得踏实。以后不管独自一人，或是带着亲友，时不时赶去海边，看看走走，写作或是休憩，都会是我固定的生活方式。

田耳 / WRITER

本名田永，湖南凤凰人，现供职于广西大学艺术学院。在《收获》《人民文学》《花城》《钟山》《芙蓉》等杂志发表小说70余篇、300余万字。著有长篇小说5部、中篇小说近30部。作品多次入选各种选刊、年选和排行榜。结集出版作品20余种。曾获鲁迅文学奖、人民文学奖、华语青年作家奖、郁达夫小说奖、茅盾文学新人奖等文学奖项10余次。

一座海滨城市的韵味

谭旭东

蒙《小说选刊》副主编顾建平兄的厚爱，6 月 14—16 日去了海滨城市防城港采风。这次采风对我来说有四个第一：第一次见到著名作家东西，久闻其名，也读过他的作品，但一直未曾谋面，他以《回响》获得第十一届茅盾文学奖；第一次见到北部湾海港，领略到北部湾海边的风情；第一次近距离和防城港市的作家们交流，认识了龚毅、苏世成、阮纯武、磨金梅、紫灵（凌立英）等几位优秀作家，了解了防城港市文学界的创作情况；第一次认识防城港这座与越南接壤的城市，了解了它的内涵，领略了它的韵味。

在防城港采风的时间比较短，但在防城港市文联的精心安排下，我们参观和走访了多个令人难忘的景点，充分感受到了防城港文艺界的热情，同时也初识了这座海滨边境城市的魅力。防城港依着十万大山，茂密的森林和绿色的生态，给这座城市提供了负氧离子丰富的清新空气，也给这座城市披上了翠绿的衣裳，因此这座面积并不大的城市，却有不可忽视的大气势。

防城港的文化韵味十足，它的每一颗石子，每一道山坡和每一条小路，都镌刻着千年百越人独特的历史，每一块界碑上都显示着祖先的脚步和民族的尊严。15 日上午，我们参观了广西 3・22 工程纪念园，这个工程是防城港建设的起点，防城港也因此得名。接着参观了簕山古渔村，这是我第一次见到防城港的海景。黑沙泥的海滩，长满了各种形状的灰褐色石头，看似很脏，但走近这些石头，却发现海水和雨水把它们洗得干干净净。这些石头显出了海的苍劲和古朴，给人强烈的视觉冲击。听说，海滩的石头上长满了贝壳和牡蛎，我也见到瞭望塔下方有渔民拿着小铲子，背着小篓子在海滩上在搜寻着什么。李洱和凸凹二位在那里合影，我也凑上去，和他们一起合影了几张。我用手机里的人像拍摄模式给李洱、凸凹二位各拍了几张，感觉背景很有层次：近景是深色的海滩，远处是浊浪层层的海面，再远处则是乌黑的天际。中餐是在古渔村的揽月居餐厅吃的，品尝的都是最新鲜的海味，还有这里的村民所推崇的炖鸡。我特别喜欢簕山古渔村那片树林，里面夹杂着多种奇怪的树木，它们的枝干因海风的洗礼产生剧烈变形，甚至完全扭曲，但热烈的生命气息却在繁茂的枝叶中散发出来。在我们眼里，渔民们的生活闲适舒坦，如诗如画，但与大自然相处的生活一定充满惊涛骇浪，也内含一种坚韧，他们一定也体验过很多艰辛。

防城港还有着一份浪漫开放的情韵，不只是因为有山有海，更因它也是一扇通畅的国门。15日晚上，市文联安排我们住在边境口岸东兴，路上我们参观了侨批馆，之后才去往酒店。晚餐后，我们乘坐酒店的电梯到了顶层，果然，那里是“云顶观光”的绝妙之处。站在楼顶，往南边俯瞰，界河那边就是越南边境城市。越南那边风景很好，虽然高楼不多，但城市建筑也错落有致，且有一些红顶楼房，在黄昏的光芒下显得格外好看。我感觉对岸似乎安静而从容。人字形的两条河围绕着那边的楼群，水色和绿色，加上城市的色泽，给人安逸的感觉。

从酒店出来左转，就是边境小街。这里人来人往，口岸的两边和附近都是市场，布满了挂着“越鲜”“越南特产”“越南砧板”“越南红木”“牛角梳”“越南腰果批发”“越南芒街”等招牌的店摊，卖的都是中国和越南的特产和小商品，也有一些是东南亚其他国家的商品。我买了一些榴莲糖、马来西亚咖啡、越南咖啡，还买了一些越南腰果等其他小吃。我有一位博士学生，来自越南胡志明市，她每次回国都会给我带一些越南的咖啡和美食，因此我对越南特产很有好感。我看了看东兴口岸街道上小店的货品，商品价格都不高，商店的老板爱说爱笑，服务态度很好，给人诚实做事的实在感。路过一家饮食小店，卖越南鸡肉粉，可惜肚子不饿，不然该品尝一下。我多次来广西，在南宁、桂林、崇左等地做过讲座，也参观过德天大瀑布等景点，在我的印象里，广西人勤劳质朴，做事比较靠谱，我带的研究生里也有来自广西的，为人本分肯干。文联的朋友安排我们参观了位于一条小巷里的东兴侨批馆，我们还穿过中越口岸，参观界碑，在中越友谊大桥上一起合影留念。在东兴口岸逗留的时间不长，却让我感受到了这里弥漫着的热带式的开放和豁达。

最让我难忘的是防城港的海的气韵。16 日我们到达了京族三岛之一的沥尾岛的沥尾村，还参观了金滩，亲眼见识了这里渔民们拉网的情境。金色的海滩上，白浪翻滚，但坚强的渔民们在乌云低垂的海边奋力拉网捕鱼。有幸随着同行的师友，在细雨中走到海滩上，拍下了多帧照片，把沥尾金滩那壮阔的画面留在了记忆里。在东兴京族博物馆，我了解了京族人生存奋斗的历史。给我们讲解的姑娘就是京族人，她穿的衣服像连衣裙，又像旗袍，是传统的京族服饰。京族女人穿的裙子一般都是纯色的，比如粉色、蓝色，给人清新、秀丽之感。讲解的姑娘还给我们演示了京族独特的独弦琴，我也跟着学习演练了一番，确实是很独特的乐器。京族人的音乐里藏着海的梦想，藏着京族人对美的向往。特别值得一提的是，在参观博物馆之前，我们还参观了“南疆第一哨”，认识了一对夫妻，他们坚守海边哨所，为国防奉献青春。哨所里种着一排排芒果树，挂着不少大芒果。有一棵树上结着一对夫妻芒果，我拿起手机拍了下来，感觉好像自己写一首抒情诗时，突然找到了一个最恰当的比喻意象。

防城港的海有一种文艺的风韵。防城港重视文艺工作，也有一支比较强的作家队伍，而且很善于和外界交流，扩大文学视野。这次同行的作家有李洱、温亚军、张者、徐迅、俞胜、凸凹、杨遥、陈武、张鲁镭、刘江伟和文苏皖等多位。李洱是茅盾文学奖获奖作家，也是一位文艺批评家。上次采风，就有幸和他同行。他也培养了不少学生，我的同事许道军教授就是他最初在河南教书时的学生。张者也是去年和我一起到过云南采风的，他是新晋的鲁迅文学奖得主，刚刚当选重庆市作家协会主席。温亚军，是鲁迅文学奖获奖作家，我们20年前就很熟悉了，他担任《橄榄绿》杂志主编时，还发表过我的随笔。徐迅是大哥级的，我们也是20年前就认识，他担任《阳光》杂志主编时，发表过我的一组诗歌。凸凹、俞胜、陈武和张鲁镭等几位都是我早闻其名的散文家、小说家，但这次是第一次见面。刘江伟最年轻，他很关注网络文学，在《光明日报》文艺评论版经常整版刊出一些比较前沿的网络文学文论，我早就记住了他的名字。文苏皖是《小说选刊》的编辑部主任，也是这次采风最年轻的作家。组织采风，和各地作家、记者交流，是防城港市文旅局和文联热心去做的工作。对文化和文学的态度，往往最能体现一座城市的涵养，防城港不愧是具有宽容气质的开放城市。

这次防城港采风，对我来说，就是走出书斋，了解社会，向大家学习的机会。当然，领略防城港市的迷人风采，感受它的独特韵味，才是最走心的享受。

谭旭东

WRITER

湖南安仁人。现为上海大学中文系教授，创意写作、儿童文学学科教授，博士生导师。安徽大学讲席教授，广东财经大学客座教授。2002年加入中国作家协会。已出版诗歌、散文、童话、儿童小说、幻想小说和寓言集等100余部，出版《谭旭东儿童文学文集》一套（10册），评论集《童年再现与儿童文学重构》获第五届鲁迅文学奖。

防城港买房记

凡一平

从8楼的阳台北望，宽阔清澈的湖水或波光潋滟，或明净清幽，像一片肥沃、宁静的草原，漂浮、游弋的小船如马在草原上悠闲漫步。在湖边散步、垂钓的人们从容淡定，如庙堂里外得道和觉悟的信众。东望是山，不高而青葱的山脉蜿蜒如龙，山边别墅亮眼、绵密。湖是桃花湖，山叫什么山，我不过问也不关心，因为那似乎跟我没关系。而西望，则是湛蓝的大海，虽然比湖更远，但它的吸引力和魅力远甚于湖，靠近它的楼宇价格也高于湖，像是白领和民工工作环境及收入的差别。但我觉得这不是太重要，重要的是力所能及又心甘情愿，像平凡的人乐于平凡，方知足和幸福。阳台是半赠送的，含公摊共90平方米的在8楼的房子，视野开阔、长远、通透，寓意吉祥，价廉超值。拥有它，是我至今都不觉得后悔的事情。

这是我在防城港市的房子。它是有房产证的，在防城港市房管局的档案里是有我的名字的，至于我算不算是防城港市的市民，另当别论。我的意思是，一个人自愿主动在一个城市买房，一定是出于对这座城市的喜欢，这跟女情男愿的相爱是一个道理。

我结缘防城港这座城市，是在1994年。我记得是因参加《青年文学》的笔会来到的防城港。那时防城港市刚成立一年，方兴未艾，朝气蓬勃，如同初露锋芒的鲜衣怒马少年郎，令青年的我等赞赏和寄予厚望。那次防城港初行之后，我虽然过了10年左右未再前往，但印象依然良好。我很肯定我外甥大学毕业时，我首要推荐他就业的城市就是防城港。我外甥运气不错，也很争气，这些年在防城港安家立业，又接父母同住。我后来在防城港买房，跟他也有一点关系，但不是决定性的因素。影响我做决定的，是后来各种各样的机缘和巧合，在此仅说二三事。

大概是2005年，我与家人驱车去位于防城港市的十万大山，本意是想看看当年电影《英雄虎胆》的拍摄地，追寻英雄曾泰和女特务阿兰扮演者王晓棠的足迹。在去十万大山的头一晚，我上半夜喝酒，下半夜是写作还是打牌我忘了，总之天亮后的出行，我是一路的头疼欲裂、昏昏沉沉。可一到了十万大山，进入大山的腹地，所有的症状即刻消失，人很快变得神清气爽、健步如飞。我认为这是吸纳负氧离子的功效。在大山核心区，每立方厘米的负氧离子达到了惊人的15万个。这是什么概念？我后来查知，北京和上海每立方厘米负氧离子的平均浓度为1000～2000个，我居住的城市南宁，其空气质量虽好过北京、上海许多，但与防城港的十万大山相比，依然遥不可及。那次的十万大山之行让我笃信，超高的负氧离子含量能治愈人，也养人。

之后的5年，我再来十万大山，是应当地上思县的邀请，来写一个剧本。20世纪40年代，在该县的南屏瑶族乡六细，有一个从越南败退于此的法国士兵与村子里一个叫李秀英的姑娘产生了感情，后来士兵回国了，李秀英等待情郎70年，直到去世时，当年分别时情郎在她的手臂上留下的牙印依然清晰可见。当地准备把这段故事拍成电影。我数度深入大山里的农村，一次又一次被那里淳朴、善良、坚毅、执着、忠诚的人民感动。那里天人合一，万物并育。

也是在反复编写剧本的那几年，我认识了防城港市的一些文人和艺术家，诸如卢岩、黄嵩和、黄忠秋、沈冬等，他们精通琴棋书画，在与他们的交往中，我们成为朋友。我对绘画的兴趣，来自他们的影响和教导，最早的笔墨纸和印章，都是他们提供的。不在防城港的时候，我就特别想他们。

以上二三事，就是我在防城港买房的理由吗？我想是的。除了这些理由，应该还有别的，比如美景和美食。保持完好的红树林、迷人的白浪滩，开放的边关和让人垂涎的海鲜，它们足以让我在这座生机勃勃的美丽城市下手买房了。

2012 年，我在防城港购下了房屋，并紧接着装修。2013 年，我举家从南宁南下，到防城港过春节。在简约的新居，我、妻子、女儿、父母以及外甥一家其乐融融地迎接新年，幸福感满满。

以后的那些年，我基本都携家眷到防城港过年，然后留下父母常住，我则一有空就跑来防城港与他们团聚。当然，我频繁地来防城港，也是为了见我的师友。我的师友们轮流招待我。通常，我都是喝光了他们的存酒才回南宁。

2018 年，我 90 岁的父亲去世，加上 2020 年后接近 3 年的疫情，以及母亲身体渐衰，我便少来防城港了。我在南宁的医院里陪护我 94 岁的母亲时，我们共同念想那片生动的湖水和迷人的海。我多想带病重的母亲回到那毗邻湖海的房子里，呼吸比医院更新鲜的空气，期待奇迹的发生，但已经不太可能了。我没能趁早和持续带母亲去风景如画、神清气爽的地方养生，这是我的遗憾和后悔。

而防城港的房子，我会留着。那是我父亲母亲住过的房子，那是我父亲母亲不再去住的房子。而我，必定还要去住。因为，我怀念那些事那些人。我眷恋那湖那海，欣赏湖边的桃花和海上的明月。

凡一平 / WRITER

本名樊一平，广西民族大学教授、广西文联副主席。出版有长篇小说《跪下》《顺口溜》《上岭村的谋杀》，小说集《撒谎的村庄》《上岭恋人》等。曾获全国少数民族文学创作骏马奖、广西文艺创作铜鼓奖、百花文学奖等。多部作品被翻译成瑞典文、俄文、越南文等。根据小说改编的影视作品有《寻枪》《理发师》《跪下》《最后的子弹》等。

凤凰花开

朱山坡

南方奇树多，我独爱凤凰树。不仅因它有一个好名字，还为它长得真好看。

我所在的工作单位后山就有三棵高大挺拔的凤凰树，呈三角站位，枝繁叶茂，气势如虹，牢牢地占据着整个山坡的核心位置，有着“三夫当关，万夫莫开”的气势，霸气“侧漏”。尤其是花开的时候，一山被点亮，吸引了所有的目光。我本以为它们三棵就是全世界最漂亮的凤凰树了，然而，到了防城港才发现，这里才是“凤凰落脚”的地方。

防城港地处我国大陆海岸线的最西南端，与越南隔海相望，是一座独具特色的港口城市、边关城市、海湾城市。虽然在广西工作多年，我并没有机会常去防城港，但在有限的数次观摩中，发现这里风光异常旖旎。蔚蓝色的大海，湛蓝色的天空，数不清的异鸟，远去和归来的船只，寂静祥和的港湾，十万大山的峰峦叠嶂和苍茫的森林……构成了人间仙境般的完美拼图。初夏的港城，大道边、公园里、山坳上、海湾河床边，在那郁郁葱葱的绿色中，你会突然被一株株火红的凤凰花惊艳到。它们是早早走到你的前面，在你必经之路上等着你，让你眼前一亮。当你驻足看它们时，它们瞬间燃烧自己，满身通红，绿叶衬映，随风摇曳。火树降临，万木称臣。你也不知不觉间低下孤傲的头颅，放下身段，以观赏者和客人之谦卑，平视一草一木，惊叹于花事的盛大。“叶如飞凰之羽，花若丹凤之冠”，凤凰花让你在它们面前陶醉、迷茫，不能自拔。你甚至想不出一簇簇、一蓬蓬的花是如何从树木的肉里长出来的。凤冠凰羽，一树尊贵，即便它们在山谷底下，也让万物仰视。“有些鸟是注定关不住的，因为它们的每一片羽毛都闪耀着自由的光辉。”而有些美也是注定遮不住的，因为它们的美甚至不需要眼睛也能感受得到。凤凰涅槃，生死看透，大开大合。凤凰花天生无法低调，无法不张扬，无法不肆意，一开便是巅峰，绚丽得炫目、热烈、吉祥，气场特别大，使得靠近它们的花顿时黯然失色，无法与之争艳，只能陪衬，只能当好配角，就像舞台上的伴舞，利用主角吸引过来的目光让自己也多多少少地被发现，这也是一种存在方式。或者，等到凤凰花期过了，它们再开放。蜡梅、雪莲、山茶、冰凌花就是这样，宁愿在寒冬里饱受考验，也不与凤凰花争妍。

走在街头，驻足欣赏凤凰花，满心欢喜地忍不住与陌生的市民交流观感。市民比我更喜悦，满怀自豪感，对本地的凤凰树如数家珍，哪里更好看，哪棵树更娇艳，什么时间节点看更好……他们告诉我，今年风调雨顺，凤凰花开得比往年更艳、更红、更漂亮，每一朵都开得舒舒服服、恰到好处。“凤凰花是我们这座城市美的引领者，整个夏季的主色调。它们点燃了一座城的激情。”我完全认同他们的看法。因为凤凰花，整个城市都奔放起来，一派风生水起、活力四射的气象。在朋友的带领下，我来到一处私人宅子。庭院开阔，正好有一棵凤凰树。算不上高大挺拔，但满树的花开得生机勃勃，一簇簇花犹如火焰，与绿叶相映成趣，每一朵都全力以赴地展示自己的姿色，像要开口跟我们说话。主人是一个白发老头。他告诉我，这棵树已经种了七八年了，是马达加斯加原生品种，不是改良品种，是他和妻子亲手种下、精心栽培的。他的妻子三年前因脑病开颅后便失忆了，但她每次远远看到这棵树都能想起这是她的家，尤其是花开的时节，她喜欢待在树下，一坐就是一天。现在，她就坐在那里，坐在一把靠椅上，微笑看着我们。我跟她打招呼，她对着凤凰树回应我说:“好，好。这是我的家。”主人解释说，她对谁都说这样的话，也只会说这句。我看得出来，主人对这棵树有特殊的感情，这棵树也有特殊的意义。主人看树，眼里充满了深情，像是凝视自己的妻子。地上有零星落花，他感到惋惜。“人生如花期，太短暂了。”他说。树下没有垃圾和杂草，看得出来主人平时对它很是用心。主人爱好诗词，他经常在树下朗诵唐诗宋词。“妻子生病之前就是诗词朗诵的高手，是她引导我爱上诗词的。”他随口背诵出欧阳修的《金凤花》:

忆绕朱栏手自栽，绿丛高下几番开。
中庭雨过无人迹，狼籍深红点绿苔。

我们齐声说好。他得到鼓舞，又背起清代词人樊增祥的《浪淘沙·雨中闷书》:

轻雨绿如烟。满地苔钱。唤人鹦鹉不胜寒。金凤花开还又落，闲凭东栏。

来去画屏边。暗触筝弦。西楼旧梦远于天。壁上蟏蛸心上事，各自缠绵。

主人说，可惜妻子已经把所有的诗词忘记得一干二净了，只能听他给她朗诵。他背诵的时候是弯着腰面对妻子的，表情温柔而真诚。

海风吹拂精神爽，一日看尽凤凰花。我到白鹭公园、北部湾海洋文化公园、防城港园博园、北部湾大道阳光海岸路段、仙人山公园、西湾大道、国门大道、白沙湾等地，看姿态各异的凤凰花。然而，胭红艳花看不够，似乎一树更比一树美。在我的眼里，整个世界都成了凤凰花的样子。

凤凰花是喜庆吉祥之花。夏天里有它就显得饱和、满足、温情。凤凰树也当仁不让，把整个夏天都扛在肩上。凤凰花热情地陪伴我们走完夏季，直到我们向它们挥手告别。这个海港，这个季节，就是这样，一路繁花，相迎相送，每一个见到凤凰花的朋友都满怀欢喜，意尽而去，奔赴前程。人间美好，皆得所愿。

朱山坡 / WRITER

广西北流人。小说家、诗人。出版有长篇小说《懦夫传》《马强壮精神自传》，小说集《把世界分成两半》《喂饱两匹马》《蛋镇电影院》，诗集《宇宙的另一边》等，曾获得首届郁达夫小说奖、第五届《钟山》文学奖、广西文艺创作铜鼓奖等多个奖项，作品多次入选中国小说学会年度小说排行榜、《扬子江文学评论》年度文学排行榜、收获文学榜等。

似曾相识

陶丽群

初夏傍晚时分抵达这里——簕山古渔村，一个临海的古老村庄，地处防城港市企沙半岛东南面，距企沙镇 10 公里，距防城港市中心 25 公里，是个面积约 480 亩的半岛村落。

阴天，低垂的天空是铅灰色的，裹挟着淡淡海水腥味的微风轻拂着。恰好是涨潮时分，从村庄的正面看，亦即辽阔的、与低垂的天空同是灰色的海面，由远及近涌动而来的海浪拍打着海边护栏。海，就在我的脚下。海的远处，水天一色。扬着帆的船只点缀般立在海里，过于辽阔的海面让人看不出它们是不是在航行。此外，便是安静的古渔村，有着古老而精美的镂空雕花门窗的渔户，装饰淡朴清幽的客栈，神态和步伐悠闲的古渔村人，穿村而过的纵横小径，漫无目的游荡的猫和狗，以及如我这般从城市逃离出来、面带倦容的游人。这个古老的渔村最大的特点就是静，安静成为这里最大的底色，那是一种似乎从时间幽远之处满溢而来的深邃宁静，不急不躁，不愠不火，似乎与它被农业部和国家旅游局联合颁予的“全国休闲农业与乡村旅游示范点”称号并不太相符。

但相符未必就是好事。印象中那些特色景观旅游名村，打着“时尚与传统元素相结合”的旗号，人为改造一些整齐划一的人造风景，泯灭掉了村庄原有的古朴与野性，使之变得洋不洋、土不土，最终沦落为“五色令人目盲，五音令人耳聋，五味令人口爽”的打卡景点，供人休闲放松、抑或单纯只是寻来发上一阵子呆的功能消失殆尽。

黄昏时分与簕山古渔村的相遇，让我得到了意外的惊喜。仁者乐山，智者乐水。这个与辽阔海域相互依傍的古老渔村无疑是位智者，它深谙“多言数穷，不如守中”和“至虚极，守静笃”之理，才能在这个日新月异的繁华世道中安于一隅，守护这种极致的静。静，其实是一种缓慢而坚韧持久的力量。柔克刚，静去躁，簕山的古渔村让刀剑般锋利的时光在这里有了钝感，尤其是此刻的黄昏。在城市谋生，最为令我惆怅的也是黄昏时分。在繁琐的工作和敏感的人际关系里周旋了一天，身心俱疲。黄昏的街头布满了匆忙的步履和倦容浓重的面孔，人人都在往那个能将肉身暂时隐匿起来并被称为家的隐秘空间里赶，以便让厚重的水泥钢筋墙壁和牢固门窗把自己和这个世界暂时隔开，人为拒绝或者屏蔽家门以外的世界。在城市里，除了家门以内，能让人将自己打开并松弛下来的地方似乎并不存在。城市与生俱来的喧嚣与快节奏像无形的森严壁垒，从四面八方朝人挤压过来，那种几乎可以触摸的逼仄感让人总是活在一种莫名的焦虑与沮丧中。

城市里的黄昏，弥漫着疲惫与幽怨，让人想逃离。

而簕山古渔村的黄昏像个世外桃源，这里屏蔽掉了这个时代一切标志性的或有形或无形的东西，独守一种你看不见、摸不着，却能感受得到的古朴与纯粹。那是一种经过时光淘洗，经过世世代代渔民守正沉淀下来后焕发出来的宁静与安详的气质。慢时光让这里的一切都呈现出一种令人着迷的松弛感，这种松弛感里有上善若水般的开放与接纳，它包容你所有的不堪和难以言状的沮丧。

渔村家家户户的门都是敞开的。这个古老村庄的家室依然保留着祖先最为原始的建造风格，门窗和墙壁装饰有可供空气畅通的镂空的精致雕花，它们被染成一种淡绿的颜色。据说是因为村庄靠近海边，空气湿度大，雨季时节本就湿润的空气中水汽更为饱满，这些镂空的花窗极易长绿色苔藓，祖先们便将其染成和苔藓相近的颜色。雨季过后，苔藓随之枯去，会留下枯索状的干绿色斑块，斑斑驳驳，极为难看，染了色的雕花窗便起到了中和与掩饰的作用。这种充满智慧的融合实用与审美趣味的建造风格遂延续至今。渔村的家室建造极为大气，几乎家家户户都是四进院子：从大门口望进去，是极深长的院子，四道门可一眼望穿，每道门便是一进厢房，每进厢房通道两边便是房间。最里那一进厢房便是祖屋，也就是祠堂。站在门外，望着这一层层厢房，不得不感慨古渔村人建造家室的阔绰。但这并非因为他们是大户人家。古渔村自古以来一直是靠海吃海，典型的以渔猎为生，祖祖辈辈都是与风浪搏斗、在海里讨要生活的渔民，并无贵贱之分。这里的家室之所以建造成一进进厢房，而不是像内陆居民住宅那般往上伸展要空间，实是为了防御海盗。古渔村家室每一进厢房通道两边都是居室，家里人口多的，家人分住在每进厢房通道两边的居室里，而通道两边的居室，都有通往左右邻居的暗门。当海盗破门而入进入第一进厢房时，二进、三进以及居住于老屋祠堂的家人闻声而起，早就从各自居室的暗门逃到左右邻居，又从邻居逃到他处，保了一条性命，将灾难降低到最低程度。

那些通往左右邻居的暗门因为空间所限，设计是极窄小的，刚好能让一个成年人穿过，但也就是这道窄门，古渔村的子孙才得以生生不息、代代相传地繁衍至今。没有人能完全知道古老的时间深处到底都承载了多少祥和繁华，以及多少血腥灾难。辽阔的海域盛产古渔村人赖以生存的丰盛海产品，而直抵性命的死亡也从海上而来。“反者道之动”，这是天地运行之道，没有人能逃脱这个规律。如今这些通往左右邻居的窄路，路面覆盖着一层与他处相比极为明显的浅色尘垢。这些窄小通道在今日已经失去了它最初的功能与意义，人们的脚步鲜少落于其上，因为再没有月黑风高之际的灾难降临。但即使家宅新建，一进一进的厢房建造依然是主要格局，通往左右邻居的窄门仍旧保留。这不仅是古渔村人建造家宅的习俗，也是古渔村人刻入骨髓、与性命攸关的防患于未然的意识。这些通道，也从一个侧面彰显出古渔村人抵御外侵的团结与大义。

正是傍晚烧晚饭的时候，从敞开的

大门进去，住第一进厢房的人家在备晚饭了，有妇人坐在菜盆前，清凉的自来水从水管里倾注入菜盆。菜盆里的是这个季节常见的肥嫩空心菜，而妇人正在洗姜，麻利地挥着一把刷子洗刷姜缝里的泥土。妇人有着海边人通常有的黑里透红的肤色，表情中隐有恬淡笑意。她也不言语，只是对我笑，并无第一次见面的拘谨，仿佛我是一位与她毗邻而居多年、无事过来串门的老邻居。这个场景像一只记忆之手，瞬间帮我拨开了时间厚重的帷幕，一些被深埋以至于我以为早已遗失的感觉瞬间而至。整个童年以及青少年时期，我都是在乡村度过的。我的村庄也如这古老渔村一样，白天从不关门闭户。家里一时缺少日用品，出门便可到邻居家开口相借，一两勺盐巴、几根火柴、一碗解燃眉之急的大米，等等，借得最多的是火柴。有时候邻居不在，想借的东西确知道在哪里，顺手就拿了去，宽松了再还回来，邻居有时候甚至并不知晓。当然，邻居毫无例外都有一位善解人意的主妇，待人接物时也是淳朴的脸上隐约有恬淡的笑意。进入城市生活后，家门不仅不敞开，还在家门之外安装了一道防盗门，锃亮而冰冷的不锈钢透着拒人千里的铁质的坚硬，所有的家门之内，都是一个不愿意敞开接纳他人的隐秘世界，邻居之间看似热情，实际只剩下人为营造出来的距离与生疏。那种人与人之间本该有的体恤与坦荡，在城市似乎并无生根之地。

这个黄昏，在古渔村一户寻常人家的庭院里，那种久违的、曾经给予我启蒙般教育的人际之间的信任与和睦的情感，在我心底倏然醒来，它们饱满而温润，重新在我心底流淌，让我觉得天地忽然开阔起来，世间万物都满含美好的善意。我被一种巨大的暖意包裹住了，它使我变得轻盈柔软并且真实，将我在城市戴上的层层防备剥掉。

自始至终，我们并无任何语言交流。我轻轻走近，他们或从古朴的砖房里出来，或在屋檐下正忙着的活儿里抬起头来，遇见时彼此对视的刹那，传递给对方的双眸里坦诚友善的笑意胜过一切言辞。这种没有任何防备的善意如此久违而迷人。它让我回忆起一些美好的事物：抽节的禾苗，灌浆的稻子，熟透的稻穗，早春乍暖还寒的晨曦，陈旧的窗框上爬上来的淡紫色牵牛花，蹒跚学步的孩子的笑脸，午后一杯余香缭绕的清茶，抑或是内心深处小心隐藏着的一张令人魂牵梦萦的笑脸。这些事物，像一面神奇的滤镜，过滤掉生活中那些嶙峋而狼狈的无奈与苦涩，使人的内心变得轻盈而柔软起来。轻盈与柔软，应该是一颗心脏最原始的底色与质地。

我迈进一扇又一扇门，那些被踩踏得陈旧的门槛，被不同岁月的人踩磨出来的光滑地板砖，镌刻着岁月风霜的砖墙，墙角散发淡淡腥味的苔藓，古老而精致的镂空雕花窗，门里人家柴米油盐的生活气息与和善的笑容，它们共同交合成一种迷人的氤氲之气，那是最为醇厚的人间烟火气息。我在一扇扇门里不断寻找与确认，想找到并确认契合心灵深处的那种久远的熟悉感。我并不曾来过这个古老的渔村，但与古渔村相遇那一刻，我便产生一种似曾相识的感觉。我想，这个村庄，一定有一种和人类最初的情感相通的地方。上善若水，那么多的水，无边无际的水，或许是古渔村前这片辽阔的海水滋养，让古渔村的一草一木，每一个肉身里的灵魂都有了水的质地和品性。他们像水一样，对世间万物呈现出温良与包容的姿态，王公贵族抑或黎民百姓，得意者抑或失意者，都在这里得到一视同仁的包容与接纳。

暮色层层落下来，我从那些门里走出来，带着满足感从温暖而陈旧的时光里走出来，那些城市里带来的倦态与戒备像被浸泡过般变得柔软了。此时临海的古渔村被暮色包裹着，点点灯火在高大的榕树间闪烁。遥远的天际线已经开始变得模糊，和天际边的海水融合在一起。海面上那些似乎一动不动的渔船，不知道它们又航行了多远，是否更靠近这趟旅途的目的地。依循着海边的护堤，拍打护堤的海浪声在越来越浓的暮色里传来。人们三三两两地与我擦身而过，大家都不说话，只是安静地走着，与这个海边的古老村庄安静而从容的氛围有一种心照不宣的默契。海风，海浪声，海面上亮起来的点点渔火，从村庄里传来的各种声响，落在护堤上沉缓的脚步声，让我渐渐漫溢出点点泪光。

我们相遇，但也是离别的开始。对于这种人生中的偶然际遇，我知道我们终将是彼此的过客。古渔村依然会在这里继续她的前世与今生，我将会原路返回令人厌倦而疲倦的都市生活，将自己短暂的一生囚禁在都市里。我不知道这样值不值得，但却是我不得不做的。好在人生还有这种偶然的际遇，譬如和古渔村的偶然相遇，就像我生活里一面坚固墙壁上的裂缝，那里，会透进来阳光与清风，让沉闷的生活与过于滞重的生命有片刻轻盈的时光。这就足够了，我们无法要求得更多了！

陶丽群 / WRITER

壮族，广西百色人，文学硕士。作品散见于《人民文学》《十月》《民族文学》《广西文学》等，作品多次被转载于各选本并入选年度排行榜选本。曾获全国少数民族文学创作骏马奖、广西文艺创作铜鼓奖、《广西文学》年度优秀作品奖、《民族文学》年度奖、《北京文学·中篇小说月报》年度优秀作品奖、百花文学奖等。

神奇海边山

梁晓阳

5月上旬，绚烂的朝霞在江山半岛旁深蓝的海面上拉起了一幅红纱帐，我们乘坐的客轮在晃荡的海面上犁出两排巨大的浪花。红纱帐在风里绵延翻滚，举目望去，远处海平面堆起了一道浅浅的看起来很绵柔的山，山底下明显可见一片圆润宁静如满月的沙滩，在朝霞的映衬下，沙滩散发出一种细腻的暖光。身边的防城港市文联副主席苏世成说，那就是月亮山和月亮湾。

“江山半岛是广西最大的半岛，面积208平方公里，海岸线长32公里，被誉为‘中国最美休闲度假旅游胜地’‘中国十佳海洋旅游目的地’‘中国最佳健康休闲旅游目的地’，这里属于亚热带海洋性气候地区，全年气候温暖，冬无严寒，夏无酷暑，最佳年旅游时间长达9个月，月亮湾就是一个最佳旅游点……”苏世成副主席如数家珍。

漫步在沙滩上，踩着绵软清洁的细沙，吹着暖洋洋却又清新的海风，看着身边的俊男靓女，一种美好的人间情愫荡漾在心底，那是蓝色的海唤醒的人性，是风摇醒的心灵。虽觉世事艰难，却也感人间尚好。虽早早过了恋爱的年纪，却也情不自禁地哼唱起那首熟悉的歌：“我吹过你吹过的风，这算不算相拥，我走过你走过的路，这算不算相逢……”

站在月亮湾边眺望码头，高大的红色龙门吊和悬臂吊与蓝天碧海朝霞相映生辉，蔚为壮观。机器发出低鸣声，海浪声是它们的和声。吊车缓缓升降，徐徐摆动。远处，一艘赭色的万吨巨轮在牵引船的牵引下，不时鸣一声长笛，正要奔赴远洋航行。

第二天傍晚，我们去了簕山古渔村。我看了一下导航，这里距离防城港市区约25公里。我们先参观了名为红林碧海的观景点，长长的栈道通向海中。红树林密布海岸边，红树林的树叶虽不是红色，但据说撕开树皮后渗出的汁液在空气中氧化后会变成红色，故称红树林，它保护着海岸免受海浪的侵袭，起着净化海水和空气的作用。现在是退潮期，所以红树林裸露在滩涂上。滩涂是游客赶海的好地方，可以尽情地挖螺、抓螃蟹。栈道尽头的亭子面对正东方，是观看海上日出的最佳处。云海亭景点长达1公里。苏世成说，云雾漫天之时，站在亭子里仿佛来到了《西游记》中的南天门，而海上生明月之际，则像漫步在《嫦娥奔月》里的广寒宫。

沿着另一条有着长城垛口一样的护栏的洁白栈道蜿蜒深入，就到了一个二层的亭子。站在二层上瞭望，远远的海浪时有百花踊跃，但也只是远远地招手。“涨潮时，在二层上看海，就像乘坐诺亚方舟，有种创世纪的豪情。”苏世成笑着说。我也展开了想象，竟然感到一种劈波斩浪直入龙宫的刺激。

海浪在不远处伸展柔美的线条，像一个睡美人刚刚醒来，伸着懒腰。苏世成说，涨潮时波浪起伏的样子会更好看一些，但也有些惊心动魄。我说，这里应该是一个听涛看海的地方。苏世成说，对啊，也是那些勇敢的摄影师观看海上日出，拍出动人照片的最佳地方，有好几个摄影爱好者在这里拍摄的照片都获得过大奖呢。

夜色像蓝帐笼罩着整个渔村，下弦月像酒一样浅斟在海面上。村子在涨潮的海风里有了一种酥酥的味道。我们来到邀月台，在朦胧的光影里，李白端坐，挺腰昂首，宽袖下伸出的右手握着一只巨型玉杯：“举杯邀明月，对影成三人。”淡淡的月色，幽蓝的远海，那种人月海合一的旷世情怀扑面而至。

此刻，有黄光点点的归渔小船，有风吹树叶般一浪接着一浪的海语，偶尔涌来的白浪则像一个个夜泳的男人，而在轮廓模糊的岸边，似乎睁着一双双有灵气的眼睛……在这里，可以感受到“海客谈瀛洲，烟涛微茫信难求”的阔坦，也可以感受到“历天又入海，六龙所舍安在哉”的豪迈，还有“月下飞天镜，云生结海楼”的仙境想象。于天海联结的苍渺中感觉到那种包容的海洋文明是那么的宽敞、丰富和宏大……

中巴车沿着思防高速奔驰，我们去的是传说中的十万大山。公正隧道，接近 4.2 公里，穿越十万大山。听苏世成说，那部当年风靡一时的电影《英雄虎胆》，故事的发生地就在十万大山，具体来说就是上思县。啊，《英雄虎胆》，我是记得的，我瞬间就回到了 20 世纪 80 年代初，在六万大山脚下的小山村里观看露天电影《英雄虎胆》的难忘情景。喜欢这部电影是因为那位侦查员太厉害了，他英俊健壮、风度翩翩，又胆识超人、临危不惧，让我们这些小伙伴们在一段时间里几乎天天谈论曾泰，还谈论那位美艳多情的阿兰，甚至还谈论匪首李汉光和李月桂的狡猾多疑与凶狠，总之，对这部片子，我终生难忘。可那时候，我对“十万大山”这个地名一无所知。斗转星移，童年难忘，之后我又在几个时间重温了这部片子，才知道故事取材于广西十万大山剿匪战斗事迹，而那位英雄侦查员曾泰的原型是解放军剿匪部队第 49 军第 145 师侦查员林泰，匪首李汉光的原型是国民党军原 63 军军长张瑞贵，女匪首李月桂的原型是张瑞贵的妻子韦秀英，而那位阿兰的原型就是韦秀英的贴身丫鬟兰香。

神奇的故事，迷人的地方。从此我关注十万大山，它是我们玉林六万大山的大哥，是蕴藏着更多故事的神秘之地。它位于广西西南部，南濒北部湾，绵延至中越边境，如今已是著名的国家森林公园。而“十万大山”的“十万”，它不是确切的数字，而是壮语“适伐”的汉语谐音，意为“顶天”——大山顶到天了，足见十万大山的深远、雄奇、高峻。而懂军事的人又说，它进可攻，退可守，自古为兵家必争之地。历史记载，解放战争时期，中共粤桂边区游击队便是以此为根据地打击敌人的。那么到了艺术上，出了一部电影《英雄虎胆》，里面的一众人物，尽在十万山中神出鬼没、纵横驰骋，演绎着人类千百年来关于自由与专制、正义与反动、文明与野蛮颠扑搏斗的神奇故事。

战斗的风烟仿佛还在昨天的山顶上飘拂，今天的防城港已经朝气蓬勃，建设日新月异，一步步走在时代前列，不负前辈先烈浴血奋战的期望。此刻，一种防城港速度正以中巴车的形态在思防高速上疾驶。路旁的群山万绿一片，瀑布、田园、甘蔗林、丘陵……苍苍十万大山上，白云飘荡；绵绵十万大山下，青纱帐茫茫。不禁记起，第二次上十万大山时，我们走的是二级公路，经过上思县糖厂时，大家都说闻到了糖的味道。是的，蔗糖的香味扑鼻而来。停车参观后，经过一片甘蔗林，诗人作家们纷纷说起青纱帐，情不自禁地走向甘蔗地，说是要向蔗农买原汁原味的甘蔗。数分钟后，每人举着一根削了皮的雪白甘蔗，咔嚓咔嚓咬着走出来，那种多汁清冽渗入心脾的甜蜜体验是非常新鲜的。大家不时发出“好甜啊，好甜啊”的赞叹声。队伍里有好几个诗人开始齐声背诵郭小川的《青纱帐——甘蔗林》：

看见了甘蔗林，我怎能不想去青纱帐！

北方的青纱帐啊，你至今还这样令人神往；

想起了青纱帐，我怎能不迷恋甘蔗林的风光！

南方的甘蔗林哪，你竟如此翻动战士的衷肠。

进入十万大山国家森林公园后，车子沿着铺了柏油的盘山公路上行，到了一个路边平台时，大家下车登台，看到了一座横亘在云之端的苍苍郁郁的大山，呈躺倒状，起伏绵柔，大肚圆头，身躯雍容，慈祥平静，像一尊巨型睡佛。当地人称为南山睡佛。关于这山，有一个动人的传说：佛祖释迦牟尼前往南海布经，路经此地，往下一望，但见十万大山雄伟俊秀，古木参天，是极佳的风水宝地，于是佛祖便在此稍作休息。山川受佛祖仙气浸润，遂成其形。每逢农历初一、十五，当地老百姓还会对着睡佛朝拜祈福。

还有一个有趣的说法，说能不能看到睡佛，还要看你有没有佛缘。据说有不少人就看不出来。于是看到的人都为自己得到福报而高兴。没有看到的人，还在那里手搭凉棚望啊望。

当年，作家柯岩来到十万大山，在层峦叠嶂、起伏连绵的大山里流连，观毕睡佛，欣然题诗：“南山一睡几千年，十万青山伴我眠。谁言不管红尘事，祈求苍生我为先。”

在十万大山，能看到郁郁青松，也能听很响的蝉鸣。沿着石级小道蜿蜒而上，石头河哗哗喧响着流淌。山民为我们介绍山珍，有风流果、红菇娘、血藤、天麻、五指毛桃、金樱子……最重要的是，尽管山路有些陡峭，要不断上石级，但大家都没感到多累，我想是因为真切地感受到了丰沛的负氧离子源源不断地洗濯着心肺，所以全程觉得神清气爽，活力百倍。大家继续往上走，一口被命名为“天女浴池”的大水潭赫然出现，巨石托起的水势庞大，洁白的瀑流冲击向下，可水潭依然清澈见底，看一眼就想扎一个猛子。

后来扎猛子是在布透温泉。这里三面环山，一面临水，层林叠翠。远望是一层又一层的蓝色瀑布，层层叠叠，像一个彩色的梯田群组，却又是清澈见底的。我跳了进去，扑通的水声中，瞬间就感到了温暖和润滑，水温据说是37℃～38℃。山风有点凉，温泉水便显得非常熨帖，直透心里，再往下深入，乃至潜进水里，暖的感觉漫至全身。我不觉开始畅游，划动手时听到水声哗哗，仿佛温柔按摩的感觉，让我半个小时都不想上岸。

上思地处十万大山腹地，气候凉爽那是可以想象的，但是清新的雨水也是说来就来。这是5月上旬的一个傍晚，一场大雨过后，我在酒店8楼拉开窗帘遥望。天高云垂，棉絮一样轻盈悠长的雾气飘过苍绿的山脉，或绿或褐的田园边缘就是一户户建设漂亮的人家，白色炊烟正在袅袅升起。更近一点，像黄河一样暖黄却美丽的明江，文静得像一条姑娘的黄腰带。略显稀疏的楼房就在白雾缭绕的山脚下。一桥飞架两岸，桥上车辆三三两两。一只白鹭翩翩飞过江面，无所顾忌，无忧无虑，像这座县城和这里的人们一样惬意休闲。我问过上思县文联主席磨金梅，知道总人口十几万、常住人口5万的上思县城，每晚的夜生活可以进行到午夜甚至凌晨。

归来时我们参观了东兴京族博物馆。建筑面积3000平方米的博物馆，用文字、图片、实物、场景、模型、多媒体音像等形式展示了京族在生产生活、历史文化、居住环境、民间信仰、婚恋礼俗等方面的丰富内涵和独特风韵。

说来凑巧，来防城港前的十几天，我曾在网上欣赏到东兴京族博物馆的网红馆长赵霞用一弦琴弹奏的《罗刹海市》。此刻，一袭轻裙的她又要为我们演奏几首歌曲。只见她轻拢慢捻，在一曲《猪八戒背媳妇》中我看见了活灵活现的场景。之后，我抢先说出想听《草原之夜》。与刚才紧凑急促的旋律相比，这会儿是悠扬舒缓的旋律，把我们带到了辽阔沉静的大草原上。

参观京族哈亭的人都知道苏春发。作为京族三岛上最早富裕起来的村民之一，在20世纪90年代中越两国边贸恢复初期，苏春发通过做边贸生意、批发海鲜，实现了发家致富，也顺理成章地被选为沥尾村哈亭亭长，一干就是20多年。如今，年近七旬的苏春发肩负着传播京族文化的重任。他的另一个重要身份，是京族独弦琴艺术国家级代表性传承人，他同时也是当地一个京族艺术团的团长。开班教琴、到各地演出、排练节目、组织歌圩……苏春发的日子过得丰富充实。每年京族重大传统节日哈节，苏春发还要组织“万人迎神”、摆“万人餐”等活动。“要是你们在农历六月初九来，就可以欣赏到我们京族的哈节了。”苏春发说。

哈节在哈亭内举行，节期一般为7天，通宵达旦，歌舞不息，周围各族群众亦来欢庆。“哈节分为迎神、祭神、坐蒙、送神四个部分，中间有进酒舞、采茶摸螺舞、对花屐舞、天灯舞等，热闹不会亚于春节。我们这些舞蹈充满生活情趣，不但能达到‘娱乐神灵’的目的，而且能使人真正获得身心的愉快和精神上的享受。”他说。

苏春发边说边带着我们漫步在哈亭旁边的两棵巨大的红豆树下。这两棵红豆树，一棵树龄90年，一棵树龄250年。正是5月，相思树下红豆粒粒，不时还从树上落红点点，接近无声，却全似真诚心音，如血赤红，满满一地相思。我和好几个作家一样，争分夺秒地捡拾那些红豆。“即使没有相思了，送给爱人也好。”我对一个作家说。大家哈哈大笑。

站在红豆树下，苏春发为我们唱了《安良是我的故乡》，歌词优美醉人：

安良是我的故乡，
贵乡相邻福安村；
我家门板常上栓，
哥来探访问妹名。
屋前面有一桃园，
门口向南桂树环。
屋后又有橄榄园，
周围橘树松两行。

入夜，在灯影幢幢的北部湾文化海洋公园，我靠着石拱桥栏，吹着海风，手拿一张薄如蝉翼的风吹饼慢慢地咬着，嚼着。不远处的小舞台上，一位身着紧腰白裙的年轻京族姑娘正就着横笛、竖笛以及独弦琴演奏的曲子，曼妙地走着步子，演唱着京族民歌《过桥风吹》：

风清清吹过桥头
吹动什么
衣裳云来纺
桂花落池塘
一更来约郎
等不住，影无双
衫儿薄，夜风凉
水粼粼流过滩头
漂动什么
月光随波淌
妹坐小桥上
二更不见郎
水不说，蝉在唱
月儿游，夜成网

这世间最缠绵、最凄美的莫过于京族姑娘的相思吧，难怪哈亭门口，有一地滴不尽相思的红豆……

梁晓阳／WRITER

广西北流人，出生于两广云开大山余脉天堂山区。在《花城》《中国作家》《天涯》《美文》等刊发表过作品。出版有散文集《吉尔尕朗河两岸》《文学中年》和长篇小说《出塞书》等多部作品。曾获三毛散文奖、冰心散文奖等奖项。

防城港的表情

宋先周

孩童的容颜

防城港不缺水，也不需要眼泪。可是，我们一到防城港，一场大雨毫无征兆，说来就来了。防城港用雨水迎接我们，是我始料未及的。

防城港沿海，海水可以铺到天边去，这里最富有的资源就是水了。哪怕是地处内陆的十万大山，也有没完没了的山泉，甚至有一股山泉还带有温度，让疲乏的人们随便一泡，倦意就泡走了。

到防城港看海之前，心情是极美的。

我在心里盘算着，看海的时候，要有阳光，傍晚时就能看到日头落进海里，看到海水簇拥太阳慢慢沉入海底。海面会有一些散落的亮光，这些亮光在海水里若隐若现，让海水完成一天最后的喧嚣。

我还想着，防城港的阳光不能太艳，太艳了，海水就容易被忽略。天空也不能太干净，要有几朵闲散的白云在空中飘着，那样太阳才不至于太孤独。白云最好是顽皮一点的，变幻莫测的那种，偶尔遮一遮太阳的光亮，像白鲸一样在海面上投下洁白的身影。

有阳光的防城港，红树林会更加红艳。阳光刚好让热出一点点汗水的我，顺理成章地将身子泡到海水里，成为海的一部分。而那些在斜阳下翻飞的海鸟，放肆地从我头顶掠过。

当然，这些只是我对防城港的遐想。

可惜，事与愿违，有时设想越完美，反差越大，仿佛上天有意为之。

昨天还是炎炎夏日，可一到防城港，晚饭才吃到一半，那些雨就迫不及待地倾盆而下。雨一来，天气就转凉，我不得不加件外套。夜晚，雨变得淅淅沥沥时，我想，雨可能要停了，于是与几位朋友相约，顶着夜色出门，去赶一场夜市，去找寻那些遗失在街头巷尾的小螺小虾。

可刚出门，雨又来了。只一瞬间，我们身上就被弄得湿一块干一块的。

被雨遣返，我只能在酒店里，枕着零零星星的雨声入睡……

早上醒来，我幻想的阳光变成泡影。清晨的雨更加猛烈，分明是一盆一盆的水，不间断地从天上倾倒下来。

我扣上外衣，急切地挤进大巴。

雨雾中，我看见一个三四岁的孩童从我们车边快速晃过，毫无顾忌地冲进雨里。他在院子里积水最深的地方欢跳，他那双湿漉漉的、已经无法看清颜色的跑鞋，在水里起起落落。他时不时捧一把雨水跟着雨滴一起浇在自己脸上、头上。他就那么笑着，欢快无比。直到对面门店里冲出一个女人，把孩子生硬地拽进屋里。

我听到了孩子的哭泣声，也听到了女人的抱怨和叫骂声。

孩子的哭声越来越小，女人的声音也渐渐听不见了。

我把目光从车外收回车内，我的眼睛落在我的手机屏幕上，女儿的照片展现出来。

一瞬间，我竟然想起了女儿，想起她孩童时的容颜。

那时候，她与雨里欢愉的孩子多像呀。

女儿小的时候，我也带她来过防城港看海。那时候，女儿怕水，但又喜欢玩水。她喜欢水的清凉，却害怕浪花凶猛的模样，常被海水呛着。

看着左右摇摆不定的女儿，我抱起她，把她抛进海里，浪花把她推回沙滩，我又把她抛进去，如此反复。女儿时而欢笑时而哭泣，她的眼泪鼻涕和海水一样咸。

后来女儿长大一点，一到假期，就会缠着我带她去海边玩。如果不带去，她的眼泪就吧嗒吧嗒往下掉。

说实话，我不太懂孩子的眼泪。不开心时流泪，开心时也有泪。女儿小时候就是这样。

或许，孩童的表情都很难把控，这与欢喜或忧伤毫无瓜葛。

防城港是一个年轻的城市，相对于有千百年历史的古城来说，它更像一个孩童。那么，它以什么样的表情面对我们又有什么关系呢？

这不，中午之后，天不是放晴了吗？

飘逸的秀发

防城港的红树林是真的壮观。我们能见到海水的地方很多，但能看到如此壮观的红树林的地方却不多，反正，我就只在防城港看到过。

当然，并不是说只有防城港有红树林，我这是从壮观的角度来界定的，毕竟防城港的江山半岛、西岸边、北仑河口等很多地方都遍布红树林。这里拥有我国大陆海岸连片面积最大的红树林，连片面积已达 1.6 万亩，排名世界第三。

我想，防城港海域能保持得那么好，应该都得益于这片红树林，或者说，这片红树林为防城港的生态系统做出了显著贡献。

我是在午后散步时，来到海边的跑道上观看这片红树林的。那时候阳光不显眼，含蓄的模样，就像那片红树林，遮遮掩掩的样子。

但不管这片林子如何遮掩，也掩盖不了它的宏伟。在防城港，这片红树林想必是海域里最骄傲的生物了，它的骄傲来自自身的底气，来自自身磅礴的气势。在防城港，这片红树林是除海水之外的另一番景象，是海域上一片温柔而动人的海洋森林。

我在岸边徘徊，我的目光由远及近，又由近到远。有风吹来，我看见大片的红树林随风摇摆，晃晃悠悠，像极了女性飘逸的秀发。

风大一点，很多树梢就弯进水里。

风一过，它们又弹出水面，一滴滴水珠从树梢落下来，像少女出浴般，温婉娇羞。

起风的时候，我就静静地伫立在海与陆的交会处，看这些摇摇摆摆的红树林，去怀想大海多彩的故事。

我从匝道上走下来，往红树林深处走去。这时，刚好有阳光照射进来。早上被雨水浇打得晕头转向的红树林，这一刻仿佛被轻轻唤醒，风微微地吹，树与树之间互相推搡，仿佛一群嬉笑的少女。

阳光透过稀疏的叶缝，洒下斑驳的光影，把红树林娇媚的脸庞映照进水里，我在海水里看见了红树林的倒影，这倒影显得这片红树林更加密集、庞大。

在阳光下近距离打量这些红中泛着淡淡绿意的树叶，与远处看如秀发的感觉又不一样了，它们更像身着多彩长裙的女子，在我面前点缀着点点红妆，婉约又不失妩媚。

我们静静地站在那里对视，任由海风轻拂，彼此默不作声，让海风带走我们的低语。

午后涨潮，我从林间退回到岸上。红树林被海水深深地包围着，在海的怀抱中轻轻摇曳，像一个热恋中的女子。

红树林，这些大海的恋人，这些大地的孩子，它们用根须紧紧拥抱着泥土，用枝叶轻轻抚摸着海浪。无论风雨如何肆虐，它们始终坚守在那里，用身躯守护着这片深情的土地。

夕阳西下，红树林披上一层金色的外衣，静静地站在那里，看夕阳慢慢沉入海面，看天空渐渐染上夜色，仿佛在等待什么。是等待下一个日出，还是等待一个能读懂它心事的人？

夜幕降临，红树林变得更加迷人。月光洒在它的身上，为它披上一层银色的纱裙。此时的红树林，更像一位妩媚的女性，在夜色中绽放别样的光彩。

海风轻轻吹过，带来了阵阵涛声，仿佛是女人的低声细语，诉说着动人的故事。远远望去，那片红树林又恢复了原来的模样，像女性的秀发在飘……

坚挺的脊背

来到防城港，金滩是绕不开的。

如果没到金滩，你都不好意思说自己到过防城港。

尽管已到过金滩三次，但我依旧心甘情愿地，第四次被这片金色的沙滩俘虏。

一到金滩，我会不自觉地想起北海的银滩来，想起银滩的宁静与明朗。想起在柔软、细腻、温热、银白的沙滩上漫步，享受徐徐海风吹拂的美感。

在我心里，银滩是位风韵十足的多情妇人，这种感觉来自它乳白、柔软、平滑又极富弹性的沙滩。

我之所以想起银滩，那是因为我在金滩看到了不一样的景象，看到了男人最坚挺的脊背。

每次到金滩，我都能感觉到这片海域彰显的雄性魅力，那是银滩所不能匹敌的力量和粗犷。

金滩完全不是银滩那副细腻娇羞的模样，金滩有些大大咧咧。特别是傍晚涨潮时，我甚至感觉到这片海域有一种试图“喊打喊杀”的风格。

所以，我把金滩看成是银滩的男人，或是兄长。

去过金滩的朋友，大都感觉到金滩的海水是咆哮的。

刚接近金滩，远远地我就能听到海水的咆哮声。这些咆哮的海水，会把一些细碎的黄沙卷起来，让它们跟随着浪花一起翻飞，浪花成为水汽蒸发后，那些细黄沙又纷纷落下，有些落在车顶，有些挂在车窗，更多的是铺在路上。白天，如若清洁工人动作稍慢，太阳一出来，就一定晒出满地的金黄。

如果驾车前往金滩，最好不要轻易打开车窗。一旦打开，那些湿润的海风就会疯狂地往车里浇灌，像野蛮的男人，强行挤进车里。那些咸咸的海的味道，就像男人身上汗液的味道。

金滩的堤坝边，停留的人是比较集中的，很少有人落单地跑出群体，纵然偶尔离群，他们也不敢向海而行，那样迟早会被高高的浪花卷进海里。

金滩宽阔的金色沙带上是最适合享受阳光的地方。在那里，可以看见海天一色，沙滩和阳光一样，都是黄澄澄的。

唯独那些孤单的小贝壳被遗忘在不起眼的地方。毕竟，越渺小的东西，越不让人待见。

我刚走进海水，一重大浪席卷而来，越过我的头顶，狠狠地砸在堤坝上，堤坝在享受撕裂的快感中低吟。而我，就那么被海水裹紧了。

这时，我能感觉到金滩彰显了它狂野的本性，它像一个莽撞而又充满力量的男人，一次次抵御风浪。

带着海的咸味回到岸边，我无限感慨，感慨在海水冲洗下那一地干干净净的沙子。

金滩的沙子较粗。风平浪静的时候，在沙滩上漫步，不由得会暗暗欢愉，因为脚下的沙粒会把脚心弄得痒痒的。

我再次举目眺望，看着潮水退去，金滩的面容再次拉宽，我感觉到了百川入海的波澜壮阔与恢宏气势。

那时，我的卑微和渺小显现无遗。偶尔，有淡淡的海风吹过，吹散了我心中的阴霾与忧愁。那片澄净的海蓝，洗掉了我多年积压心底，无处诉说的尘埃与污垢。

我把湿漉漉的装束退去，迫不及待又兴致勃勃地张开双臂，冲向海水。

我渴望大海宽广的怀抱，我拥抱那由远及近，扑面而来的，在眼前突然变得洁白晶莹的万朵浪花。

但是，这里的海水分明对我不友善。在海里，我感觉自己在和勇士进行搏击，他力大无比，将我一次次按倒，又一次次把我扔到沙滩上。男人好斗的本性在心底被激发了出来。我采取了迂回战术，运用“敌进我退、敌退我进”的进攻策略。渐渐地，我终于来到大海深处，就在我要畅游时，风浪却一层比一层来得更猛了。我想，是不是起海啸了，我单薄的泳裤在这排山倒海的风浪里几度滑落。

我深切感受到了金滩这位勇士的力量，他用重量级的组合拳疯狂地向我进攻，我在晕头转向中被击倒了。就在我要昏厥时，沙土里的一粒沙丁螺在我的右足底狠狠钻了一下，撕心裂肺的痛让我恢复了神志，在海浪的推推搡搡中，我跛着足回到岸上……

一场“海斗”，以我的彻底失败而告终。那粒沙丁螺仍然在海水里继续它的宿命，尽管它给了我一次“破伤风”针头的调戏，但我也该好好感谢它才是，对于我来说，它充当了救命恩人的角色。

看着夕阳下的金滩，我宁静的心里又生出些许困惑来，在尘世的纷纷扰扰中，我渴望的如大海一样的明净之地到底在哪里？在现实与虚拟间辗转的我，何处才是真正属于自己的金色沙滩？

或许，我应该选择一个风和日丽的早晨来到金滩，站在海边，感受海的清纯与亮丽，看看微波中跳出海面的日出胜景。我想，那时的金滩，野性一定会少一点吧！这样的清晨，我心中的困惑也一定能消弭，我乐观向上的人生态度将会重新找回，我的内心世界一定会从灰暗中逐渐明亮起来。

或许，选择一个细雨蒙蒙的黄昏来到金滩也好，这里应该成为避风港，哪怕只在车里，倚着车窗，看看这一片金黄，也会给我带来强大的动力。

当然，如果选择一个月明星稀的夜，赤足漫步在沙滩上，看看风浪里出没的船只，内心深处的那点暗淡必将被那点点渔火照亮……

宋先周 / WRITER

中国作家协会会员，广西作家协会理事，广西散文学会副会长。现供职于河池市文联。文学作品多见于《作品》《解放军文艺》《散文海外版》《广西文学》《黄河文学》《红豆》《南方文学》《广西日报》等报刊。曾获第十一届广西文艺创作铜鼓奖。

寻找艺梅

李宗文

每次来上思，我都会寻找一个叫艺梅的女子。这个寻找和30多年前的一件事情有关。

那是1990年夏天的事情，我正在广西一所县级重点高中读高二。转眼就要高三了，和所有爱文学的人青春时的经历一样，那时候的我特别喜欢诗歌，就囫囵吞枣地看了一些新诗。年少轻狂的时候，人都有小小的野心，心想人家能写的，我也能写。不仅能写，写了还要拿去投稿。于是我把一首《口哨轻松地吹响》投到了吉林长春的《中学生博览》，参加该刊物举行的一次全国诗歌比赛。《中学生博览》由共青团吉林省委主管主办、吉林省青少年报刊总社出版，是一本主要面向12—18岁中学生的综合性期刊。现为旬刊，面向全国公开发行。那时候这份杂志能“飘荡”到祖国遥远的南疆的县级中学的图书馆里，也堪称小小的奇迹了。

没想到过了一段时间，我就收到了7元钱的稿费，外加一件雪白的尼龙T恤。T恤上面还有“中学生博览”的字样。最重要的是，我的诗还获得了二等奖，这确实是一件特别励志的事情。我记得当时更让自己感觉小有成就的是，我收到了来自全国各地的读者、诗歌爱好者的来信。有一天下午，我放学后回到宿舍钻进蚊帐里休息，正盯着蚊帐里的一摞信件胡思乱想，班主任猛地掀开蚊帐，又把两封信丢给我，离开的时候还给了我一个意味深长的眼神。我当时心挺慌的，因为高二了，老师是要让我把心思放在学习上。

等班主任离开好一会儿后，我打开了其中的一封信，我选的是字看起来比较好看的那封。心想，再看这封吧，以后的信就不看了。打开后，从娟秀的字迹里，我知道了来信的是一位广西上思的名叫艺梅的女孩。她在信中除了表达仰慕的心情，还说，“看了你的诗歌后，我非常喜欢。我很喜欢文学，也写过几首诗歌。让我们交个笔友吧。我是个长发的女孩，希望你能给我寄一张照片”。开始我还回了几个笔友的信，但现在班主任似乎盯上我了，回不回这女孩的信呢？我眼前似乎晃着一个一头黝黑长发的女生身影，她大大的眼睛，瘦高的身材，手里正拿着一本抄有海子或者西川诗句的笔记本。这是一个眼神多么清澈的女孩啊！我一定要回一封信给她。于是，我简单地回信道：“很高兴和你交笔友，也希望得到你的照片。”

之后，我又陆陆续续收到不少笔友的来信。班主任终于在一次班会上说，请同学们把注意力放在学习上，不要发生早恋之类的事情。听了这句话，我心慌慌的，吓得再也不敢回信了。后来，我收到了艺梅的来信，她还寄来了她的照片。照片里的她穿着浅蓝色的衬衣，确实有一头瀑布般的长发，她的眼睛清澈得像十万大山深处清亮的山泉，眼窝有些深陷，带有广西女孩的特征。不可否认，她和我想象的很接近。这是一个清秀而略显忧郁的女孩。从此，那头长发就一直像根一样扎在我心里，我也记住了那个县城叫上思，记住了那个女生叫艺梅。

因为班主任的提醒，我之后再也不敢回笔友的信了，包括艺梅。于是，我和那些笔友的交往就此中断。很可惜的是，几年后，我家从县城的矿山搬迁到南宁，很多心爱的书籍以及所有信件都丢失了。艺梅给我的几封信也随之湮没在记忆的洪流中。

再后来，我进了报社，成为一名与文字工作紧密相连的编辑和记者，这些年也发表了一些文学作品。近年来，几次到防城港采风，无一例外都会来到上思。往事如风，那些昔日场景又重现在脑海中。

于是，寻找艺梅的念头一次次像春天的草一样，萌芽且破土而出。

在十万大山国家森林公园的休闲区，很多人前来度假或者郊游。那些中年女子呼儿唤女，我想，当年的女孩艺梅是否依然披着一头瀑布般的长发藏身其中？在上山的路上，我看见一些高三的孩子正难得地放松玩耍。他们一个单纯的微笑，一个可爱的转身，多像当年读高中的我们啊！我又想，这些高三的孩子是否会把一天的郊游写成诗？

好多往事枯萎成大山深处的尘埃，越是久远越沉默。可那些经年的树木只顾畅快地呼出最纯净的氧气，没有回答我藏在心底的问题。

在东兴市京族学校，那些穿着校服的女学生弹奏京族独弦琴，那些婉转的声音似乎又把我带回了高中生涯。她们羞涩的眼神多像当年的艺梅啊！

在上思县业余体校，那些 9 到 12 岁的瑶族女孩，每天早上6点开始训练，从 15 公斤到 30 公斤，一点点给自己肩膀上的杠铃加重。因为举重，她们从山里走进县城，甚至走向国际赛场的荣耀巅峰。将来有一天，人们或许只记得她们领取金灿灿的奖牌时的美好瞬间，而忘记了在这并不大的训练室内，她们流下的汗水与泪水也曾汇聚一起，流淌成河。那艺梅呢？她的命运又怎样呢？是在乡村，还是在县城？抑或在繁华的大都市？她的生活是否受挫？抑或是我想得太多，她也许正幸福地相夫教子……

除了上思，这些年我因采风还去了防城港不少地方。比如，在李庄古堡，我想李白一定后悔，他当年仗剑走天涯、策马扬鞭时，却将这波光粼粼的大海遗漏，却将这一望无际的大山忘却。

金樽里从来没有空荡的月光，在海天一色里，在大山的莽莽苍苍中，我还想，那个叫艺梅的女孩还会不会写诗呢？还会不会提起笔写一封给文学的叫作“勇气”的信呢？

在防城港那梭镇平木村，“十姐妹”团队长年累月做好事。若不是新闻媒体报道，她们的故事也许知道的人并不多。历史的烟尘滚滚，留下名字的人能有多少？做了好事又不曾留名的又有多少？这些皮肤相对同龄人要黝黑的女子，她们在历史的年轮中刻下了怎样的痕迹？还有艺梅，是不是也像她们一样，正在默默地奉献于社会，只是再也无人提起她的名字，也无从得知她少年时期曾有过的文学梦？

30 年后，通过网上的朋友阿潇和宋怡明，我终于在微信上认识了当年编辑我诗歌的编辑。这位老编辑叫孟昕伯，也被大家称为“孟总”，已经 80

多岁了。聊起当年的诗歌，他和我说："我已退休多年，当年发在《中学生博览》上的稿件大多数还记得。你在30年前写的诗我又看了一遍，还是觉得很好！"

我想，如果当年没有发表那首诗，给自己埋下诗歌的种子，也许不会在那么多年后又重新让它生根、萌芽，继续自己的文学之梦。而勇敢地给我写信的艺梅呢？

她现在过得好吗？她还记得30多年前，从大山深处发出的那封信吗？她也断然不会知道，那个收信的人尽管当时显得绝情，可他至今依然将这些过往记在心间。

很多年过去了，直到今天，我依然怀念的岁月竟然就藏身在百里之外的一隅。那里有山的静谧，海的辽阔，边关的神秘，人的纯净善良，满足你对一切美好的遐想。我们有丰富多彩却再也打捞不起的过往，也有让人无限憧憬的美好未来。只是有些疑惑，在历史尘埃的起起落落中，或明或暗，再也无人给出答案。

李宗文 / WRITER

广西作协理事，南宁作协副主席，供职于《南宁晚报》。有作品发表在《江南》《广西文学》《红豆》等刊物。获文学和新闻奖项多次。

白鹭一样飘过西湾海面

张海燕

一

傍晚，我在“北港故里”码头旁边悠闲地散步，刚一抬头，一辆高速动车组列车从拥军路方向驶来，车身全白，车窗内透出的灯光也是白色的。听不见往时旧列车的隆隆轰鸣声，听不见车轮与铁轨的摩擦声，十几秒钟时间，在跨海大桥灯光的辉映下，来不及等待沿途人们察觉，远远望去，列车像一只白色蝴蝶，从我眼前飘过。不，或许它更像一只晚归的白鹭，轻轻地，柔柔地，静静地，飘过西湾海面。

我突然心生感触：激动、幸福、自豪、骄傲。

二

宋代，东兴继与交趾（今越南）有官道相互往来后，明嘉靖四十四年（1565 年），在境内开设思勒汛（在今江平镇思勒村）、罗浮汛（在今楠木山村）、黄竹隘（在今黄竹村）、松柏隘（在今松柏村）、罗浮隘（在今楠木山村）、河州隘（在今东兴镇河洲村），共 2 个墩汛 4 个隘口，逐渐形成多条驿道。

后来的后来，驿道变成了便道、村道。民国时期及 1969 年至 1975 年间，多次修筑松柏至竹山、江平至潭吉等路段。道路两边是千百年来形成的平原，金黄色的稻浪随风起伏，轻盈的白鹭展翅翻飞。我当兵那会儿，经常和年轻的边防战士一起，沿着这条路来到江平镇竹山村，用红漆描摹“大清国钦州界”字样，让边境线上矗立的界碑更加鲜艳威严。我一边描摹一边抚摸，手是热的，界碑是热的，心更是热的，责任感、使命感油然而生。

1926 年，防城县修筑东兴至江平段公路，共 22 公里。1928 年，由防城县政府拨款，修筑江平至防城公路，共 50 公里，翌年底完工通车。抗战时期，为阻止日军机械化部队前进，自行将所建公路及桥梁损毁。1950 年 6 月，政府发动乡镇民兵群众 30 000 多人，对防东公路的华石、那梭、黄沙水、横隘等路段路基进行修复，后因清匪反霸开始而中断。国家第一个五年计划时期（1953—1957 年），继续修筑防城至马路、东兴路段。1957—1963 年，广东省交通厅两次拨款改善防东公路路况。直至 1979 年，因国防公路建设需要，对防东公路及其桥梁等加大投入进行修建，通行质量大为提高。当年的边境斗争，千军万马、坦克炮车往返于此，防东公路功不可没。

同样，功不可没的还有公路沿线的三座桥梁。罗浮石拱桥，原防城县境内最早的一座公路大桥，1929 年 9 月 11 日竣工通车，1938 年日军从企沙登陆前自行拆毁，1962 年在石拱桥残迹旁边建造罗浮一桥，沿用至今。华石石拱桥，1960 年 8 月 20 日动工，同年 11 月 10 日竣工通车，是当时广东湛江地区建桥史上建设速度较快的一座桥梁。防城大桥，1978 年 7 月动工，次年 12 月竣工通车。此桥建成后，解决了历年以来车渡“过渡难”问题。

“车队缓缓地、悄悄地在夜色中行进，天空一片沉寂，晚上没有月亮。车辆路过时烟尘都看不见，偶尔几只夜鸟被车轮声惊醒，‘呼……呼……’几声从灯光前面飞过。解放牌大卡车有时会被一个土坎一个陡坡起伏颠簸几下，战士们身上背的枪支、水壶或是口缸与车厢木板撞击，发出‘哗啦……哗啦……’响声……”这是我在小说《木棉花盛开的季节》中描写的一段话。那一年，我随大部队奔赴边境前线，走的正是防东砂石公路。

1992 年 11 月 8 日，广西壮族自治区人民政府为东兴建设 14 个基础设施之一的防东二级公路动工，1997 年 7 月建成通车。2003 年 4 月，在防东二级公路东兴至防城江山段基础上扩建为一级公路，与港口西湾跨海大桥配套公路相连接，又称江东一级公路。那些年，这是外界通达东兴边境口岸距离最短的一条道路。东盟贸易往来密集，防城港市经济飞速发展，白天黑夜，车流浩荡，承载了太多人发财致富的梦想。一直到 2013 年 12 月钦东高速公路建成通车，防东二级（江东一级）公路的通行压力才有所缓解。从 2019 年年底开始，政府投资 25.56 亿元，将此路扩建成双向 8 车道全沥青景观道路，2023 年国庆节建成通车，防东二级（江东一级）公路由此更名为一个响亮的名字——国门大道。

三

擘画美好生活愿景源自国家强盛，大手笔、大气势、大方略方能成就伟业。2023 这一年，带给防城港市人民的惊喜远不止国门大道。两个月后，铁路工程团队花了 4 年多时光，打通了防城港高铁北站的最后路程，把像美人一样漂亮的和谐号高速动车组列车开进了东兴。

2024 年春运的一天，我带着惊喜和好奇，体验属于防城港百姓的高速动车组列车出行。D8455 次从柳州出发，到防城港北站时已是上午 10 时 31 分，我一直以为人少，上车后才知道已满员。列车员说春运人多，大家都要回家过团圆年。屁股刚一落座，发现我的右边是一位从北方来东兴旅游的游客，我俩便闲聊起来。他说这次同车的还有二十几个伙伴，现在从广西东兴出国方便了，北方天冷，他们这次要去看看在越南过春节是什么感受，过完节再返回东兴，就在这防城港过冬了。我座位左手边是一位穿着米黄色呢绒大衣的姑娘，高挑，白皙，东兴镇人。她说自己在南宁市开有东南亚土特产店铺，经常坐高速动车组列车来往两地。以前坐最晚一趟列车回到防城港时都近 10 点了，如果回东兴，还要朋友接或是坐的士，人找车、车找人，转来转去，深夜才能回到家。

两人说完话后对视一笑，一切过往，正如这飞驰的列车全都被甩在了后面。我的视线转向了窗外，油画般的风景在延伸、拉长、放大。车轮横跨沙潭江双线特大桥，滑过渔洲坪，防城港码头的装卸吊机在朝我招手，大海奔涌的浪花在向我微笑。穿越铜鼓岭隧道，又穿过虾塘、荔枝树、红树林。云朵在山涧河汉上荡漾，还有我年少时候路过的

◎国门大道　梁宗阳/摄

广袤的江平平原。最后，飞越钦东高速公路。19分钟，吒祖村村民抽一筒水烟袋的工夫，东兴高铁站已经耸立眼前。

当年那个晚上，我和战友们出征东兴边境前线，绕行华石、那梭、马路等乡镇需3个多小时车程，到今天的19分钟，时间已过去近半个世纪。半个世纪前呢？世世代代散居在这片大地、这片山丘、这片海边的芸芸众生，光着双脚、趿着拖鞋走路的日子太长太长。人们走不出那片山，跨不过那片海，憋屈得太久太久。运输物品靠马驮、轿扛、肩挑的岁月既遥远又仿如昨天。

在东兴高铁站，一位工作人员告诉我，高铁开通那天可热闹了。人们从垌中、板八、马路、那梭、滩散等地开着农用车、摩托车，甚至骑着自行车过来，车子上载有七八十岁的瑶族、壮族爷爷奶奶。也有从江平巫头、长山、松柏等海边滩涂开车过来的渔民，儿子、孙子带上了京族阿婆阿公。他们都想来看看高速列车的模样。当列车到达的那一刻，老人们一张张沟壑丛生的褐色脸庞绽放出了笑容，一个个用奇异的眼光打量着这位仿佛来自天外的尊贵客人。

他们怎么也不会想到，正是这样一位“天外来客”，打破了这片土地的沉寂，改变了人们的生活，加快了人们的生活节奏，给人们的生活带来了便利、快捷、舒适、富庶，还有诗一样的无尽梦想！

张海燕／WRITER

广西作家协会会员，出版有散文集《湖是海的家》《行走在乡村小路》以及纪实文学《手工艺人》等。

海边那口古井

傅启生

故乡防城港沙塔嘴港湾有一口小井。

这口井不知是谁开挖的，也不知它存在与使用过几代几世了，只知道是一口很老很老的水井。乍一看，很像一口野井，人们并不怎么注意它。井的旁边还有一棵椤麻树，下缘摆两块踏得光滑的石板作铺垫，井壁从未砌过。这其实是个挖出的原始井。

沙塔嘴是个小港湾，每日都有一些大大小小的船只起航、归航。岸坡边植有数棵浓密如盖的椤麻树。海堤内是一块盐田，风力水车在海风的吹动下砰砰地转个不停，车叶像一朵盛开的八瓣花，带着水车不知疲倦地刮运着水，发出咿咿呀呀的声响，似在哼一支古老又经典的曲子。港湾外的海面上，鸥鹭低翔，船帆穿梭，有的帆影渐渐消失在远处的白云间。那些塞网佬常在树下补网干活。盐田佬、船佬、看牛佬喜欢聚在树阴下，闲谈消遣。

日至中天或傍晚时分，就是那口井被用得最多的时候。塞网佬、盐田佬与入港的船佬拿着木桶、瓦盘、瓜壳和耋壳来盛水、舀水，去煮他们的午餐或晚饭，也有人在井边清洗新鲜的鱼和螃蟹。不少船家趁着涨潮时，把船靠泊井边，提水装满水仓，然后放心出海去。别看此井宽不过一米、深不过米半，可任你取用，清泉汩汩涌出，充满旺盛的生命力，喷发着恒久的激情。

1979 年，堂伯娘一家准备出国了。乡中本姓的父老兄弟，从这口井担了一担又一担水装满他们的水仓，还挑来红薯、玉米相赠。涨潮了，起风了，他们扯起风帆，依依告别故乡和亲人，驶向海外……

这口小井，不知是否有灵性，它

是那龙蛇般的长岭山脚下的一个泉穴而已，但无论天多干旱，泉水都不会干枯，总如母乳般涌出，滋润着人们的心田。每逢夏日，井里的水清凉透骨爽心，干活的人去掬一捧水往头面一抹，顿感神清气爽、暑气立消。那些粗犷的塞网佬，穿着一条牛头裤，一身咸水泥浆，上岸后，走到井边，用木桶装水从头到脚淋个痛快，那才叫真正的冲凉！而到冬天，井里冒着热气，温热可人。从海归来、手脚被冻得红肿发麻的人，在井边撩水洗洗手脚，能很快祛寒助阳。海边滩涂吃草的牛们，渴了也走来小井甜甜地喝上一顿水。

小井它半依坡边，半临海水，每天涨潮时，只差十几厘米就会被淹过井面。若遇到某些月份的“七八眼子”的大潮，海水是完全覆盖过井面的，但又何妨？那丝毫影响不了小井的水质，井水依然甘凉清淡，洌净如镜。每次刮台风掀起巨潮，浊浪排空，夹沙带泥扑向岸边，淹没了小井，不少人以为井水一定被污染不能用了。可是台风渐减，猛潮退去，井水满满溢出，把那浑浊的海水逐得一干二净，一汪井水仍旧纯洁清澈。人们一试水味，啊！一点咸腥味也没有，甘甜可口，它的自洁力太强了！

尽管这小井原始、简陋、不经修理，甚至有点丑，但谁离得开它呢？它是一口生生不息的生命之泉啊。我也是多次获过它的甘泉恩泽的。忘不了那年天气奇寒，大人说冷这么多天，海边一定有“冷死鱼”了。我们一群 10 岁左右的孩子也跟大人去，在那些海沟边、泥坪上、木榄树下，的确见到不少“冷死鱼”，如乌子婆、巴鰈、白鳝等。有的半生半死在水中挣扎，时有一些海鸟啄食。尽管北风刺骨，冻云满天，但我们都满载而归。上得岸来，我们手脚冻僵了，鼻子耳朵冷得辣痛。走到那口井边，井水热气腾腾，我们反复洗手淋脚，寒意很快消除。

小井盈盈一圈水，与相邻的粼粼海水形成对比，一淡一咸。它一样能收藏日月，渡飘云影，自有其大千世界。它不因面小井浅而自卑自弃，海水几乎包围了它，可它从容淡定，质本洁来还洁去，没有被咸水溶化消灭，永远是静静地源源不断地涌流着高洁的情韵，坚守自己那高贵神圣的领地。

我不止一次地在小井旁深思，想读懂它的思想、哲理和品格，然而那时还读不懂，只是见到井水中有两条红绿相间的菩萨鱼在娴静地游着，十分美丽，充满仙气。

好些年前，人们纷纷在海边开挖塘池，养虾殖蟹，在金钱的诱惑下，大挖特挖滩涂，甚至不惜破坏盐田、农田。有一位农民，发财心切，便在那口小井下面的海沟塞了一个两三亩宽的虾塘，为扩张那一点点面积，寸土必争，居然连那口小井也不放过，把它挖掉了，小井从此不复存在了！大家都埋怨他，他说如果我不挖，别人也可能挖它。

后来这个虾塘佬日夜在那里看守虾塘干活，晚上还要在棚里住，渴了饿了，想烧些开水、煮点东西极不方便。迫于无奈，不得不每天从村里挑来一担水，但也得走将近 1 公里的路。他 60 多岁了，担水十分吃力，而且每日要喝要洗，一担水也不够用。那些做船的，也因找不到水用极为苦恼，以前出海或回港，用水非常方便，现在小井竟丧失在这贪心愚昧的虾农手里，大家免不了不咸不淡地骂几句。那虾农见取水困难，想重新寻找那口井的泉眼，再开一个井，可再也无法找到。一直恩赐给人们的甘泉从此断绝了。

有个船佬说他梦见了那口小井，已变成一面明镜飞到天上去了。

小井，海边昔日那口小井，我知道它确实不存在了，但它的甘泉似乎还在涌流着，流进我的心中，流进我的灵魂深处……

傅启生 / WRITER

广西防城港人，广西书法家协会会员、广西文艺评论家协会会员、防城港市老科协文学艺术界分会副会长。业余从事文艺创作，发表散文、诗歌、小说、艺评等作品两百余篇（首），散见于《广西文学》《金田》《海角》《书法艺术》《书法导报》等报刊。

第三辑 边关漫步

防城港漫笔

王十月

中国的海岸线，东起辽东鸭绿江口，而西南的最末端，则在广西防城港的北仑河口。具体来说，是防城港下辖的东兴市的北仑河口。

我曾经北海到过东兴，知道北仑河口的红树林保护区是世界三大红树林示范保护区之一，却缘悭一面。此次来，原是专为北仑河口的红树林。不巧，从酒店出发时天便阴沉欲雨，快到红树林时，果然暴雨如注。终是不甘心，车开到一处高冈，隔着车窗、雨幕，看朦胧中一大片深深浅浅的绿在风中起伏如巨浪——仿佛红树林比海还要阔大。在狂风暴雨中，海、天、雨、树混沌一色，分不清天上人间。

雨一时半会儿没有要停的意思，我等候了许久，只好作罢。红树林绵延的更远处，北仑河在名唤白沙仔的地方汇入北部湾。出发前一晚，临时抱佛脚，我查阅了关于北仑河的资料，知道北仑河发源在广西的十万大山之中。《清史稿·地理志》有载，北仑河“其上源曰文义河，出拷邦岭，东北至北仑汛，屈而南，嘉隆江自西南来注之。其南岸则越南界也”。站在北仑河入海口时，雨小了下来。越过眼前这片红树林，“其南岸则越南界也”。过了架在北仑河口的桥，便是镌有中越两国文字的东兴中越人民友谊公园。说到两国人民的友谊，当真是剪不断、理还乱。著名的“海上胡志明小道”——这条起于中国防城港，止于越南海防的海上物资通道，在20世纪的美越战争中际会风云，如今只留下简陋的纪念碑和模糊且遥远的传说。倒是给我们讲解的那位身着京族传统服饰的女子，将我从历史的沉思中拉回眼前的现实。

我见过越南女子穿着奥黛，知道

奥黛是越南的民族服装。该女子解释说她是京族，奥黛和京族的传统服装有相似之处。又说，中国有京族，越南也有京族。两国京族语言相近，文字却不相同。有史可查的是，约在南北朝时，京族人借汉字造出了自己的民族文字——喃字。喃字造字法分为三种，其一为假借喃字，就是借纯汉字，但只借其音不借其意。其他两种形声喃字和会意喃字，更是借了汉字造字法。越南被法

◎穿着民族服装的京族少女　梁宗阳/摄

国殖民后抛弃了传统喃字，走了拉丁化的拼音文字的道路，中国的京族则保留了喃字。随着发展，两国京族在文化上也渐行渐远。当然，也有斩不断的根，比如两国京族都传唱的传统戏剧嘲剧，唱词多是中国古典诗词，或脱胎于古典诗词。“妾身不想为征妇，君身岂为学王孙，须臾中兮对面，顷刻里兮分程……”这类嘲剧听上去多带悲怆，唱者肠断，听者唏嘘。古往今来，征人思妇，大体如此。此时再看中越人民友谊公园，“友谊”二字，分外沉重。

到东兴，一定要到北仑河入海口；到北仑河入海口，则一定得到竹山村看大清国钦州界碑。碑高 1.7 米，宽 0.7 米，厚 0.4 米。碑身镌有“大清国钦州界”六个大字，字写得大开大合，颇得颜鲁公法度，书法铁画银钩，刀法利落劲道。特别是刀法，仿佛用了削铁如泥的宝刀刻半干的泥板，一笔一刀，能见出毛笔书写时的使转提按、入锋回锋，刻得又极深，刀刀力透碑背。右上一行小字“光绪拾陆年贰月立”，左下落款“知州事李受彤书”。一行人在大清国钦州界碑处驻足，或评书法之美，或论刀法之妙，心追手摩，又感叹如今机刻碑有字形无笔法。中国书法，到有清一代，帖学衰而碑学盛。我偶尔写点毛笔字，崇尚帖学，以为碑学粗率，及至见了大清国钦州界碑，始知从前看拓片误人。原来好的碑刻，既得刀法之刚健，又不失笔法之精妙。又感叹好的碑刻难得，刻碑者必得同时深谙刀法书法之妙。如此又谈碑文内容，谈到碑文没有写“大清国界”，而是“大清国钦州界”，是否暗含了另一重解释？若书大清国界，则指大清国与另一国的边界，而大清国钦州界，又可以解释为大清国钦州与另一州郡的边界。又猜测书写者是否有意为之，若果真如此，则文字游戏其中的委曲，非我等隔了时空指点历史所能体会，不知知州李受彤何许人也。

李受彤本该是在历史上默默无闻的地方官员，却因中法战争将名字刻入了石头。熟悉中法战争历史的都知道，战场分布于海上陆上，涉及越南北部、中国东南沿海等地。战事之初，清军海战连连失利，法舰进犯基隆、淡水。时开缺回乡、养疴田园的原淮军第一猛将刘铭传受命出山，以巡抚衔前往台湾督办军务。刘铭传定下战略，放弃基隆，坚守淡水，以待战机。其先后取得淡水大捷、基隆大捷，并困死法远东舰队司令孤拔于澎湖岛。陆路战线，广西巡抚潘鼎新不战而退，老将冯子材受命帮办广西关外军务，连破文渊、谅山，重伤东部法军统帅尼格里，史称镇南关大捷。法军战败，消息传至巴黎，总理引咎辞职，清朝政府本应乘胜扩大战果，奈何李鸿章力主"乘胜即收"，把镇南关大捷当作寻求妥协的机会，下令北越驻军撤退回国。中国以战胜之国的身份签下辱国条约，同意法国与越南之间"所有已定与未定各条约一概不加过问"，堪称空前绝后之奇闻。左宗棠大骂李鸿章"误尽苍生"，清流哗然。当此情形之下，李受彤奉命勘定边界，有着怎样的心境处境，虽不得而知，却也可想而知。

李受彤，字彦伯，广西临桂人。史书上说他"迁移书院，奖励文人，以礼耆者"，"唯其施政，崇尚刑威……民多敬而生畏"，看来是个刚中有柔、柔中带刚的狠角色。再看"大清国钦州界"六个大字，刚健雅致、霸悍敦厚，果然字如其人。这样的人，奉命与法国勘定中越国界，自然是软硬不吃。果然，法国人为了在勘界时占得上风，又搞起小动作，越境抢占江平、八庄等地。李受彤针锋相对，举兵收复江平、八庄，从竹山循北仑河至滩散、垌中立下数十块大清国钦州界碑，确立了中越边界。竹山村的这块碑，现编号为 1 号碑。据说其余界碑多保全完好，惜此行匆匆，未得全见。若有机会，该沿着李受彤勘定的边界一一走访。

余动笔作此篇短文时，离开北仑河口一月有余矣。回想此行，脑海中浮起几个片段——风雨中的红树林、穿传统服饰的京族女子、立于 1890 年的大清国钦州界碑。以上文字，记防城港之行。

行文至此，补一事：李受彤完成勘界任务后旋即离任回籍，卒年不详。

王十月 / WRITER

本名王世孝。1972 年生于湖北，2000 年开始小说创作。现居广州。出版有长篇小说《烦躁不安》《无碑》《31 区》《米岛》《理性时代：活物》《收脚印的人》《如果末日无期》《不舍昼夜》，中短篇小说集多种。曾获鲁迅文学奖中篇小说奖、人民文学奖、《小说选刊》年度中篇小说奖、百花文学奖等。

山海相连话东兴

张 者

东兴在哪里？东兴在广西，归防城港市管辖，是一个普通的县级市。而东兴却在国家的版图上成了一个地标，也成为许多人心中的一个目的地。

这里是我国海岸线和陆地边境线相交的地方。这样的地方全国有两处，一处是在辽宁省鸭绿江边与朝鲜隔江相望的丹东市，一处是在广西北仑河出海口与越南相邻的东兴市。

站在位于竹山村的山海相连地标广场，望着那红蓝相间的标志性雕塑，它很像东兴的“兴”字。红色象征着“山”，蓝色象征着“海”，寓意山海相连。在山海相连地标广场不远处是大清国一号界碑和零公里纪念坛。这三处地标同处北仑河出海口处，将这三点连接起来，可以画一个大大的圆，那是一个标准的句号。

19世纪中叶，法国用武力占领越南南部后，仍不断向北推进，觊觎中国。1883年年底，法军进攻驻扎在越北地区的清军和黑旗军，中法战争爆发。法国海军舰队在福建马尾港突然袭击清朝福建水师，击沉兵舰11艘。同年10月，法军攻占台湾。清军坚决抗击法军的侵略，于1885年3月在镇南关大败法军，一举收复重镇谅山。由于战争取得进展，法国同意和清政府于1885年6月签订《中法新约》。条约承认法国对越南的保护权，从而结束了自宋以来越南为中国藩属国的关系。条约规定中法双方勘界，以确立界碑。根据立界的有关协定，以河为界的，双方互立界碑，立在双方靠近航道的陆地上。我国岸上的界碑，单面刻字“大清国钦州界”，面朝水域，以主航道为界线。以山岭为界的界碑则为双方共立界碑，一面书“大清国钦州界”，一面书“大南”。

就这样，东兴从那时成了中国的南大门，真正的“镇南关”。

东兴因兴起于北仑河东岸而得名，是一座小城，一半靠海，一半沿边，与越南仅隔一条北仑河，对岸是越南的口岸城市芒街市。东兴世代生活着我国唯一的海洋民族——京族。

正是夏季，东兴街头的色彩与越南相像，红色的荔枝，绿色的帽子，黄色的斗笠，棕色的咖啡，雪白的木薯粉，色彩斑斓。走在清晨的街上，能闻到越南传统鸡肉粉的香味。这里融合了中越百姓的人间烟火气。这里有琳琅满目的越南特产，也有当年的战争遗迹。侨批遗址就在这条路上。侨批，是一个在外地人看来完全陌生，但在华侨华人中却再亲切不过的词语。侨批在广东潮汕、福建一带，又被称为番批，是海外华侨华人寄给国内亲人的钱款与书信的合称。

广东潮汕和广西东兴都是著名的侨乡。早在明清时期，当地就有许多人到国外谋生，并将积蓄汇回家乡。侨批带来的钱款，也就成了留在国内家眷的主要经济来源。当时侨乡颇为流行的一句口头禅是：“侨批侨批，救命第一。”太平洋战争爆发后，侨批路断绝。潮汕人看中了东兴这个和越南毗邻的交通口岸，秘密地开通了东兴侨批馆，由东兴将侨批中转到闽粤各地。这源源不断的侨批如雪中炭，不但滋养了大量的侨眷，也成为抗战的资金来源之一。侨眷收到汇款后，将一部分钱捐给了国家，支持抗日战争，为抗战做出了自己的贡献。一条侨批路成了一条隐秘的抗日救亡路。

在东兴的竹山村，有一个特别引人注目的地点，那就是零公里地标。零公里地标原来是中越沿边公路的起点，现在是 G219 的终点。

G219 有什么含义？原来这是一条国道的编码。在中国的国道排列顺序中，G 指代国道，以阿拉伯数字“1”开头的道路为首都放射线，“2”开头的是南北纵线，“3”开头的为东西横线。G219 就是南北走向的第 19 条国道。

G219 起点在新疆阿勒泰地区布尔津县的喀纳斯，终点在广西东兴市竹山村，全长 10 065 公里，途经新疆、西藏、云南和广西，是中国里程最长、世

◎山海相连地标广场 梁宗阳/摄

界上平均海拔最高的公路。G219，又称喀纳斯—东兴国道，沿着边境从大西北到大西南。从新疆喀纳斯出发，G219 穿越新疆的雪山、大漠；进入西藏后，两旁是圣湖、圣山和峡谷；在云南则穿越了热带雨林；进入广西后，又到达了中越的边境城市，充满了异国的风情。G219 在广西东兴结束，完成了它的全部里程，在山海相连之处画上了史诗般的句号。

其实，G219 还没有全线贯通，国道需要穿越新疆天山。从温宿县到昭苏县的 130 多公里正在艰难地施工。而这 130 多公里需要穿越夏塔古道。

夏塔古道又称为唐僧古道，它翻越天山主脊海拔 3600 米的哈塔木孜达坂，沟通天山南北。清代在木扎尔特冰川上设有 70 户专门凿冰梯的人家，这里因而得名“沙图”。“夏塔”是沙图的音译，为阶梯之意。史载这条古道“长百里、高百丈”，两侧“坚冰成块，从中凿冰成梯，人马跑而下，若稍失足，直落涧底，甚可畏矣”。夏塔古道是天山最为险峻、最为著名的山道，北起昭苏的夏特乡，经木扎尔特冰川，直抵南疆温宿和拜城县，全长 130 公里，自汉唐时期到如今都赫赫有名。从公元前 174 年开始，相继有张骞、班超、玄奘、林则徐、左宗棠、刘锦棠等人往返于这条冰川古道。

最近一批穿越夏塔古道的人是当年的 359 旅 717 团。717 团为了到达伊犁剿匪，从阿克苏的温宿和库车出发，翻越冰达坂，取捷径直插北疆伊犁。717 团应该是首先进入温宿大峡谷，然后经过木扎尔特谷底山道，翻越冰达坂，从夏塔古道走出天山，1952 年到达伊犁。这一路艰险无比却也美不胜收。只是，这种美，不知当年 717 团的战士们有没有欣赏的兴致。

717 团到达伊犁后，于 1953 年改编为兵团农四师十团，1969 年改称 72 团，团部在新源县的肖尔布拉克。当年的八路军 359 旅，现在分布在和田、阿克苏、伊犁三个区域，发展壮大成了新疆兵团的三个师。

在兵团四师的辖地，沿着边境的铁丝网，两边都是高山草甸，美不胜收。可是，这里是边境，有“军垦第一哨”。哨所地处特克斯河与苏木拜河交会处，距离边境线仅 300 米。清朝政府曾在这里设置口岸，如今遗址已经成了一个土堆，现在有兵团民兵在这里巡逻驻守。面对蜿蜒的界河，他们要种地也要站岗，要放牧也要巡逻。现在在“军垦第一哨”长期驻扎的是一对夫妻，他们是第三代夫妻守边人。

如果G219的温宿到昭苏段工程完工，只需一个小时就可穿越天山，届时将把南疆和北疆连为一体，把新疆、西藏、云南、广西直接连接在一起。如今，G219的温宿到昭苏段正艰难地施工，相信要不了多久，G219将从新疆喀纳斯直达广西东兴，那将是一个圆满的句号。

那将是“一条大道通南北，万里长路连古今”。

张者 / WRITER

中国作协小说创委会委员，重庆作协主席，新疆兵团作协名誉主席，一级作家。作品发表于《收获》《十月》等刊，被各种文学选刊转载。出版有长篇小说大学三部曲《桃李》《桃花》《桃夭》，长篇小说《零炮楼》《老风口》，中短篇小说集《山前该有一棵树》和散文集《文化自白书》等。曾获第八届鲁迅文学奖等，作品多次入选文学年度排行榜。

柔软与坚硬

温亚军

柔　软

午后，天空电闪雷鸣，暴雨倾盆而下，北部湾惊涛骇浪。望着雨中的大海，我联想起苏轼《念奴娇·赤壁怀古》中的那句：“乱石穿空，惊涛拍岸，卷起千堆雪。”对于远离大海、少见海涛叠浪的我来说，这是壮丽的景象，却忍不住心怀一丝忐忑。还好，暴雨来得快，歇得也快。乘车时我担心下这么大雨，海边浪急，下不了车，倒浪

◎白浪滩　梁宗阳/摄

费了有些急切的心情。这天气，果然是通人情的。车行至白浪滩，雨势弱得只剩几丝银线，几乎可以忽略不计，可我还是打了把伞，心里却佩服主办方，算准了暴雨会停歇似的。

由于刚下过暴雨，白浪滩果然风大浪急，一排紧跟一排的白浪滚滚而来，壮观是够壮观，但涛声也够骇人，比打雷闪电还要惊心。我把目光从白浪尖收回，投至海滩，这海滩宽大平缓。有一瞬的诧异，我以为自己看错了，这沙子居然是黑色的！这颠覆了我的认知，这取名为白浪滩，好像这片难得一见的黑色沙子单纯是为了衬托白色的浪潮一般，真是稀奇。

搞不明白为什么白浪滩的沙子如此特别，询问当地人，他们说海滩的这些沙子中富含钛，是极其稀少的黑沙滩，非常珍贵。所以夏天在这里做钛沙浴，是最理想的美白沙疗，而且纯天然。只需在沙滩上挖个坑，用钛沙把自己的身体埋起来，等身体分泌出汗液等酸性物质就可以催化钛与氧的反应，从而达到美白皮肤的效果。沙浴数小时后，皮肤能感觉到明显的爽滑感，如涂凝脂，比抹了任何护肤霜都要舒坦。专业人士在车上介绍钛沙知识时，我的心一直被暴雨攥着，错过了普及机会，这会儿倒来了兴致。只是暴雨驱散了游人，黑沙滩上湿漉漉的，天空也一直阴着脸，不见一丝阳光穿透云层，这种天气，不会有人把自己埋在湿漉漉的沙里做沙疗的。当地人说，白浪滩距城区只有 20 多公里，驾车需半个小时，要是天气晴好，许多女性都会赶过来做沙疗，本地的、外地的都有。据说太阳越大，沙疗效果越好，午后来的人更多，那场面怎一个“壮观”了得。

这个阴雨天的午后，我们是无缘见识比白海浪更壮观的沙疗场面了。不过，阴雨天的白浪滩倒别有一番情调。海面浪涛翻滚，似无数的宝石在眼前闪耀，巨大的浪涛声似乎在诉说着什么，一浪紧跟一浪，一浪高过一浪，浪花白晰透亮，像一片片毫无顾忌绽放又暗藏了心思瞬间消逝的花朵，让人怦然心动之余又怀了几丝捉摸不透的遗憾。黑色的沙滩经受了暴雨的冲刷，平坦如砥，质地却柔软舒适，踩上去让人心情变得轻松愉悦。看着海浪一波一波地拍打在黑沙滩上，听着它们的吼声，一天的疲惫都被冲刷干净了。

我抓起一把黑沙端详，沙子细如面粉，不难想象这种沙子与人体接触的那种细腻滑润感，能使人情绪彻底放松，深呼吸几口新鲜的海风，充分享受大自然的美好与爱抚。

要知道，大自然确实孕育和充盈着万物的风华，“春夏秋冬皆可入画，雨雪风霜自然有情。”只不过，这是自然平和、四季坦荡的时候，而世间万物，哪里又会一直是一望无尽的平静坦荡。人有喜怒哀乐，自然界的情绪更是丰富多样，不同的地理环境，不一样的气候变化，衍生的情绪表达也不拘一格，“差之毫厘，失之千里”，在自然的情绪爆发中是普遍且寻常的。

如午后的这场骤然而降的暴雨，看似打断了我们观赏黑沙滩奇异的美景，实则让我们体验到了不同于以往的海岸风光——黑沙滩黑得纯净平和，白海浪白得惊心动魄。

坚　硬

同样是午后，骤雨初歇，我们乘车沿着江山半岛的环岛路行至白龙尾尖端，瞻仰白龙炮台。

海边构筑的炮台，是巩固海防的重要军事设施。防城港地处边海一线，为防止外敌侵扰，炮台尤为重要。白龙炮台位于防城港市江山半岛西南面，濒临海滨，是晚清时期名臣张之洞任两广总督时命人修筑而成。张之洞心怀边海防务，为防御外敌，巩固北部湾的安定，他亲率部下对竹山、江平、白龙尾半岛进行勘察，并绘制了边海军事防御设施图，决定在白龙尾半岛修建白龙、银坑、龙珍、龙骧四座炮台，合称为白龙炮台。后命海口恭府管带琼军右营陈良杰于清光绪十三年（1887 年）至光绪二十一年（1895 年）用时 8 年修筑。

在白龙炮台地下室的大门楣上有一处石刻，上面刻着“清光绪二十一年仲夏吉旦，白龙台署海口恭府管带琼军右营陈良杰督建”的字样，佐证了建造这四座炮台的具体日期。可是，法军于 1883 年曾入侵白龙尾半岛一带骚扰当地百姓的史料，还有中法战争爆发后法军再度入侵白龙尾及沥尾、江平等沿海地区，烧杀掳掠我沿海百姓的卑劣行径，却没留下一点文字记载。我问过介绍炮台情况的专业人员，她的回答是，只有炮台建造的缘起和时间，其他没有留下依据。只是据说，当年清军和当地群众曾在一个叫沙坳岭（又称番鬼岭）的地方和法军侵略者展开过激烈的战斗，打死法军无数，现群众称为“死佬田”的地方，就是当年埋葬过法军的坟场。直到 1886 年，法军才撤出白龙尾。

还好，张之洞能意识到防城港边海防务的重要性，力主构筑海边炮台，固我海防，为北部湾打造下坚实的军事防御，也不枉一代名臣的称号。

如今，白龙炮台保存较为完好。每座炮台占地面积约 1 亩，炮台基座坚固雄伟，海石条块砌体结构，至今保存着原来的本色，尤其以白龙台的设施保存最为完好。白龙炮台位于山丘顶端，炮台下面有地下室，有通道，有兵房和弹药库，再登上数级台阶掩蔽的坑道，便是两个月牙形的海石构造的露天炮座发射台，长 7 米，宽 3 米，四壁高约 1 米，后壁有拱门形弹仓。每座炮台的火炮都是从英国进口的大型火炮，装备了一至两门。炮座底下深 6 米的地下兵库和弹药仓，当年有兵士把守，时刻准备打击海上的来犯之敌。

四座炮台与越南隔海相望，国防位置相当重要，与企沙石龟头炮台遥相呼应，虎视大海，有“龟蛇守水口”之称。

如今，这些炮台经历了漫长岁月的洗礼，炮身已被风雨侵蚀，但历史的痕迹不会被时间消弭，它不仅存在于人们的记忆之中，更是防御外敌入侵的有力见证。

此时，夕阳如血，将白龙炮台渲染得更加庄重、威严。站在主炮台遗迹上，望着远处波澜壮阔的大海，耳畔响起海浪的巨大涛声，我似乎能感受到那一段羸弱挨打的历史中，驻守炮台的勇士们仰天长啸的英雄气概，壮怀激烈的保家卫国情怀。

温亚军 / WRITER

现居北京。著有长篇小说《长篇历史小说：西风烈》《伪生活》等七部，出版小说集二十多部、《温亚军文集》(五卷)。曾获第三届鲁迅文学奖、第十一届庄重文文学奖、首届柳青文学奖，以及《小说选刊》《中国作家》《上海文学》等刊物奖项。部分作品被翻译成英、日、俄、法等文字。

雨中的防城港

李寂荡

今年初夏，天像漏了一样，雨下个不停，一直持续了一个多月。我以为只是贵阳是这样，可是坐了高铁，穿行了数百公里到达钦州，又从钦州到达防城港，雨还是下个不停，甚至下得更猛烈。满天是铅色的雨云，整个天地都是湿漉漉的，城区房屋、街面也是滴滴答答的，潮湿、闷热。深不可测的大海默默地接纳着一切雨水，在变得越来越丰盈。大海，真像一口巨大的水缸。雨水蒸腾起雾气，所以满目的雨雾迷蒙。当然，雨水也有暂时停歇的时候，这时雨霁雾散，城市、大海便渐次清晰。

在山海相连地标广场旁，眼前赫然出现一株开满花朵的树。那花朵是橙红色的，火焰一般，在这灰色的天地间尤其醒目。我知道，这是热带及亚热带地区特有的树木——凤凰花。“叶如飞凰之羽，花若丹凤之冠”的凤凰花让阴灰的海岸线变得耀眼起来。虽然它红得耀眼夺目，可我总觉得心中有一丝伤感。它开在夏季，我与之短暂相遇，然后很快就要与之匆匆离别。一开始远远看着那树上的红艳，我还以为是杜鹃。贵州的杜鹃花也会开得漫山遍野，最多的是红色，所以更多时候我们叫它映山红。映山红也像凤凰花这样亮眼，只不过开在山上，在石头跟灌木之间的红色，哪怕开了一大片也会有孤独的感觉。最夺目的要开在悬崖峭壁上，傲然许多。凤凰花开在广阔的海岸边，在山海之间的大道上，海风吹过树梢，花瓣簌簌飘落。海浪翻涌，雨停过后的清凉中见到凤凰花的光泽，温暖如一堆篝火。我平日就爱种些花花草草，不由得拿出手机拍下海岸边的凤凰花，又在网上搜索了关于凤凰花的信息。凤凰花是强阳性的树种，需要充足的光照以及充足的雨水，像防城港这样的亚热带地区就非常适合它们生长。若是放在贵州的大山里，在不见几天日光的阴雨季节里，凤凰花怕是不能存活的。此外，凤凰花的花朵经过加工后可以入药，能治疗多种病症。但它的花是有毒的，最好不要轻易触碰。再看，凤凰花的花语是离别、思恋，难怪我看着这热烈的红花有些伤感。植物很神奇，总能似有若无地触碰到人的内心。植物是能跟人的情感相通的。

东兴北仑河的出海口有一个小村庄，叫竹山村。在这里我们见到了大清国一号界碑，海蚀岩凿成的界碑，正面书写着“光绪拾陆年贰月立”“大清国钦州界”“知州事李受彤书”。岩石的粗粝中散发出威严，时间的痕迹留给界碑以沧桑。我站立在这一号界碑前，那令人震慑的威严还在，只是我看到的是时间在风雨中流逝。光绪十一年（1885年），清政府和法国签订了《中法新约》。次年，清政府派员与法国勘界使臣狄隆会勘中越边界。光绪十六年（1890年），由当时的钦州知州与外国官员共同签署了“界约”，于此立石约界，故称为大清国一号界碑。两国约定两国边界自竹山起界，循着北仑河自东向西，以河心为界线，防城港市与越南的边界线从竹山的北仑河口至峒中的北岗隘，全段以石碑为标志，广西境内共立了33块界碑。其中，以河为界则双方各于己方河岸相对立石，以山为界则双方共立一块界碑，一面书“大清国钦州界”，一面书“大南”。据解说员说，刻写“钦州界”是一种智慧。足立于百年前的中越边界，想起秦始皇郡县制后，越南就属于中国版图，五代十国末期越南才开始有了独立政权，北宋以后的近千年，越南与中国大体上都维护着稳定的宗藩关系。越南在历史上长期被称为“交趾”和“安南”，“交趾”之名来自汉朝当地设置的交趾七郡。思绪飞扬，想起告别仕途的王勃——看过命运的变幻莫测之后，王勃明白很多事情是难以掌控的，年轻的意志让他选择重新起身，过江西，登上滕王阁，挥笔写下“老当益壮，宁移白首之心？穷且益坚，不坠青云之志”。不得不感慨，王勃在二十六岁的年纪就有了如此深刻的沉思和顿悟的能力。他远涉千山万水赴交趾看望流放的父亲，在那里，王勃与父亲度过了酷热的夏天，秋八月便北归渡海，因风浪卷袭而落水，他受惊溺亡，一代英才就此陨落。

东兴市的竹山村，始于清朝末年的古街上还保留着百年前的建筑风格，被咸咸的海风吹过了百年，比其他的古街更显苍老，青砖上的颗粒仿佛能够呼吸。在中国大陆海岸线的最西南端，在海岸线与陆地边界线的交会处，竹山村与越南芒街隔海相望，广西沿边公路从这里开始，一条公路能看到最开始的源头，甚至为此修建了零点纪念坛。沿边公路是广西边境上的国防线，这是一条修在山与海之间的边界公路。这条沿边公路是 219 国道的一部分。219 国道从汪洋到高原，从天坑到雪峰，我们现在站在这条公路的起点。我面朝大海，解说员指着远处的山峦，说那就是越南了。我没去过越南，异域对于我而言都是神秘的。

防城港有京族三岛，分别是沥尾、巫头、山心。这里的人们傍海而生，唱哈作节，长堤灯塔守望着茫茫海面，白鹭滩涂翻动着浪花。海岸线的一侧生长着中国大陆海岸连片面积最大的红树林。这是海岸湿地生态系统中唯一的木本植物，对于海水有很强的净化作用，为海鸟提供了栖息的家园，多种多样的鱼类也在这里繁殖，是自然赠予人类的宝藏。去看红树林时，正值大雨滂沱，窗外几乎什么也看不见，除了玻璃上下流的雨水。车停后，我们撑着巨大的雨伞伫立，眺望雨雾中的红树林。红树林是低调的，在大雨中更显沉默。而对于人类，红树林是功德无量的，却从不居功自傲。我去过北海的红树林，去过深圳的红树林，我曾写过这样一首关于红树林的诗：

鸟群飞来了，鸟群又飞走了
黑脸琵鹭、泽鹬、白眉鸭……
飞去赤道以南的南方
飞去北回归线以北
年复一年。仿佛是同样的鸟群
只有鸟群自己知道
每次迁徙都不是同样的鸟群

而红树林还是那片红树林
热爱淤泥，渴饮咸水

在枝条上繁衍自己的后裔
犹如踏浪者，与潮水相向而行

树林里响彻潮水声和鸟鸣
而红树林本身是缄默的
红树林包围着海水
而城市则包围了红树林

在海潮中倾伏而又挺立
以自己的家园护佑人类的家园

她是鸟群的驿站
是大自然赐予人类的一截长城

在山海相连地标广场，临别防城港时，我接受当地媒体的采访。记者让我谈谈对防城港的印象。我说，防城港是一个整洁的现代化城市，对于开门见山的贵州人来说，这里的风景是辽阔的。这两天见到的是雨中的防城港，希望下次来见到的是阳光灿烂的防城港。不一样的天气与心境，看到的必然是不一样的风景。我想起此前看到的网红打卡景点——企沙长堤，从陆地延伸到海里，像一个破折号，仿佛那是对大海、对未来的无限可能性的一个探询符号。

李寂荡

WRITER

贵州省作协副主席，《山花》杂志主编，贵州省期刊协会副会长，中国作协会员，贵州省美协会员。在《诗刊》《十月》《作家》等报刊发表有翻译、文学及绘画等作品。出版诗集《直了集》，翻译小说《喧哗与骚动》。曾获第七届贵州省文艺奖、贵州省青年作家突出贡献奖、百花文学奖编辑奖、第三届尹珍诗歌奖等。主编有《新世纪贵州 12 诗人诗选》等。

你好，219国道

黄佩华

2023年11月1日下午，我和老覃从南宁坐动车出发往防城港，打算与从我老家桂西北西林县过来的老邓和老梁在东兴会合。

我们乘动车到防城港北站下车，当地作家仁海兄即把我们拉往东兴方向，先到北仑河口景区停留，边游览边等候西林过来的两位老友。

老邓去年退休。按照事先的约定，今天他和提前退休回老家照料老母亲的老梁从西林过来。他们沿着云南广南至广西防城港的高速公路，途经富宁、那坡、靖西、大新、崇左、上思几个县，一路走走停停，直至华灯初上才赶到景区路口的海鲜大排档。

坐下来享受海鲜大餐之时，老邓解释道，虽然他这次开的是新车，车况不错，而且他们早上也出发得比较早，但毕竟是跑了600余公里的路程，还有一段是从西林至广南近100公里的二级公路，所以就花了差不多一整天的时间。然而，老梁却不完全同意他的说法。老梁“检举”说，老邓每到一处观景台或服务区，都必然要磨上一些时间，选择不同角度、不同景物来拍摄风景，还不时要老梁扮演临时模特，一会儿拍照片，一会儿拍视频，完全不顾天色渐晚、路途还远。

我们这次相约集结东兴，原因只有一个：为了219国道。

我国幅员辽阔，国道纵横，我是从老邓嘴里知晓有一条219国道的。之前我只晓得他是个自驾狂，早年曾经开一部旧桑塔纳带上老婆闯西藏，打算从拉萨开往新疆，但是车子在阿里的雪地里抛锚了，零下 20 多度的气温差点把他们夫妇二人冻死在 G219 上。之后，他又买了一辆柴油皮卡，多次沿 G219 进怒江走丙察察。于他来说，挑战 G219 是他毕生的夙愿。在他的描述中，我也渐渐觉得 G219 的确是有无限风光的，值得去走一走。于是，2023 年的国庆长假，我和家人特意去云南保山腾冲试走了一段 G219，果真是不一般的体验。

打开中国地图，我才发现祖国大陆几乎是被三条国道环绕的，它们分别是 G219、G331 和 G228。G219 从新疆阿勒泰地区的哈巴河县开始，途经新疆伊犁州、喀什，西藏阿里、林芝、墨脱、察隅，云南怒江河谷、腾冲、德宏、西双版纳、红河、文山、富宁，广西的那坡、靖西、大新、龙州、凭祥、宁明、东兴，全长达 10 065 公里，其中广西段 725 公里。G331 则以新疆哈巴河县为起点，经内蒙古、黑龙江、吉林抵达辽宁省鸭绿江畔的丹东市，全长 9333 公里。G228 起点辽宁丹东，沿河北、天津、山东、江苏、上海、浙江、福建、广东，抵达广西防城港东兴口岸，全长 7800 公里，被誉为中国最美、最长的海岸风景线。G219 和 G228 在东兴的交接，使这座美丽的边城与辽宁丹东、新疆喀纳斯连在了一起，变得家喻户晓。

老邓虽然痴迷于云南至西藏段的 G219，但是还没有走过广西的沿边公路，尤其是东兴至友谊关段。在广西段，G219 和沿边公路几乎是重叠的。我早有自驾广西沿边公路的想法，无奈因种种原因一直未能实现。在老邓的极力鼓动之下，我们又约了写诗的老梁和文学编辑老覃，几个老文友一路同行，兴趣相投，路上就不会寂寞了。

我们在东兴市区住了一晚，第二天就直奔国门口岸景区。“不到口岸走，不算到东兴。”我们依次游览了雄伟的联检大楼、中越北仑河大桥、北仑河、大清国五号界碑、胡志明亭、河堤路、国旗街、侨批馆……然后，再转往北仑河口景区，到竹山村拍沿边公路零公里纪念坛（此处也是 G219 的终点），观赏山海相连地标，看北仑河滔滔入海。之后，我们一行便从北仑河口出发，开始了广西沿边公路和 G219 的自驾行程。

2024年5月10日，幸运再次眷顾了我这个喜欢自驾游的旅行者。我有幸受邀参加“共赴海边山·相约防城港”文学名家走进防城港采风活动，而且恰巧被分到了边关组，让我得以继续详细考察G219防城港段，和它深厚的人文历史以及新鲜的样貌有一个较为深入的接触。

在防城区那良镇滩散小学，我们遇到了一群为保护界碑而声名远播的孩子。当我们步入滩散小学校园的时候，静悄悄的校园里走出一个面色黧黑的短发中年男子，他面带笑容地自我介绍，说自己是这所小学的校长，叫廖运彬。我正纳闷这偌大的校园里为何只有校长一个人时，他引导我们穿过洁净的操场，进入了一间经过精心布置的教室，里边的6名少先队员整齐地排成一字队形，静候在一面贴满各种数据的墙报前。看见我们到来，他们先是行了少先队礼，然后开始敲打自制的竹梆，念着动听的歌谣，用有韵律感的普通话轮番向我们一一介绍红领巾护界碑小队的事迹。

据了解，滩散小学从2001年4月开始，就成立了红领巾护界碑小队，第一批共有15名队员。他们以1346（2）界碑为起点，带动里火、大河、范河、民生、南里等5所小学组建了护界碑小队，参与守护了边境线上的9座界碑。其中，滩散小学负责保护的界碑就有4座。

孩子们说，志愿者辅导员黄永腾爷爷给予了他们多年的悉心指导，他老人家还亲自为同学们谱写了《护国界界碑歌》《我们也是兵》《“真张系啰”歌》。这些歌曲旋律优美，唱起来铿锵有力，唱出了护界碑队员们的精气神。廖运彬校长和老师们20多年如一日，教导同学们如何热爱祖国、热爱家乡、热爱边防、守护界碑，一茬茬、一批批、一代代鲜红的护界碑旗帜永远飘扬在滩散小学的校园里。

接着，廖校长又把我们带到了G219和界河之间的一个小广场，那里早有数十名红领巾和几个老师在等候。正当我疑惑廖校长为何把我们带到这里时，我蓦然发现，就在广场的东面，矗立着一座界碑，赫赫有名的1346（2）界碑正默默地立在那里。不一会儿，孩子们便以界碑为背景，开始了他们的演出。

当天中午，我们徜徉在那良镇古街潮湿的青石板路上，去寻访刘永福老将军的故居。作为黑旗军的统领，这位老英雄曾经在越南北部与法国入侵者兵戎相见，他的足迹踏遍宝岛台湾，当年他就像一根钉子一样镇守祖国边疆。而今，他的故居依然在岁月的风雨中傲然挺立。步入将军的故居，在他炯炯有神的目光注视之下，作为后人，我感到一丝怅然，又有一丝愧疚。老将军故居已然斑驳苍老，似乎失去了其应有的威严。

下午，我们继续沿着 G219 西行，在去往峒中口岸的途中，车子忽然往右一闪，拐上了一条小道。我们的中巴车在密林小道中一直向上盘旋，大约几公里之后，车子突然在一处较为空旷的场地停了下来。我们下车一看，这里竟是一个篮球场，但球场四周却没有一间房舍。这时领队的防城港市文联杨副主席说，尖峰岭哨所在坡上面，大车无法上去，还要步行一段。

我们继续在蜿蜒而狭窄的公路上攀登，爬了几个大急弯，尖峰岭哨所终于出现在跟前。在削山而建的哨所前的小广场上，只见 5 名身着作战服的民兵战士排成一字阵，个个昂首挺胸，俨然山间一棵棵挺拔的松树。年轻的哨长闭正法向我们行过礼后，我一眼就认出了队列中的老哨长陆兰军。

1996 年 3 月，30 岁的陆兰军接过父亲陆之方和兄长陆兰廷的枪，成为尖峰岭哨所的第三任所长。说起当年参加自卫还击战时受命担任哨长的父亲时，老陆的神情现出了几分自豪和骄傲。在那个枪林弹雨的年代，年近五旬的陆之方积极配合部队，严格执行观察、巡逻、潜伏等任务。他们依托尖峰岭工事等要点，一次次完成通报敌情、火力掩护、搬运弹药、救护伤员等任务，受到了上级有关部门的多次嘉奖。兄长陆兰廷退伍后毅然接过父亲的枪，把哨所建设得井井有条，在边防巡逻、边境管控中屡创佳绩，在哨所一干就是 14 年，他立过功、受过奖，因而破格被安排到区武装部仓库工作，继续发挥余热。

如今，值守哨所近 30 年的陆兰军，仍然每天在高山密林中巡逻、驻守，用漫漫时光履行了一名共产党员的职责。他热爱祖国，忠于职守，无私奉献，在和平年代的边防建设中做出了贡献，因而获得了“全国创先争优优秀共产党员”和“广西创先争优十大先锋人物”称号，受到胡锦涛、习近平等党和国家领导人的亲切接见。

在这个英雄哨所的荣誉室里，我们还看到侦察英雄邓有程、被誉为“炮兵的眼睛”王以新、模范武装干部黄富贞、支前英模陈玉英等人的感人事迹。在这小小的高山哨所里，当我看到 1995 年出生的所长闭正法和他年轻的战友们正迈着坚定的步伐迈向边防巡逻之路时，我便有理由相信，尖峰岭哨所英雄传将会一代代地传诵下去。

黄佩华 / WRITER

中国作家协会会员，广西民族大学驻校作家，文学创作一级。出版有长篇小说《生生长流》《公务员》，小说集《南方女族》《远风俗》，散文集《生在平用》和长篇传记《抗倭女杰瓦氏夫人》等。曾获广西独秀文学奖 1 次，壮族文学奖 3 次，广西少数民族文学“花山奖”2 次，广西文艺创作铜鼓奖 2 次，全国少数民族文学骏马奖 2 次。

防城港感怀

凸凹

位于我国大陆海岸线最西南端的防城港，是中国唯一与东盟海陆河相连的城市，是我国面向东盟合作的前沿，是一座现代化临港工业城市、边关口岸城市、全海景生态海湾城市，也是“一带一路”发展、西部陆海新通道的重要门户和重要节点，是我国西部第一个亿吨大港，被誉为“西南门户、边陲明珠”。

防城港历史悠久，人文荟萃，5000 多年前的新石器时代就有先民栖居，在 1000 多年前的宋朝得“防城”之名。这里依山傍海，因港而生，依港而兴。1968 年，经毛泽东主席、周恩来总理批准，防城港作为开辟援越抗美海上隐蔽运输航线的主要起运港口开始建设，这条隐蔽的运输航线被称为“海上胡志明小道”，在当时立下了历史功勋。1993 年，成立地级防城港市，陆地面积 6222 平方公里，陆地边界线长 101 公里，海岸线长 538 公里，下辖上思县、东兴市、港口区、防城区，截至 2024 年 6 月，常住人口 106.9 万，是我国京族最大的集聚区。

这是概念中的防城港。因缘际会，我踏上了这片土地，感受丰沛，心如潮涌，且有了“我”的发现，便领略到了它的与众不同和魅力所在。

防城港，居于北部湾的核心部位，其黄金海滩分布密集，对游人有巨大的吸引力。我们奔赴的海滩有金滩、白浪滩、怪石滩，均是特征鲜明的经典海滩。金滩与越南著名的万柱岛隔海相望，这里沙细、水清、浪平，且无海藻、无鲨鱼、无污染，游人大可安心躺平。其更优越之处在于，沙滩由海岸缓缓斜入海中，阳光、沙滩、海浪浑然天成，仿佛梦境，一如“外婆的澎湖湾”。白浪滩，长且宽，坦荡如砥，沙质软柔。因细沙富含钛而有暗色，便更衬托出浪花之白。白浪荡漾开去，层层叠叠，如天公降大幕，护佑嬉戏的游人，不让外邪侵扰。怪石滩则怪石嶙峋，有怪兽状，有古木状，有战阵状，有迷宫状，亦有狮虎、鳄鱼、金龟、袋鼠等各异形态，栩栩如生，如万灵匝地，比竞着顺生，不知苦难与忧愁，迷失于乐园。

这些地界，都是休闲旅游的胜地。游人陶然忘机，或捞小虾、网小鱼、捡拾贝类，或蹚水、游泳、冲浪，或干脆躺倒在海水里，洗去劳尘，让身体和精神都得到洁净，以接引天地，绮思遐想，任云卷云舒。

我已年过花甲，虽有嬉戏之欲，却无尝试之勇，便逡巡在岸边，做看客。我看到近处虽一片海晏河清、欢乐祥和，远处却黑云压城、巨浪滔天，有随时前来击打和倾轧之态。我心中一动，不由得产生一种联想。

记得那个年代，公社给父亲订了“两报一刊”(《人民日报》《解放军日报》和《红旗》杂志)。他每天带头劳动，白天干活从不惜力，到了晚上很快就瞌睡了，便顾不上翻阅，我就替他翻阅。所以我刚上小学三年级就掌握了大量的汉字，有了中学生都不及的阅读能力。就这一点，连我自己都沾沾自喜。

有一天，我从报纸上看到了一篇关于“海上胡志明小道”的长篇报道，记述了防城港负担起转运援越物资的故事。运输船舶绕过水雷区的封锁，穿过海底众多暗礁，躲避美国军舰和飞机的炮击和轰炸，把援越物资源源不断地送到了越南。文章的描绘，既惊心动魄，又荡气回肠，深深地激荡了一颗少年的心。我因此记住了防城港和北部湾壮丽的风景。

这篇文章，作者不仅细致地描绘，笔下还充满了感情，因而有很强的在场感和画面感，一切都是那么栩栩如生，让人觉如临其境、如在眼前。其中，画面上那高大俊美的椰树，铺天盖地的修竹，拍岸而起的浪花，戴着斗笠英勇不屈、出生入死的战士，都给了我前所未有的震撼。防城港——北部湾的一切，不仅美丽，而且是那么壮烈！于是我便亢奋地喊了一声：“我应该到北部湾去！”

由于心中荡漾着豪情，我把那篇文章翻看了好几遍。起初是为了满足好奇，待激情过后，又为里边的许多生字而耿耿于怀，便怀着一股莫名的仇恨，借着字典的指引，把它们都认熟了。不仅认熟了文字，还把全篇背了下来。而且，每当背到有关防城港及北部湾的描绘时，我都兴奋异常，心中反复冒出来一个声音：“我什么时候能到那里去呢？”于是，我盼着自己快快长大，长大后，也能出没在“海上胡志明小道”上，并在高大的椰树上瞭望敌情，在密密的竹林中与敌人周旋，穿着被海浪打湿了的衣裳射出反击的子弹，为越南人民的解放事业和社会主义阵营的强大做出一个中国青年应有的贡献。

哗，哗哗，哗哗哗——

联想被猝然而至的急雨打断了，我打了一个激灵，问自己，为什么今天能来到北部湾，或许就是因为那个时候的特别许愿？我一边向远处的大巴车疾走，一边给了自己一个确定的回答：肯定是的，愿许如谶，总有到来的时候。坐进了大巴车，远离了风雨，我又有了静观的心情。我摇下车窗远望海岸，发现那些沙滩上的人们，竟然不为急雨所动，依旧信步徜徉，依旧玩沙戏水。他们的心可真大。

在急雨中，我们乘大巴来到了北部湾江山半岛的白龙炮台。炮台正门上刻有“清光绪二十一年仲夏吉旦，白龙台署海口营恭府管带琼军右营陈良杰督建”的字样。白龙炮台保存完好，矗立于山丘之顶，固定于巨大的半月形水泥基座，炮座底下 6 米处，是弹药库和藏兵洞。炮台与越南隔海相望，它与不远处的企沙石龟头炮台遥相呼应，可谓枕戈待旦、虎视眈眈，故有“龟蛇守水口”之称。

这很让我兴奋，遂恭立于巨炮之畔，留影。

陪同的防城港文联的同志见状，笑着说：“接下来我就带你们去参观一处民兵哨所，那里会更让你兴奋。”

遂驱车到了与金滩毗邻的北仑河口的沥尾岛。踏上岛迎面就看到了一块巨大的石碑，上边书写着几个朱红大字：南疆第一哨。

见到有人来，一个身着戎装的人快步迎上前，做了一个有力的立正，行了一个标准的军礼："各位首长，哨长刘华强向你们报到。"在他不远处，还跟着一名女子，也是一身戎装，这时也应声做出敬礼的动作，那是他的妻子杨富丽。这样的阵势，十分庄重，让我们肃然起敬，大家便赶紧围拢过来，追问他们的故事。

刘华强是东兴市江平镇江龙村人，父辈均是保家卫国的英雄。家风的濡染，让他深信有国才有家，从小即有从军之梦，曾两次报名参军，但都未能如愿。2003 年，刘华强报名应征，成为沥尾民兵哨所的一名民兵。一个月后，他因表现突出而被提拔为副哨长。2005 年，由于工作需要，哨所的男民兵全部换成女民兵。感受军旅生活仅 3 年的刘华强，看着金滩上的潮起潮落，望着挚爱的哨所上猎猎的国旗，他难舍难分，却也只能无奈地"退伍"，做起了老本行——海鲜大排档生意。2015 年，上级决定重建哨所队伍。刘华强得知后便放弃了年利润二三十万元的生意，再次回到让他魂牵梦萦的民兵哨所，并被选拔为哨长。2017 年，他的妻子杨富丽也把经营多年的海鲜加工店转让了出去，毅然加入了哨所民兵的行列。可谓，夫妻同心，协力戍边，此处遂成了远近闻名的"夫妻哨"。

在哨所里，他们开荒种地，栽植蔬菜，养殖家畜，自给自足。他们不断地拓展着自己的职能，不仅当好海岸警备的卫士，还积极配合地方政府的反走私、反偷渡等专项治理行动，当好"千里眼""顺风耳"。他们还为村民提供出海信息，为修筑堤坝、抗洪救灾出资出力，抢救溺水游客、转运被困群众，等等。夫妻二人说："只要一遇到，就能帮得到。"真乃"一哨多吹"，声声响亮。"有困难，找哨所！"这口头禅成了当地群众的共识。如是，哨所荣立集体二等功一次，多次被评为"基层工作先进单位""全面建设先进单位""先进国防民兵哨所"，被誉为"南疆第一哨"。每当被人问到为什么会如此无怨无悔地守护哨所时，刘华强总会坚定地说："因为我们有保家卫国的理想和信念。只要祖国需要，余生我会继续守护好这座美丽的宝岛。"

当时的气温很高，且闷热，登上哨所的最高点时，我已经浑身湿透，气喘如牛。可是，穿着整齐戎装的刘华强夫妇却气息平静、目光坚定，额头上竟不见一滴汗水。我大为惊异，不禁猜想，或许他们卫国的理想已化为身体的意志，不为环境所干扰。

然而，他们依旧是平常的人，他们爱美、爱生活——

他们居住的房间打扫得窗明几净、一尘不染，他们行走的甬道铺设得严丝合缝、平平坦坦，他们侍弄的菜园枝枝挺立、果实累累。他们还在哨所里见缝插针地修建了网络室、阅览室、篮球场。刘华强笑而言之："落霞与孤鹜齐飞，秋水共长天一色。我们这里虽然是边防哨所，但也是一处人间美景，与祖国的海洋融为一体。"

哨所甬道边竖立的石碑上刻着：

守海苦为先，
建哨岛为家。
传承功勋哨，
看牢祖宗海。

这是质朴的豪迈，让人怦然心动。

甬道边，他们手植的两排芒果树也秀色独出，与众不同。芒果树的叶子肥厚、顺滑，植棵低矮，却繁生果实。两排果树均结硕果，且其形状不似别处的扁平，而是浑圆如橙。果实的颜色鲜红夺目，光滑的果皮上，凝聚着颗颗晶莹剔透的露珠。

这是鲜活的生趣，让人顿生喜乐。

回旅馆的路上，我兴奋地回味。北部湾的海滩固然是自然造化的大美之地，但白龙炮台和沥尾岛上的"南疆第一哨"更让我感到美得深刻，它使防城港有了不可涂抹的美丽，有了不可置疑的忠诚。

于是，我陷入了沉思。

幼时那个"海上胡志明小道"给了我对北部湾的向往，因为想象中的北部湾有着"英勇"的成色，它让少年的我魂牵梦萦。而此时的北部湾给了我"如此又不如此"的感觉，让我想起了爱默生。他在《论自然》中说："大自然的本质就在于，每一种自然现象都是某种精神现象的象征物……在自然的背后，浸透着自然界的是一种精神性的存在。"我觉得他说的是对的，因为他让我"眼底的风景和心底的风景是不一样的"的认识有所改变，让我觉得"不一样"处，也有"一样"的纹理。比如眼下的我，虽已年过花甲，却依旧对历史有敬畏，不至于被眼下风景的美丽所催眠，而失去应有的理性关照和历史反思。

事实上，防城港本质上是国门，它本身就是一个精神的象征。它是国家边境经济合作区、东兴国家重点开放试验区、国家沿边金融综合改革试验区、国家森林城市、国家园林城市、中国氧都、中华诗词之市和"港产城"的同时，我们也要对它多一些有关其本质的强调和照拂。

我不是以邻为壑、民族至上和大国沙文主义，而是主张即便眼前沙滩细软、阳光明媚，也要想到乌云压城、巨浪翻滚。我们要居安思危，要有忧患意识、国防观念。在这一点上，防城港做得很好，因为他们有古炮台的启示、夫妻哨的警觉，遂使这张地区名片有了国家层面的意义。

凸凹 / WRITER

中国作家协会会员，北京文联、作协理事，房山区文联名誉主席、作协主席。出版著作40余部，其中长篇小说12部，中短篇小说集3部，评论集1部，散文集30部。曾获北京市庆祝新中国成立六十周年文艺评选长篇小说头奖、第八届茅盾文学奖提名奖，散文曾获冰心散文奖、第三届汪曾祺文学奖金奖、老舍散文奖、全国青年文学奖和"十月文学奖"。

山海记忆

田　湘

防城港是一个既年轻又古老的边境城市。说年轻，因它是 1993 年才经国务院批准设立的地级城市，辖港口区、防城区、上思县、东兴市。说古老，远在新石器时代，就有先民在这块美丽的土地上生息、繁衍。先秦时期，这一代属于百越之地，秦始皇统一岭南后，归秦置之象，汉为合浦郡地，隋唐时为钦州辖地，宋时仍为钦州管辖，并开始有“防城”之称。

防城港市位于山海之间，这里山海相连也相恋，十万大山纵横绵延，大海在不远处遥相呼应。十万大山像十万个兄弟，十万浪花像十万个姐妹，山守着大海，海恋着大山：白天，海风吹来，海浪打来，给群山不断地输送浪花，让山变得更加翠绿更有活力；夜里，海风吹来，海浪打来，像说不完的情话，让山感到更加情意绵绵，更激情浪漫。多好啊，十万大山是这个城市的脊梁，十万浪花是这个城市绽放的微笑。

一场大雨刚结束，城市变得更加干净，金花茶开了又谢了。沿北部湾海岸一路南行，是大片的红树林和波光粼粼的大海。

红树林素有“海岸卫士”之称，深扎在沙滩与大海之间，被称为海洋绿肺，在净化海水、吸收污染物、降低海水富营养化等方面起着重要作用。多年前我在海边写下这首《红树林》：

在大海与陆地之间
你把根须伸向柔软的沙滩
抓住命运的沙粒

细小的身躯，却怀抱大海——
与惊涛骇浪共舞
伴着海的潮汐入眠

台风来过，巨浪也来过
卷走的是一次次虚惊，你依然站立
用你的柔韧，展示生命的顽强

吸着海水的咸涩
也净化着大海的灵魂
浓缩的生命像一幅浓缩的风景

有激情也有寂寞
有痛苦也有浪漫
倾注一生的爱只为一个梦想

一边连着大海
一边连着大地
你是大海伸向大地的一双温柔手

这次受邀参加文学名家走进防城港采风活动，我得以再次细细品味边陲明珠的别样风采和厚重底蕴。

防城港市下辖的东兴市，是一座边境小城市，充满着异国风情。街道边摆满各种琳琅满目的越南商品，而我最喜欢的是黄花梨和沉香，每次来我都选一些带回去，慢慢品味好好珍藏。记得我曾写下一首让我成为“沉香诗人”的诗歌《沉香》：

被你爱
只因我受过伤害

刀砍　雷劈　虫蛀　土埋
在苦难中与微生物结缘
在潮湿阴暗之地
结油　转世
一截木头换骨脱胎
腐朽化为神奇

安神　驱邪　醒脑
把最好的眼泪给你
别人被爱是因为完美
我被爱是因为
遭遇伤害

多少眼泪
才能结油成香
成香　沉香
让你安神竟是我的心伤

当暗香浮动了你
我所有的不幸
都变成美丽的曾经

傍晚时分，我与朋友来到东兴的一家沉香店，店老板是个姓谢的年轻妇女，我让她拿出最好的沉香来品，她拿出珍藏的红土沉。沉香是有记忆的，一打开瓶盖，一股沁人心脾的西瓜凉渗入肺腑。我说，就是这个味道。于是谈好价格，各买了一串。之后我又与谢女士聊了一会儿，得知她是广西柳城人，嫁给一个已入中国籍的越南人，育有 5 个孩子。我想一定是这个沉香店，让她有了沉香的味道和沉香的品质。

离东兴口岸不远处有一个引人注目的巷子：侨批汇路。我们在这里遇到了一位叫林惠江的侨批馆守护者，他为我们揭开了侨批馆许多不为人知的秘密。

侨批专指海外华侨寄回国内的家信和汇款合一的家书，广东潮汕地区和福建南部地区的方言把信叫作“批”，侨批又称“番批”“银信”“批信”，主要分布于中国广东、福建、海南等地，上海和广西也有部分业务。侨批在二十世纪三四十年代进入鼎盛时期，至今已有 150 多年的历史。

从街口往里走百来米，就到了东兴侨批馆，这里是抗日战争时期东兴广东会所旧址，也是抗战时期重要的侨批交接场所之一。侨批馆是一座法式建筑的老房子，面积不大，斑驳的墙面记录了那段腥风血雨的东兴汇路的故事。馆前小广场，有一座肩挎市篮、斜背雨伞、跨步前行的“批脚”铜像，引得游人到此驻足合影。“批脚”相当于现在的快递小哥，他们千里辗转于兵荒马乱之间，其艰辛危险难以想象。每位“批脚”都有自己固定的送批区域和送批路线，送批工具也颇有特色，市篮、白帆布袋、长柄纸伞，是送批远道步行、四乡奔走、来往所必备的“三件宝”。他们有时一天下来要走近百里路，最多时须送 100 多件侨批。侨批往往需要 1 ～ 3 个月才能送达侨眷手中。送批后，“批脚”们还必须一家家将侨眷的回批收集起来送回批局，再由批局发往泰国、新加坡、越南等国家和香港地区。1941 年冬，日本发动太平洋战争，香港以及东南亚半岛相继沦陷，致使中国广东、福建与东南亚的海上侨汇线路中断。1942 年春至 1945 年秋，广东潮汕和东兴侨批从业者，以越南芒街为突破口，以中国东兴为枢纽，跨越国度综合驾驭金融、邮政、交通等职能机构，将东南亚的侨汇由东兴沿着广西、广东内陆地区秘密转到广东潮汕、福建南部等地。这条蜿蜒曲折的生命线就是历史上著名的东兴汇路。东兴汇路全程 3000 余公里，分两段：一段是越南、柬埔寨、泰国到越南芒街，再到东兴的海外段；另一段是东兴、钦州、玉林、韶关、兴宁、揭阳的国内段。其中，国内段又分两条秘密通道：一条是广西东兴—钦州—梧州—柳州—贺州—广东连县（今连州市）—韶关—河源—兴宁—揭阳，再进入当时的沦陷区汕头分发；另一条是广西东兴—钦州—南宁—来宾—柳州—桂林—湖南郴州—广东韶关—河源—揭阳，再转接到当时的沦陷区汕头，由各县秘密代理分发到汕头各地以及邻省福建。在抗战时期，东兴作为中国西南沿海唯一对外开放的口岸，不但运送了大量侨批，而且还将友好国家和海外爱国侨胞捐献和援助的抗战物资及商品源源不断地运送到国内，有力地支援了中国的抗日战争。据说，从有文献记载的侨批业肇始到结束，从未发生过侨批未送达、批局或“批脚”卷款走人之事，这是中华民族讲信誉、守承诺的重要体现。2013 年，中国侨批档案被联合国教科文组织世界记忆国际咨询委员会批准列入“世界记忆名录”。东兴汇路作为中国侨批的重要组成部分，是支援抗日救国历史的重要见证，更是海外华侨艰苦创业、不畏险阻的历史见证。

东兴市与越南芒街市仅一河之隔，而这条河就叫北仑河，发源于广西十万大山，是中越的界河。中国与越南有多个陆路通商口岸，但北仑河边的东兴口岸出入境人员数量排全国沿边口岸第一位。2023 年，这里出入境人数达 554.9 万余人次。北仑河上有一条钢筋水泥桥，人称友谊桥，是20世纪50年代中国人修建的。1979年2月，桥梁被炸毁，修复后于1994年再度开放。桥中间有一条红白相间的竹节油漆线，那是中越国界线。桥上不通车，凡出境入关的人都得从桥上走过去。东兴市与芒街市隔河相望，鸡犬相闻。芒街被认为是越南最富裕的城市之一。这里边贸市场发达，中国的小商品在越南非常受欢迎，越南的海鲜、水果也大量销往中国。蚂蚁搬家式的越南小商贩穿梭于两个城市之间，他们用肩挑背扛的原始方式创造着边贸繁荣。浅浅的北仑河是繁荣的见证者，也是连接两国人民友谊的绿色纽带。

山海是有记忆的，没有任何删除键能把这段美好的记忆从我的脑海中抹掉。

田湘 / WRITER

祖籍湖南东安，生于广西河池。中国作协会员，中国诗歌学会理事，全国公安文联文学及文艺评论专业委员会副主任，铁路公安文联副主席兼作协主席，广西文化名家暨四个一批人才，广西民族大学名誉教授，广西财经大学客座教授。参加《诗刊》第十届“青春回眸”诗会。著有《雪人》《练习册》《空船》等诗集九部。

边关遐想录

张柱林

晚上站在酒店天台放眼四望，北仑河两岸灯火璀璨，灯火中能看见车水马龙，好一派繁华景象，感觉很不真实。回想起 30 多年前初到东兴，恍如隔世。那时的东兴和对岸的芒街，都没有高楼大厦。东兴的房子估计没有超过 5 层的，而芒街不是荒草萋萋就是满地尘埃，一有风吹，路上便腾起阵阵烟尘。不过，那时的北仑河水还算清澈，河上唯一的桥梁也在战火中被炸断，只能坐轮渡到对岸去，来参观的游客仅需要花两元人民币就能出境。现在管理规范了，来往就不能那么随意了。

因为没过去，对岸的情形也不清楚，但眼看是多了不少高楼，道路和桥梁也建设得四通八达，说明发展速度很快。东兴口岸边的商店一家连着一家，商品多是针对外地游客的，越南商品居多，如芒果干、榴莲干、咖啡、绿豆糕、梳子、拖鞋等，不时也能见到其他国家的商品，比如俄罗斯的饼干，味道还不错。以前人们到东兴来，有一个重要目的就是购买越南红木。1990 年初到芒街时，发现很多人做换外汇的生意，他们把钱（越南盾）堆码在大街上，也不怕人偷，有些码起来有一人高，也可称为异国风情了。现在没有这种现象了。有人用普通话推销一种白瓷瓶或仿白瓷瓶装的蛤蚧酒，说是可以祛风除湿、止咳定喘，甚至还可以壮腰健肾、延年益寿。我将信将疑，想起家中的老父亲多病虚弱，就咬牙买了一瓶，想着不起效也算尽了孝心。没想到老人家喝了，真的觉得神清气爽，嘱咐我再买。后来有机会再到东兴，想起父亲的嘱咐，就又买了一瓶拿回去给他，不承想却招来一顿臭骂，说是你小子不想买就不要买，为什么弄一瓶假货回来哄我。我真的感到冤枉，不知道是商家昧着良心卖假冒伪劣产品，还是越南人造假了，也有可能是喝的次数多了，效果大打折扣了。

现在到东兴，红木沉香之类的还有，蛤蚧酒似乎没见到，或者可能是摆在不那么显眼的位置了。曾经风行一时的白虎膏和越南香水，也很少见到了，可见市场确实是随时随地变化的。还有一个可能的原因是国际商品贸易的总趋向是越来越开放、越来越自由，人们购买东西的渠道也多了。多年前，我和一群作家、高校教师等到河内参观考察，有一位广东某高校的老师，居然买了 80 多双拖鞋，装了满满一蛇皮袋。一问，说是要分给亲戚朋友的。估计现在很难有这种情形了。

现在的北仑河上，除了原来修的中越北仑河一桥，又修了一个二桥，专门用于两国间的货运，可见交往和贸易的扩大。这种交往和贸易的扩大，最直接的结果就是东兴和芒街都得到了长足的发展，人口增加，物资丰富，街市繁华。

前几次到东兴，只能算是走马观花，对东兴的地理位置和文化等深层的东西都没触碰到。这次来，至少了解到东兴在中国和海外的联系中曾经扮演过非常重要的角色。那是抗战期间，东南亚和其他地方的华侨，通过香港和广州向故乡亲人报平安的书信和汇款（方言称为“批”）的渠道，由于香港和广州沦陷而中断了。这时，从事相关业务的人就找到了另一条途径，经由越南到东兴，再辗转送到两广和福建。当时东兴作为这些侨批的重要中转站，一直持续到抗日胜利，为华侨联系家乡、支持抗战起到了重要作用。这段被湮没在岁月深处的历史，经由历史学者与主持其事者的后人多方努力，现在算是将其基本轮廓理清，将那些可歌可泣的故事从历史尘烟中打捞了出来，以照片、视频和实物复制品等形式，陈列在侨批馆中，供前来参观的人们观看。看着那些泛黄的旧照片，让人油然而生“今夕何夕”之慨。人类需要交流，不管因何种原因遭到阻碍和破坏，人们总会找到有效的方法来冲破封锁。

张柱林 / WRITER

广西民族大学文学院教授、博士生导师，曾在《中国文化报》《人民政协报》《中国环境报》《广西文学》《漓江》《红豆》等报刊发表散文、随笔、小说等作品多篇。

边　界

冯艳冰

“大清国钦州界”碑，成了许多人到南疆边城东兴的网红打卡点。去了东兴，不在那里留张影，就像没到过东兴似的。广西的红色旅游线路里，这也是必去看的一个点，因为这是一种爱国主义的历史情绪。所以无论东兴旅游是冷是热，游人是多是少，那里几乎每天都是一个热点。

此处我曾多次拜谒，像是一种象征，每回到东兴都非去不可。女儿十岁那年，正上小学四年级，假日短期自驾游，出门前大家也没想好出游目的地。先生想看看边境风光，我想吃海鲜，女儿想见见她的同学叶慧——三人的“想要”居然都汇聚在东兴这个焦点上。叶慧的外婆家在东兴，她跟女儿约定，我们从高速路下来，可直接到“大清国钦州界”的界碑，她家就在那儿附近。

一块石碑有什么可看，又有什么好看的呢？

一块石头一旦成了某种象征，甚至承担了某种历史表达，那就不一样了。因为在文字被发明后，写在石头上的故事似乎总是最可靠的。人类文字书写较早使用的材料就有石头。也许，当世界再没有我们的时候，留在地球上最后的书写痕迹也只有石头。海枯石烂，何其久远。所以，自古以来，国与国之间，边界的确立很多都是以碑为界、以碑为盟的。

防城港市是基于其历史上的防御功能以及重要港口建设发展起来的城市。先秦时期，防城港属百越之地，秦始皇统一岭南后，为象郡的一部分。至宋，当地的居民为了抵御倭寇和强贼劫掠，采巨木树栅栏，面海围城，称为“闭寨”，后改名为“防城”。1968 年，防城港作为援越抗美海上隐蔽运输航线的主要起运港口开始建设。1993 年，防城港市成立。

1885 年 6 月 9 日，清政府与法国在天津签下《中法新约》，根据条约确立了两国边界。“大清国钦州界”界碑就是这个时期设立的。这块高 1.7 米，宽 0.7 米，厚 0.4 米的由海蚀岩所凿的褐灰色大石碑，坐落于北仑河口东兴市竹山村。碑文由当时的钦州知州李受彤所书。他科考出身，官至清政府界务总办、四品顶戴钦州直隶州知州。但凡看过此碑的人，基本一致认为，他一手颜风柳骨的正楷正直工整，罡风铿锵，书风沉稳雄浑，力透石背，字里行间流露着一股不可侵犯的凛然正气，碑文字体早已滤去一般靠科考为官的官员书写中难免的馆阁书体的书生之意气，更是将个人风格与时代使命高度地融为了一体。这块碑，除了它固有的政治价值和历史价值，也极富艺术价值。立此碑，这也算是他流芳千古的一个政绩。中法战争结束后的 1887 年，李受彤受命为立界委员，在确地勘边和谈判的过程中，他力挫法国殖民者侵占中国领土的种种图谋，捍卫了国家尊严和领土边界。因此，撰写此碑文，非他莫属。

之后的百余年间，世间又发生了巨大的变化。由于战火和动乱，不知从什么时候，此碑竟被埋没于尘土，直到 2000 年之后才被当地文化干部发现。这名文化干部是我先生的朋友，是名画家，某天散步，他突然发现了只露出两个巴掌大小的石碑。一种特别的文化敏感霎时就触动了他的职业神经。他立即俯下身用手去挖。等他刨开面上的尘土一看，不由得大吃一惊，他果断叫人把现场保护起来，并立即向市委书记和市长做了汇报。随后，国家相关部门听取了当地党委和政府的汇报后，指示防城港政府采取措施对此碑严加保护，同时要求组织考古学家、历史学家进行考证。最后，确定于 2003 年 10 月 1 日，在竹山重新竖立这块具有重大历史意义的大清国一号界碑。立碑那天，作为活动现场负责人，他见证了这一重要时刻。一直以来，每逢聚会酒至酣畅之时，他总不由得提及此事，说这是他人生最为自豪之事。

到达“大清国钦州界”界碑时已临近中午，我们自然是一通拍照。关于

◎大清国一号界碑　梁宗阳/摄

爱国，我们并不在意女儿这刻的似懂非懂。自小耳濡目染的叶慧俨然成了界碑的宣传员，而界碑的意义还有它更丰富的外延呢。

边界的神圣性是毋庸置疑的，边界的哲理性也毋庸置疑。推而广之，大千世界、社会人生，边界无处不在。边缘、边际、边城、边陲、边贸、边疆、边防、边线、边民、边区、边寨、边栏，等等。总之，真可谓何处无“边”，何处无“界”。人与人、事与事，总得有一个边界，总得有一个边界的确定或否决。你不是在边界之内，就是边界之外。边界往往就是不可逾越的红线。这些形而之上和形而之下的种种界碑，可以说布满了我们的社会生活和人生旅程。

到了东兴，专程要去看的，当然还少不了艺术家们前些年为东兴创作并制作的“国门第一印”“天下第一联”和“东兴赋”。那都是些艺术性很高、很有看点的超大型景观石刻。其中，“国门第一印”是一枚用长宽高各 2 米且重达 20 多吨的大理石篆刻的四面印章《祖国万岁》;“东兴赋”则是用一块 8 米宽、2 米高、1 米厚、重达 50 多吨的大理石四面雕刻的《东兴赋》；还有那副 20 米高、联文达两百余字的对联和数十枚大型户外印章。据我所知，不论是拟赋、书联、篆刻还是制作，也算是他们引以为豪的呕心沥血之作了。

如无边界，国之不堪，是可想而知的。东兴境内共有 8 块界碑，而防城港市博物馆保存有一块第 3 号界碑，可见确界之细致。

平时闲来无事，我喜欢阅读地图，总觉得一个世界不外乎是一座城市或一个大森林。那些纵横交错、弯弯曲曲的国界、省界、市县界甚至乡界、村界，那些大洋、海湾、海岸、海岛、江河、湖泊，那些航道、铁道、水道，有时就像是你走也走不完、逛也逛不尽的繁华喧闹的街市和店铺。在东兴，我看的是由山水写就的地图；在竹山，我看的是大清国一号界碑；在北仑河畔，我看到了那无形有影的河道中线的国界；在竹山，我还看到了中国大陆海岸线与陆地边界线的交会点，也就是“零公里处”。

这些边界，总让人心生感慨。

冯艳冰 / WRITER

在《民族文学》《诗刊》《作家》《美文》等报刊发表诗歌、散文及文学评论文章，出版有散文集《在目光的尽头》，文化随笔《名编访谈》《为人处世与〈红楼梦〉》《当代青年文化丛书·服装》，名著注释《〈水浒传〉妙语》等。曾获全国文学报刊联盟“骨干文学编辑奖”、广西文艺花山奖。

在那良寻街

覃　冰

对那良古街，我神往已久。

初识，是因一位作者的来稿。在文中，作者描述了位于防城港市防城区那良镇的四条古街——担水街、粉街、官街以及法式街。四街街名各有由来，担水街是昔日居民结队担水之路，每日晨昏都能听到那扁担被盛满的水桶压得嘎吱作响的交响；粉街因街上手工精制的生榨米粉、粉利等美味至极，食客寻味而来，于是声名大噪；官街则得名人之益，曾为民国期间“南天王”陈济棠部下不少文官武将的出生地；而法式街既是主要的商贸街，又是名流的聚集地，因名流的故居多为法式洋楼，街名因此而得。

一个昔日交通闭塞之地，竟曾如此的繁盛。我当时便起了念头，有机会一定要到那良古街走一遭。

在我的心里，街，是一个既美好又特殊的存在。

幼时我长年随着外公外婆住在村子里。村中没有路，下地走的是田坎，上山踩的是山石，就连到别人家串门都是一脚石头一脚泥地沿着房舍间的空隙走，从没见过街。

但是大人们总会提起街。每隔三五日，他们就要摸黑起身，翻山越岭走几个小时的山路去赶街，然后又踩着夜色回来，在火塘边眉飞色舞地讲那些赶街时遇到的趣事。比如，街上有人身缠铁线，一运气功，铁线瞬间就会绷断；又比如，有人能用糖画画，画出来的龙，比水缸还大……

我可太想去赶街了！但我每次的央求，都被外公外婆以我年纪尚小为由拒绝，哪怕我赖在地上撒泼打滚，他们也视而不见。可最后，我还是赶成了街，因为我偷摸跟着外婆赶街的队伍出了门。

由于害怕被发现，我远远地吊在队伍的最末，结果走着走着突然发现前方空无一人。我在山道上边哭边喊边追，慌得六神无主，直到遇见了邻村的一位赶街人。对方问清了缘由后，好心地一路挑着担子背着我，赶上了外婆的队伍。

在外婆的哭笑不得中，我如愿地见到了街的模样。

那是一个长方形的圩亭，几根巨大的石柱支起带瓦的顶棚，遮蔽起十来平方米的空间。亭内，一些人忙碌地拉开桌脚、架上木板，搭成摆货的桌子。听外婆说，能在亭里摆摊的都是交了月租的，而从各乡各村里来的赶街人则会在圩亭外找空位，一天要给 2 毛钱到 5 毛钱不等的费用。

赶街人蹲在街边，摊开塑料布，把箩筐里要售卖的货物一件件掏出来摆放整齐。这些摊位像一个围着圩亭无限往外扩张的“回”字形，将热烈的喧嚣层层铺开。

趁外婆张罗生意的时候，我便顺着那“回”字的街道四处“流窜”，看那些人售卖的物品，也看他们的衣衫。穿着蓝色土布衣衫的是壮家人，他们的摊位上售卖的多是鸡蛋、玉米、青菜等物；头上盘着一圈厚重黑布的是瑶家汉，他们会卖些菌菇、蜂蜜、板栗等山货；而那些戴着闪亮银饰，连耳洞都被一个银色圆圈撑得巨大的是苗家女，她们通常卖的都是一些手制的饰品，以及绣着精细纹样的虎头鞋、背带等物。

其中，最特立独行、也最吸引孩子们的当属杂货郎。他们并不坐下摆摊，而是推着一个自动车往那一支，打开后座上的箱子，掏出各种稀奇的玩意就往身上放。各式的帽子叠在头顶，鞋子用鞋带系着在脖子上挂了一串，手臂上搭着衣物、毛巾，手里还提溜着各种玩具，见着有人就扯起嗓子吆喝，晃动着身体招呼着人们来看，和我那只会笑眯眯静静坐等有人来询价的外婆完全不一样。

但神奇的是，外婆揽客的本事没有，社交的能力却不弱。在她摆摊的前后左右，熟识的、陌生的，甚至是语言不通的那些，她都能靠着比手画脚，相互之间聊得眉开眼笑、点头频频。不待我想个明白，一抬眼扫过去，发现周遭众人俱是如此。

热闹的街市沸腾着市井百态，有些为了讲价争得面红耳赤，有些早早卖完了货凑在一起对歌诉情，还有些抹着眼泪向身边人倾吐苦水。那时候的街，是一个地方最鲜活的存在，更是繁华的代名词。因为即便同住在县城，但凡其中有人来句“我住在街上”，众人立马心知肚明——这家有钱。

街市旁的房舍长年敞开大门，原本是为了接纳那些前来讨水或是避雨的赶街人。一来二去，街上的居民时常收到赶街人的赠予，便不时帮着他们寄售些卖不完的货物。慢慢地，居民门前的货架摆了起来，粥铺支了起来，口袋也逐渐鼓了起来。于是乎，又有更多口袋鼓胀的人搬到了街上来，与一条街相依相生、相互成就。

我对于街的那份特殊情结，或许就是在那时根植于心的。纵使随着时代的发展，城市越来越新，老街越来越少，我仍执着于每到一处地方就寻个当地的老街旧巷，走一走，看一看。

本次到访那良，得益于广西作协与防城港市文联组织的采风活动。在看到行程单的那一刻，我是欣喜的，那良古街——我要来了。

颠簸的大巴上，我用手机翻查着相关资料。据记载，那良历史悠久，于清顺治年间（1644 年）成圩，那良古街也随之陆续建成。旧时，每逢圩日，从上思、宁明等地以及越南来赶圩的商家和群众多达上千人，许多民宅还顺势建起了客栈，其繁华兴盛可见一斑。

车子停在街口的时候，雨正淅沥沥地下着。街边一家店铺里，一位头发花白的老太正坐在落雨的屋檐下与几位年轻的小伙打牌。见我们一行走过，他们飞快地瞥来一眼，目光又旋即落回牌上，并不为来客所惊扰。

石板铺成的街道积着一滩又一滩的水洼，映照出周围建筑的模样。三四层高的楼，竹节般一栋紧挨着一栋向上拔起，露出黑灰的水泥墙体又或是光亮的瓷砖。

我们走向法式街，现已改称人民路，一眼望去，不见古宅旧建，只有密匝匝的“竹筒楼”在雨幕中悄然肃立。

这些年，我到过许多的老街。有的

保存较好，老幼闲居怡然自得；有的人去楼空，苍凉孤寂，不存一丝烟火气；有的是全新的仿古建筑，熙来攘往皆是过客。那良的古街会是什么样呢？它是已经全然被眼前的一切所代替，还是藏在了更深的巷子里？

转过一个弯，一栋残破的建筑撞入眼帘。三层高的法式洋楼，被层叠的黑色泥垢和青苔夺走了原本的鲜亮。仰头，天空从楼上数扇圆形拱券内透了出来，连带着透出房后的半截砖墙。空寂的长廊上没有伫立的身影，只有滋生的野草与藤蔓。在我看过去时，它们也张牙舞爪地回望向我。身边响起一声叹息，我这才得知，眼前的建筑早已在时间的长河中丢失了它的房顶，也失去了主人的踪影。

接下来的行进里，我们陆续又见到了几栋外观相似的法式建筑。它们乍看之下像是骑楼，却又与骑楼不同。骑楼的下廊沿街后退，可供人通行，而这些建筑下廊两边俱是墙体，门前的空间多用于堆放各家的柴火或是杂物。

这些旧时的建筑遗存，零星地夹杂在一栋栋新起的楼房之间，门扉紧闭，不闻人声，偶尔见一两户的二楼廊中悬挂着衣物，却不知那究竟是仍有人居，还是邻人借用了这通风遮雨的便利。莫名地，我又想起了街口的那一幕。眼前的建筑就像围桌而坐的他们，新老并存，似突兀，又合理。

思绪纷飞间，我们行至担水街与法式街的交叉口，这里坐落着叶瑞光的故居。时光的印记在它身上同样清晰，雨水与泥垢让整栋建筑呈现出黑灰驳杂的古旧之气，但许是仍有人居的缘故，它成了我在法式街见到的保存最为完好的一栋建筑。砖木结构的三层楼房具有浓郁的西洋风格，屋顶为中式硬山搁檩，正面三层均有前廊，二、三层各有数个圆形的拱券，顶上用青花瓷片镶嵌着装饰，颇有晚清以来中西文化融合的味道。故居的门前停放着一辆新式的电动车，屋内不时有人声传出。我正打量，一个学步的孩童从半掩的门后探出头来，见着我们一行倏地又缩了回去，跌跌撞撞地跑开，消失在黑暗的转角处。我本欲上前的脚步忽而一顿，有些羞于打扰。这种羞愧源于我自身的浅薄，我对那良的历史，对叶瑞光，实在是所知

◎那良镇百年法式洋楼　王继娟/摄

甚少。

听同行的人介绍，叶瑞光曾为国民党广州缉私舰舰长，系陈济棠原配叶洁芬的弟弟。据说在陈济棠主粤时期，叶瑞光跟随其至广州，做过一段时间的警卫工作，在警队当过巡官，后又出任广州缉私舰舰长，经常活动于广州至澳门一带海域。后来陈济棠下野，叶瑞光解甲，曾到广州、香港搞过数月的商业性海运，后因海情变化而弃业回乡，在那良寓所居闲直至新中国成立。1952 年，叶瑞光迁居那良镇大勉村参加农业生产，自食其力。1958年，于大勉村病故。

一个人的一生，无论波澜壮阔抑或是静水深流，又岂是寥寥百字可以尽述的。这古街上的建筑，每一栋都曾演绎过不一样的精彩，非我等步履匆匆可以窥见。

我想，我会再来的。届时，我一定会敲开那些古旧的柴门，细听时间的故事。

覃冰/WRITER

毛南族，广西作家协会会员。《广西民族报》签约作家，有作品发表于各大报刊。

两地书

李富庭

一

站在酒店的楼顶，目光越过国门楼、东兴一桥和北仑河，越南的房屋与街巷清晰可见。夜幕降临，两岸的灯光渐次亮起，这是两国邻居每天打招呼的方式。天空下起了小雨，我隐约看到有人从对岸走来，手里撑着一把伞，肩上挂着一个篮子，篮子上还盖着一块布。这人风尘仆仆的，似乎赶了很远的路。

自古以来，闽粤一带居民就有“漂洋过海，过番谋生”的传统。

每次过番（出国），行程短则二三十天，长则几个月。到达目的地后，侨胞第一时间寄信回国给家里报平安。闽粤方言将信称为“批”，国外寄回来的信叫“番批”。这第一封寄回家的信也就是“平安批”，侨胞通常会向先到的工友或工头借几块钱附在信中一起寄回。后来，大家就将这种“银信合一”的家书统称为“侨批”。

侨批的源头，最早大概可追溯至16世纪中叶的明朝，那时已有不少闽粤沿海居民到东南亚地区讨生活。他们将挣到的钱连同书信托乡党捎回家，家中收到东西后，再支付一定酬劳表示感谢。之后，出现了专职的侨批投递人——水客。水客四海为家，倚水而生，随船只往返于国内外。广东潮汕地区流行一句俗语，“九月尾，铜锣撑撑叫”，讲的就是水客的故事。水客乘船从国外将侨批送回来，有一定周期性，每年大致分为六期：正月、五月、九月三期为大帮；二月、七月、十月为小帮。

其中每年农历九月以后少台风，大批水客乘船回乡。这时，热心者会到侨乡港口守着，见船进港就立即敲锣通知大家迎接，如同喜事临门一样。

随着侨批数量的增加，一些水客联合起来开设商铺，原有的商家也开始兼营批业，于是就有了从事侨批业务的批局、信号、银号。1840 年，第一次鸦片战争爆发，打破了清朝闭关锁国的局面，中国被迫开放口岸与外国通商。随着国门的打开，广东、福建、广西沿海一带的大批居民远赴东南亚务工或做生意，掀起了“下南洋”的热潮。侨批局也随之迅速发展起来，遍布闽粤桂和东南亚，原先的水客这时成了侨批局的批脚、送批人，与现代邮递员扮演的角色相差无几。

“有一块钱寄一块钱，有十块钱寄十块钱。”侨批局像枝蔓旁生的大树，扎根于海外，通过枝蔓将养分送回国内的万千个家庭。批局通常在国外设总庄，将所在地华侨的基本信息、家乡住址、亲属姓名等登记造册，并把副本放到国内分庄或代理点存查。每当侨批到时，国内分庄就会在楼前挂起一面旗子，告知乡亲们：有信到了。批脚过后会先点对点将侨批送到侨属手里，然后收取“回批”（回信），侨属简要回复几句，一来说明银信皆收到了，二来也表达思念之情。在东兴侨批馆，我看到一封民国三十五年从新加坡寄回的侨批，上面写道：“黄氏吾妻收启：兹逢便，寄去国币三万元正，至时查收，以备家情之需也。庆乃二地老少平安。余言不陈，喜之胜也。”虽然只有寥寥数语，但已足见丈夫对妻子及家人的深情。

二

每个人对大山、大海和异域，都有自己的向往。防城港这个地方三者兼具，既有绵延不断的大山，也有辽阔无比的大海，从东兴口岸往外再跨一步就是越南。

河流是连接山与海的通道，在有山

有海的防城港，自然也少不了这样的河流。十万大山这条巨龙，自东向西横穿防城港中部，成为该地区南北水系的分水岭，向南流的属桂南独流入海水系，江河浩浩荡荡直奔北部湾，包括防城河、北仑河、江平江、茅岭江等；向北流的属西江水系，主要河流是上思县的明江，在崇左市龙州汇入左江，最终从珠江口入海。在防城港众多的河流中，知名度最高、名字叫得最响亮的当属北仑河。因为她是中越两国的界河，西岸是越南的芒街市，东岸则是防城港东兴市——著名的东兴口岸便位于此地。

因口岸而生、因口岸而兴，似乎是所有边境城市的共同特征。东兴市也正是因为东兴口岸的存在，而成为了中国南疆最繁忙的城市之一。作为一个县级市，东兴面积并不大，常住人口约 22 万人。但仅 2023 年，东兴口岸出入境人数就超过了 500 万人，是这座城市人口的 20 多倍。这组数据对比令人震撼。东兴这座小城的热闹，远超我的想象。这里距离广西首府南宁 188 公里，距越南广宁省首府下龙市 180 公里，距越南首都河内也仅有 308 公里，地理位置优越，交通便利，一直是连接中国与东南亚、南亚的重要通道。单就空间距离来说，广西人从东兴出国比出省要容易得多。

侨批最初主要是从东南亚各国走海路，经香港中转，然后发往闽粤桂各地。1941 年，太平洋战争爆发，日军攻陷香港，严密封锁中国海岸线，并企图控制东南亚各国，原有的海上汇路被切断。没有了侨批的支持，国内许多侨眷没了经济来源，一度陷入绝境。

这时，潮汕人赵开钳正在越南河内做生意，他悄然来到东兴，谋划着开辟新汇路，结识了东兴女子伍如英。二人后来结为夫妇，在东兴开设了“振顺盛”批局。另一家名为“和祥庄”的批局，在这个时期也发挥了重要作用。海上汇路被切断后，和祥庄经理人陈植芳内心万分焦急。他从越南秘密潜入东兴调查，试着通过本地的银行、邮局将款项汇到潮汕，半个月后竟顺利收到回批，这说明东兴的渠道是畅通的。

在赵开钳、陈植芳等侨批从业者的共同推动下，东兴成了新的侨批中转枢纽，由此形成了东兴汇路，全程 3000

◎东兴市侨批路　梁宗阳/摄

多公里。汇路分为两段：国外段分为西提线、金边线、老挝线、曼谷线，经越南芒街抵达东兴；国内段主要分为两条线，即东兴—钦州—南宁—柳州—桂林、东兴—钦州—玉林—梧州—贺州，然后经揭阳辗转发往闽粤各地。

日军一度想破坏东兴汇路，但最终没有得逞。无数送批人漂洋过海、穿过战场硝烟，通过这条汇路将来自东南亚的侨批送往各地，让那些几近断米断炊的侨眷重燃生活的希望。《中华民国三十二年度广东邮区后方邮政事务年报》中写道：“南洋侨汇，本年间更能利用越南芒街流入东兴，转汇潮梅各属，使久经断绝之南洋侨汇，悉由邮局经汇，邮政及邮汇之收入，均获进展，一般情形，尚称满意。”一时间，东兴这个边陲之城变得热闹起来，银行、批局、商铺、酒楼林立，被人们称为“小香港”。东兴汇路不仅解决了侨眷的生存问题，每年也给中国带来了大量外汇收入，友华国家和海外爱国侨胞捐赠的大批物资，也通过东兴源源不断地送往国内支援抗战。

三

“批一封，银几许，跨越山海，辗转归乡。”一句话，道尽了侨批在国人心中的分量。在通信极其不发达的年代，远隔重洋的亲人们就是通过一封封侨批，交换个人的生活碎片，传递彼此身上的温度。外出者打拼挣钱，维持家庭生计；留守者照顾老幼，日日盼着游人归家。侨批不仅是柴米油盐的来源，更是维系家庭情感的重要纽带。从第一封平安批开始，一个家庭的命运就与异国他乡产生了割不断的联系。

作家陈继明的长篇小说《平安批》里有这样一段文字：“从小就知道有一种家书，叫‘平安批’，在少年阿佛的想象中，人因此而分为两种，一种是寄平安批的人，一种是等平安批的人。”虽说人们通常将第一封寄回国的信称为“平安批”，但哪一次跨越山海的通信，寄信者与等待者最关切的不是家人的平安呢？

无论走多远，家都是永远的牵挂，这是中国人共同的乡愁。一名姓陈的广东澄海侨胞在泰国谋生，听闻家中母亲不慎摔伤，立即来信问候，并寄回款项。“今天由朱锦渠邮信内云及，母于上月底不幸跌伤，势颇严重，恕儿在外未能晨昏侍奉，实感遗憾。伤势如何，祈祷示如，兹附港银伍佰元，为大人留身边零用。”同时，他还给自己留守老家的长子去信，叮嘱其务必要细心照顾好祖母。无论在什么年代，家中有男丁照料，日子总不会过得太艰难。

然而，许多过番谋生的家庭，留守家乡的多数是女性。她们既要照顾老幼，又要料理家务和田地，有时还要遭受非议。但她们总是选择咬紧牙关，用柔弱的肩膀撑起家里的半边天。“一日不见，如隔三秋。家中大小平安，阿妈大儿虽有小病，尚幸托天之佑，已渐告痊……乡下强徒虽思非礼，惟妾自知矢志坚贞，恪守妇道。”这是一位妻子寄给丈夫的回批，讲述家中的情况，倾诉对丈夫的思念之情。在信中，她还谈及自己险些遭人非礼的委屈，让丈夫千万不要听信流言蜚语。

侨批不仅是家书，也是民间的史书。汕头市有一封写于 1940 年的回批，共 1000 多字，侨眷陈翠环在信中向丈夫细数了日军的暴行:“不过目下日军，终日三五成群，入人家巡行，无敢阻者。他藉言欲寻松木和手枪，明欲寻妇女和贵重之物。”东兴侨批馆也存有一封珍贵的侨批，上面写着“兹收到柳城龚滚先生捐购机款项坎金拾元伸大洋”，落款为“加拿大安省驻都朗度埠华侨统一抗日救国总会”。这是抗战时期，广西柳城籍侨胞龚滚为国内购买飞机进行捐款的专款存单。数十年过去了，存单上的字迹依然清晰可辨，我依然能感受到其中的滚烫与赤诚。时间不会将历史抹去，那些经历岁月洗礼留存下来的侨批，有各自的喜怒哀乐、酸甜苦辣，但最终都指向两个字：一个是“家”，另一个是“国”。

四

侨批因为承担着汇兑的功能，实际上也是一种金融产品。侨批从国外递送到侨眷手中，辗转万里，首先依靠的就是“诚信”二字。

起初，因为缺少专门的汇兑机构，华侨只能将现金寄回国内，再折现为金银铜等金属货币。侨批局发展起来后，侨批汇兑方式也变得更为多样化，分为信汇、票汇、电汇三种方式。大宗的款项一般通过票汇、电汇进行，普通家庭的小额款项主要通过信汇方式。尽管侨批是一种金融产品，但批局并不是只当生意来做，而是处处为侨胞侨眷着想。有的侨胞一时周转不开，无法按时给家人寄批，他甚至可以到批局赊账，让批局先行垫款，待收到其家人回批后再来还钱。

侨胞与批局之间的信任是双向的，批局不辜负侨胞，侨胞心中也有一本明白账。一次，漳州天一信局负责人郭有品从菲律宾乘船返回福建途中突然遭遇风暴，船只沉没。他虽然侥幸死里逃生，但其身上携带的800银圆侨款却丢失了。然而，郭有品并没有推脱责任，他回到家中变卖田产，对照着名单款项一一赔偿。在异国打拼，有的出人头地，也有不少人身死他乡。据原泰国银信公会秘书长张明汕回忆："有一位常客是某米行的厨夫，回批复来时已病入医院，临终前念念不忘，拿出身上一页回批，告知亲近在他身边的人，此封回批款尚未还批馆。"这名厨夫离世后，竟然真的有人来帮他还钱。

无论是水客时代还是批局时期，侨批始终都与"信"字同在。侨批从业者以"诚信"经营，为侨胞寄送钱款和家书，有时甚至带侨眷出国寻亲，或者带侨胞回国认亲。而那些附寄的信件，则成了这段历史的重要见证，被国学大师饶宗颐誉为"海邦剩馥""侨史敦煌"，具有十分重要的史料价值。2013年，侨批档案以其"真实性、唯一性、不可替代性、罕见性和完整性"，入选联合国教科文组织《世界记忆名录》。侨批是华侨与侨眷的共同记忆，也是一个国家的记忆。

在东兴侨批馆三楼，负责人林惠江先生通过一则短片，将我们带回了那个"烽火连三月，家书抵万金"的年代。林惠江并不是广西本地人，祖籍在广东揭阳，祖辈父辈都曾在泰国打拼。因此，侨批这个词很早就进入了他的生命里。后来，他应征入伍，在广西度过了10多年的军旅生涯。1979年，从部队退伍转业到柳州开关厂工作，后又进入柳州市外办的对外友好服务处。因工作需要，林惠江经常往返于中越之间，对侨批发展历史特别是东兴汇路历史产生了浓厚兴趣。多年来，他一直在东南亚和国内各地收集侨批资料，于2013年出资将东兴侨批馆租下，2016年东兴市政府拨款对侨批馆进行了修缮。现在馆内已收藏有侨批100多件，还有许多珍贵的照片、书籍、物品。

下楼时，林惠江热情邀请我们去他家里。没想到，他的家竟然就安在侨批馆对面，抬头就能看到侨批馆大门，以及那尊脚着草鞋、背着雨伞和篮子的送批人塑像。送批人保持着行走的姿态，也许，他还有一封信要送。这封信来自遥远的过去，收信者将在未来的某一时刻，走近东兴市建设街 28-123 号。

李富庭 / WRITER

广西作家协会、广西文艺评论家协会会员，作品散见于《民族文学》《诗歌月刊》《广西文学》《延河》《星星·诗歌理论》《江南诗》《中国艺术报》《文艺报》等刊物，入选多个选本。

抚摸江山半岛

杨佰升

此刻，我走进防城港市博物馆，只见“江山龙”恐龙，傲然耸立在大厅中央。那庞大的骨架、巨大的身躯、长长的尾巴让人震撼，我不禁有一种想要上前抚摸它的冲动。2002年，在江山半岛西海岸出土的“江山龙”恐龙化石被送到广西自然博物馆，其复制品也成了防城港市博物馆的镇馆之宝，它被称为祖国东南沿海第一龙。恐龙曾是地球的主宰者，躯体壮，食量大，一般都是选择在淡水湖岸、大森林和开阔地生活，对生存环境要求很高。然而，在这三面都被海水包围的狭长半岛，居然是“一代枭雄”恐龙“竞折腰”的地方，说明江山半岛在远古就是一个物产丰富、水草丰美的地方。

在人类文明发展历程中，江山半岛有着更多骄傲和出彩的存在。在江山半岛的石角村、新基村一带，发现多处5000—10 000年前新石器时代人类活动的贝丘遗址。可以想象，当北方古人尚未走出山洞，还在冰天雪地里瑟瑟发抖、缺衣少食的时候，江山半岛这厢却是一派繁华，人们在这里不仅享受温暖的艳阳，还拥有品种多样的鲜美食物。这片古老的土地，不仅恐龙喜欢，也适宜人类生存，进一步印证了江山半岛有着与生俱来的优越生存环境。

优越的生存环境和自然条件，成就了江山半岛。越过历史的烟云，我惊喜地发现江山半岛的前世是如此的雍容华贵，在每个历史时期，江山半岛都是时代的弄潮儿，从来不曾缺席过。

地处江山半岛南端的白龙村，2000多年前就是著名的珍珠之乡，至今村民仍保留在海上采珠、开珠、养珠的传统。据《后汉书》记载，早在秦汉时代，“与交阯比境”的江山半岛是“不产谷物，而出珠宝”的地方，每年都有一茬茬被命名为“白龙”的优质珍珠作为贡品送至都城。曾有人考究过，“珠还合浦”故事说的就是江山半岛的白龙珍珠，其时江山半岛属于合浦郡辖地。江山半岛附近的海域是南珠主要产地之一，白龙珍珠的品质放在全球也是顶级的。1980 年在美国国际珍珠评比会和日本博览会上，白龙珍珠被评为一流珠品。盛产珍珠的江山半岛西海岸海湾，旧版国家地图都标记为“珍珠港”，20 世纪 80 年代，防城县文联还创办过一个叫《珍珠港》的小报。近些年来，为避嫌美国的珍珠港抑或是为与三岛三湾统一排列，现大家都习惯把它称为“珍珠湾”了。

“先有珠，引来丝，后通路”。盛产珠宝的江山半岛，吸引众多客商的目光，随人流物流的增多，江山半岛成为丝绸之路的重要中转驿站，货物源源不断从江山半岛转运至交趾郡、九真郡，以及沿海国家。然而，江山半岛东海岸白浪滩的暗沙和怪石滩外海犬牙交错的潜礁，让不少在当时以风浪作动力的帆船，包括抗风浪能力不足的小舢板，在这片海域沉沙折戟。时至今日，人们还时常能在怪石滩一带的海岸边捡拾到各种各样的陶瓷碎片。多娇的江山半岛，成为众多古代商界英雄竞相“折腰”的地方。为避海险，人们希望在江山半岛中部狭窄处的潭蓬湾与珍珠湾之间劈山开出一条水路。受当时生产力的限制，这是一桩难以做到的事情。汉代伏波将军马援南征时，曾组织人力进行挖掘，由于施工艰难而半途而废。后又经过多人、多次、多时组织开凿，直至唐代咸通年间，由静海节运使高骈募工凿之，才完成这搁置千年的“马援故道”，工程之艰巨可想而知。《资治通鉴》《北梦琐言》等古籍将这条水路称之为“天威遥”“天威径”“天威路”，认为这工程非“皇名天威”不可为，老百姓则称之为“仙人泷”，认为非神仙帮助不能成。这水路今被命名为唐代潭蓬运河。潭蓬运河作为“外域朝天之路”，史书《旧唐书》对它的功绩作出了“由是舟楫无滞，安南储备不乏，至今赖之”的评价。后来，因受到 10 世纪安南独立、明代对外贸易政策收缩及防城港地区贸易中心西移至竹山、东兴等因素影响，潭蓬运河才逐步淡出。至民国时期，陈维周在潭蓬湾围海造田，具有漕运功能的运河才被转为灌溉农田的水渠。今天的运河虽缺失原有风采，却蕴含巨大的历史价值。它是我国仅有的海上古运河遗存，是研究古代海上丝绸之路无法绕过的话题。

在江山半岛顶端沿海的山丘上，筑有白龙、银坑、龙珍、龙骧4座古炮台，形成强有力的拱卫之势。这炮台群由两广总督张之洞于光绪十三年（1887年）所修。炮台群配有6门大火炮，炮座建在山顶，均为混凝土结构，炮座到炮台大门辟有通道，逐级而下，通道两边建有厢房，门楼前设多层阶梯，门楼中央的青石板上镌刻着炮台名称，显得十分坚固而庄严。处于海防前沿的江山半岛一直扮演着重要角色，20世纪60—70年代，江山半岛东端兴建了牛头大型油库及配套的千吨级油码头，这是广西援越抗美3·22工程三大主工程之一。通过几十公里的管道把牛头油库的油料直输到越南，也通过牛头码头装卸战争物资海运至越南，江山半岛由于其特殊的地理位置发挥了重要的战略作用。至今，江山半岛仍建有军用码头、炮营、观测站等诸多重要国防设施。所有这些，都在告诉我们，江山半岛有着十分重要的战略地位，它为中华民族抵抗外侮做出了重要贡献。

◎怪石滩　梁宗阳/摄

江山半岛不仅前世十分了得，今生更是青春飞扬。经过 30 多年的开发建设，江山半岛日新月异，欣欣向荣。先后被规划为国家级国际滨海旅游胜地、国际医学试验区康养区、自治区 5A 级滨海旅游培育区，不仅拥有“东方夏威夷”、“黑沙白浪·休闲天堂”、中国“长寿之乡”、“中国白鹭之乡”等诸多美誉，还是珍珠湾国际旅游度假区、北仑河口国家级自然保护区、联合国红树林保护区、国际候鸟迁徙停歇地、国家金花茶保护区、国家珍珠湾海洋牧场、中国最美休闲度假旅游胜地、中国十佳海洋旅游目的地、中国最美自驾旅游目的地、中国最佳健康休闲旅游目的地等，发展前景不可限量。

纵横都展开一番铺陈，亦自感冗长累赘，可是，我真的无法割舍自己对江山半岛那与人略有迥异的一些认知：老天真的对江山半岛不薄，在这 200 多平方公里的土地上，处处山岚水影、钟灵毓秀，美得让人窒息。这是峰峦叠嶂的海岛，如一个浑身充满力量的健美男子，阳刚向上；这是没有咸腥味的海岛，如一个散发体香的少女，清爽怡人；这还是淡水资源十分丰富的海岛，阳光、沙滩、海浪三者完美结合，风景如画。从半岛东湾岸夹角的针鱼岭大桥出发，到西海岸夹角的黄竹江大桥，可以说是五步一景，十步一画，再步见奇。这百里黄金海岸，排布针鱼岭岛、长榄岛、周墩岛、西岸公园、体育小镇、龙恐墩岛、北风脑岛、将军山岛、皇帝岭、马鞍山、周顶瀑布、牛头岭、月亮湾、蓝白拖、三块石、仙女浴池、白浪滩、金花茶生长区、万欧古渔村、白沙湾、白龙洞、灯塔岭、怪石滩、海珊瑚生态群落、古炮台群落、白龙码头、珍珠池、七星伴月岛礁、大小双墩岛、涂海艺术村、佳碧岛、恐龙化石遗址、潭蓬古运河、贝丘遗址、红树林群落等近百处自然遗产和历史遗存，还与东兴口岸、京岛风景名胜区、越南的万柱海滩浴场隔湾相望、鸡犬相闻。珍稀自然景观和人文遗存都如此丰富多彩的半岛，在中国的万里海疆实属罕见。

江山半岛如此厚重，如此靓丽，未来更是值得可期。尤让人欣喜的是，近年来，防城港各级党委、政府认真践行习近平总书记“两山论”，强化江山半岛规划，密集布局了投资超千亿元的旅游和康养产业，还要对江山半岛的产业发展和环境保护做出负面清单管理。江山半岛要加快文化旅游发展，需要它丰厚的文化底蕴来做支撑。我想，与江山半岛有重要交集的几个重量级的历史文化名人，是到了该出来为江山半岛站台的时候了。

一是马援。马援与江山半岛有太多的缘分。公元 40 年，马援被授予伏波将军，对交趾郡的征侧征贰犯上作乱进行平叛，江山半岛作为古战场，留下了火烧墩、马鞍山、将军山、马援故道等征战名称，也留下屎计退敌、一箭定风波等传说故事。历史上曾被封为伏波将军的不在少数，唯有马援将军的大名能留在半岛百姓心中，因而他们把马援封为伏波大神，立在庙宇上顶礼膜拜。马援是个奇男子，集立德立功立言于一身，为防城港地区带来中原文明和不少的先进农耕技术，在防城港形成了第一个传统文化高峰。江山半岛可以说是伏波文化一个重要的发祥地。

二是高骈。高骈开通潭蓬运河，并取了个十分有气势的名字：天威径。这是江山半岛历史上的高光时刻，让交趾郡至广州千里水路畅通无阻。当年，高骈率领大军击败南诏班师回朝，经过自己主持修建的运河时，诗兴勃发，一挥而就《过天威径》：“豺狼坑尽却朝天，战马休嘶瘴岭烟，归路崄巇今坦荡，一条千里直如弦。”这是一首气势豪迈的胜利之诗，意气昂扬，对于当时日薄西山、气息奄奄的晚唐来说，无疑是一剂兴奋剂。时至今日，当地百姓仍认定，潭蓬运河边上那棵高大的橄榄树是高骈亲手种下的，寄托着他及他的战友们向往和平的心愿。在江山半岛，流传着一个关于高骈的民间传说：开通潭蓬运河是高骈将军对明月姑娘许下的爱情誓言，开通运河之日，便是将军迎娶明月之时。高骈将军在江山半岛也迎来了他人生的高光时刻，江山与美人兼得。笔者认为，把潭蓬运河说成是爱情的信物，这故事应有虚构成分，但可解读为朴实的老百姓在用另一种形式对高骈将军留下的江山胜迹表达深深的谢意。

三是王勃。公元 676 年夏季，王勃远行到交趾看望被贬为交趾县令的父亲王福峙，途中溺水而死。据考证，让一代奇才定格在26岁美好年华的地方，正是江山半岛白浪滩至怪石滩这一带风急浪高滩多的水域。王勃因写《滕王阁序》而名震天下。雄峙赣江东岸的滕王阁，笔者曾三度造访，阁大门两边悬挂毛泽东手书王勃的“落霞与孤鹜齐飞，秋水共长天一色”对句，让我怦然心动，终生难忘。被毛泽东瞩目的王勃，写《滕王阁序》是公元675年的秋天。676年在前往交趾省亲的路上，他的生命已进入倒计时，他把“渔舟唱晚”“雁阵惊寒”等美景写得“光昌流丽”，仿佛也是描写他魂归的江山半岛，他那“时运不齐”“三尺微命”的“牢骚满腹”，竟在江山半岛一语成谶。也许是王勃父亲在交趾任职的缘故，后来在越南北部建有王勃墓和祠庙。近年来，不少学者呼吁，若能在江山半岛建一个王勃纪念广场，将会为边城增添一个响亮的文化地标。

四是杨彦迪。又叫杨义或杨二，是一位明末清初反清复明的农民军首领。公元1661年，杨彦迪率部占据江山半岛，他选择潭蓬这天然避风港湾安营扎寨，然后招兵买马，对抗官府，并把势力扩展到防城港、钦州港一带。他自称杨王，在潭蓬运河不远处的一座山上建设“皇宫”，并把这座山取名叫皇殿岭（今潭蓬小学所在地）。当地有一个关于杨彦迪逃离潭蓬的传说。相传杨彦迪称王惊动了清朝当朝者，朝廷派出重兵封锁防城港西湾海域，把他围困在潭蓬港湾里。双方发生海战，鲜血染红了大海。陷入绝境的杨彦迪，只能借道潭蓬运河从珍珠港方向逃逸，无奈运河废弃多年，淤积严重，船只无法通行。杨彦迪只好怀着最后一线希望设坛向神仙祈祷：“杨义有天日，水快大三尺。”半夜时分，海水果然上涨了三尺，杨彦迪的几千兵马才得以连夜乘船逃往广南国，避免了全军覆没的命运。笔者认为，这传说故事有一定的可信度，海水涨潮时是可达三尺的，古运河淤积，只有涨潮时船只才能通行也合乎常理。这故事神化了杨彦迪，说明他在江山半岛是得人心的。后来潭蓬人在运河边上建了一座祠庙，杨彦迪是安坐在神坛的八圣公之一，并被尊称为“杨义皇帝”。作家龙鸣、邓向农以这段历史为背景，创作了历史小说《西海斜阳》。

江山半岛作为烽火之城，每个时代都处于风口浪尖上，在漫长的岁月中，不知演绎了多少英雄故事。在江山半岛历史的天空中，不只是这几颗星在闪烁，它应是满天的点点星光，值得我们去发现，去珍视，去推崇……

运笔至此，我的思绪仍如一匹野马恣意驰骋，无法收拢。记得 40 多年前的一个季春，我与一群乡邻在潭蓬运河出口的稻田里一起插秧，一位年过花甲喜欢讲故事的乡贤，滔滔不绝讲了许多关于潭蓬运河的掌故传说。我带着极大的好奇和青春的冲动，利用劳作间隙，只身一人，走进潭蓬运河的深处，寻寻觅觅，终于发现一块刻有“咸通九年”等字样的石碑。那一刻，我十分惊喜。我轻轻地抚摸这块石碑，齐膝的潺潺流水以及沿河床口吹来的春风，也轻轻抚摸着我，我突然觉得自己一下子长大了许多，家乡的模样原来是如此的可爱，让人心生依恋。江山半岛，物华天宝、人杰地灵，是生我、养我的地方，也是我精神的家园。多年以来，每到节假日和休闲时刻，江山半岛几乎都是我首选的出发方向，我要不断用我的脚步，把这方神奇的土地反复丈量，用我满腔的赤诚，把这美丽山水的每一处肌理细细抚摸！

杨佰升 / WRITER

现任防城港市中华文化促进会副主席、防城港市重大决策咨询委员会委员，防城港市作协会员。先后在《秘书工作》《广西日报》《今日广西》《广西经济》《防城港日报》等报刊公开发表多篇学术和文学作品，著有《在海边山里徜徉》《搏浪弄潮十春秋》等作品集。

第四辑 琴韵悠扬

喃字密码

莫景春

一阵咸咸的海风把我吹进了东兴京族博物馆。

木船、渔网等一件件落满灰暗尘土的旧物被从久远的时光里打捞出来，安静地摆在角落里，任凭参观者的目光反复抚摸。

馆内的灯光很暧昧，若明若暗，似乎也想让参观者进入时光隧道，重复过去一段艰辛的历程。

一版白亮的文字叫醒了昏昏沉沉的眼睛。一颗一颗似曾相识的字像一颗颗晶莹剔透的沙粒，欲言又止，似乎想向人们诉说一个久远的故事。

字有些奇怪：两个汉字紧紧抱在一起，还有其他非两两拼在一起的。这些字让人百思不得其解。它的读音，它的含义，像一个个难以破解的谜团纠缠在人的心里。有人在拼命地解读，细细的低语回荡在馆里。好奇心是人类的本能，破解好奇心又是人们的欲望。

我和很多人一样，站在这版文字前徘徊不前，尽力解读这些奇绝的文字。

京族的朋友告诉我，这是喃字，一种曾经在京族人民中流行的文字，跟着海风一路飘摇，记录着京族人说不尽的艰辛。

以前，京族人民在海上生活，到处漂泊流浪。传说有一天他们看见海里有一群急急赶路的大鱼，想一网把它们捕下来，便紧紧地追它们。谁知道那些鱼非常聪明，总能躲过他们撒下的网，轻快游走。这些鱼又是很有灵性的，它们会随着潮涨潮落，一路沿着海岸线，追寻丰富的食物。京族人民一路追随，艰难跋涉。台风折断了人们的桅杆，大浪冲翻了人们的船只，京族人民的日子像大浪一样起起伏伏，无法安宁。

追着追着，他们隐隐约约看见海市

◎京族喃字墙　梁宗阳/摄

蜃楼一样的三座岛屿。海风小了，海面平静了，小岛相对矗立，像母亲温暖的手臂迎接他们。

那是鱼群带流浪的京族人民找到了家。大家欢呼雀跃——不再颠沛流离了，终于能安宁下来了。尽管那时候岛上荒草丛生，虫蛇出没，但勤劳的京族人民抡起大斧，砍断大树，搭建房子，修建大船，日子渐渐稳定下来。

这是我在用喃字写成的《京族喃字史歌集》里读到的历史。在京族朋友热心地翻译解释下，我对这些奇怪的文字产生了兴趣。

独弦琴响起来，呜呜咽咽，如诉如泣，低沉幽怨，时光隧道慢慢打开。当年海盗作乱，朝廷军队一路征战，深入南疆腹地。战士们远离亲人，心中的孤独无法诉说，便想通过热烈高亢的琴声排遣心中的忧愁，于是拼命弹奏。谁知琴弦承受不了那么大的力度，竟然绷断了。声音越来越低沉了，就像是呜呜吹过屋角的海风，慢慢地和心里的孤寂融在一起，把灵魂深处的不安牵引出来。演奏者、倾听者，都莫名其妙地安静下来，心中的孤独悄然离去。

渐渐地，一根弦弹出的声音就像傍晚时分母亲深情的呼唤。亲人出海打鱼，家人坐在屋前，弹着独弦琴，眼睛望着茫茫的大海，一拨一弹，把心中的思念揉出，默默祈求神灵保佑。

远处的海面，归来的渔船帆影点点，亲人熟悉的身影渐渐清晰，弦乐的声音越来越兴奋，变成了迎接亲人的欢乐曲。独弦琴的声音不再孤独幽怨了，更多的是激越，清畅，但不急躁，不浮浅。悠悠的琴声里蕴含着丰富的情感。在一个安安静静的环境里，绿树掩映，阳光斑驳，琴声一起，浮躁的心渐渐平静下来，忘记了外界的纷纷扰扰，随着琴声一扬一抑，心情完全沉浸其中，也起伏不定。

独弦琴是有声音的喃字。

生活需要记录，代代相传，让后代少走弯路。记录就需要文字。没有汉字作为基础，喃字是没有办法造出来的。这些喃字将汉字拼在一起，利用汉字形声字的构造特点，一个代表读音，一个代表意义。我在喃字里看见了汉族人民的影子。

祖国的大家庭里从来就不分彼此，都是融合在一起的。京族人和汉族人一起建造房子，一起围海造田。汉族农技员过来指导，手把手地教会京族同胞种植水稻等作物，并如何提高产量。京族同胞则把自己打来的鱼虾海鲜送给了汉族朋友。他们彼此相亲相爱，共同在这块热土上创造美好的生活。

房子怎么建？石头怎么砌？木头又是怎么架上去？随便搭起来，海风一吹，木头和屋顶都飞散了。附近的汉族、壮族等乡亲来了，一根木头一根木头地教京族同胞架上去，稳定牢固，任凭风吹雨打，无须再担惊受怕。京族人的生活不再是海风那样咸了。

吃饱喝足了，京族同胞就面对大海放声歌唱。他们要向大海，向各族乡亲表达自己的感恩之情。

我翻开一些老家乡亲们留下的资料，特别是唱山歌的歌本里，都有一些汉字的变体用法，比如田地的田，是一个“乃”加一个“田”，“乃”是壮语“田”的读音，“田”是“水田”的意思。

大量汉字衍生字的出现，正说明了各民族对汉字的认可和需求。

东兴京族博物馆外长着一棵大树，枝繁叶茂。我想汉字就是巨大的树干，我们各民族的语言文字就是树干的枝叶。树干硕大了，枝叶才能获得更多的营养，才能繁盛。

三岛原来也是孤零零漂在大海中，新中国成立后，在党和国家的关怀下，发动人民群众，轰轰烈烈地进行围海造田，终于把三座岛屿连成了一片。

在喃字里，我看见了根根白发。

时光步伐越来越快了，喃字却停下了脚步。几个汉字加在一起，笔画更加复杂，生活的节奏加快，没人认真学喃字了。那些抄在纸上的喃字歌谣、故事静静躺在抽屉里，难得看见外面的阳光。纸页发黄了，字迹模糊了，有些虫儿悄悄钻进来，津津有味地啃食。

盛大的哈节来了，歌师们从箱底翻出发黄的歌本，拍掉厚厚的尘埃，站到歌台上，咿咿呀呀说唱起来。台下的人听得如痴如醉，听着民族的家风家训，回味民族古老的传说。

听着歌师动听的传唱，大家饶有兴趣地围过来，想看一看这样神奇生动的歌本到底写着什么。可是本子上繁杂的喃字让大家眼花缭乱，根本认不出几个字。大家摇了摇头，叹了口气，无奈地走开了。

年轻的京族人几乎不认识喃字了，可是京族的传统文化全都记录在里面呀！如果认识喃字的老一辈去世了，谁来传承这些民族文化呢？京族有识之士的心越来越沉了。民族文化就像流水一样悄悄流走了。

退休的京族老同志不退了，想起年轻人看喃字时迷茫的眼光，心就被刺痛了。他们抱起一大堆发黄的资料，一字一字地抄录下来。有的跑到市里相关部门，呼吁抢救喃字。大家这才意识到事情的严重性，纷纷行动起来。如果喃字流失了，一个民族的传统文化精髓流失了，谁都担负不起这个责任。市里拨款，成立喃字抢救中心，有看不懂的就寻找语言专家破译。几个退休的老人似乎比工作时更忙了，跑市里、跑自治区，呼吁抢救像生命一样珍贵的喃字。

自治区的专家风尘仆仆地来了，翻阅大家收集到的一手资料，认真研究，提出抢救的建议。专家们用自己高深的知识，破解这千百年来的文字密码。一篇篇论文发表在报刊上，尘封多年的文字散发出独特的气质，京族的文化、历史得到了更多人的关注。

在喃字文字研究中心，我看到了这几位可敬的老人。他们拿出一本本研究著作，用缓慢而苍老的声音给我们讲述。话语里充满着对民族文化的热爱。

这是村委会的一间办公室，大大小小的文件摆满了桌子，一群人挤进来，几乎要把空气挤爆了，但他们全然不在乎房子狭仄，一台电风扇在拼命地摇着，吹起一股热风。

书柜里放着整整齐齐的书籍，那是这几年研究喃字的成果。这些书籍从各方面对喃字进行了深入的研究，有历史、有现实，几乎把喃字涉及的民族文化都包含在内。我看着它们，就像看到了京族文化的一座座高峰，它们屹立在中华民族文化之林。

京族人民不断地奋斗，惊心动魄的历史随着时间的流逝而消逝了，但有了这一本本研究喃字的著作，就像脚下有了一块块坚实的铺路石，时时刻刻踩着、念着，永远存在。

墙面上挂满一块块荣誉牌，国家颁发的、自治区颁发的、市里颁发的，都是研究喃字文化的成果。闪亮的牌子凝结着他们辛勤的汗水，展示着他们作为京族人的赤子之心。那一张张笑脸，洋溢着他们幸福的骄傲。

这一块块荣誉牌就像是航行在文化大海里的航船，载着京族的文化扬帆起航，奔向更远的远方。

文化是一个民族的根，它让民族知道自己的来龙去脉，知道自己该何去何从。文化是一个民族的魂，它支持着民族的精神，它让民族按自己的精神需求努力向前。没有根的民族会随风飘舞，飘到哪里算哪里，就像一只断线的风筝，胡乱飞舞，前途迷茫。一个民族失魂落魄，跌跌撞撞，究竟能走多远呢？即使走在平坦的大道上也无法走出自己的模样。

这几位老人将民族的根牢牢攥在自己的手里，代代相传，这个民族就能坚实走下去，这些灿烂的笑容将永远绽放在这片辽阔大海的天空上。

从这些喃字，我读出了一个民族在历史长河里走过的艰辛的脚步，听出了他们苦苦挣扎的呼声，也听到了他们胜利的笑声。

喃字记录了这片辽阔的大海及海岸发生的一切，记录了祖国大家庭对海边人民的关爱。没有大家庭的关怀，就没有京族的今天。

古代的京族人民刚刚在海边落下脚跟，就遇上海盗倭寇猖獗，他们烧杀抢掠，无恶不作，日子没有安宁过。京族人民处于担惊受怕中，希望过上几天平安的生活。祖国从来没有忘记这个偏僻的海角，朝廷派兵支持边境维稳。刘永福身为海边人，立马横刀，带领朝廷军队，驻防海边，警惕敌寇入侵。军威大振，敌人不敢侵犯。京族人民在朝廷的怀抱里安居乐业了。

如今，硝烟已经远去，海面恢复了平静。对面江山半岛上建的白龙炮台还在警惕地指着远方。岁月的洗礼让它们锈迹斑斑，满目沧桑。它们依旧在提醒我们，祖国的领海来之不易。大家通过喃字文献资料，记得前辈的热血。每年六月初九，四面八方的京族同胞都会聚集到村里的哈亭，载歌载舞，一起祭祀英雄神灵。

在哈亭里，京族人民以自己独特的方式纪念着这些英雄。我看到了用喃字写的各种诗文。字里行间充满着对神的敬畏。以打鱼为生的渔民风里来雨里去，风高浪急的海面上潜伏着各种危险，渔民们祈求海神的护佑。在供奉的神牌上，我看到了威震四海的“镇海大王”，这个传说中的英雄，在冥冥之中佑护着海边的子民。

哈亭里供奉着来自四面八方的英雄。自古以来，有伏波将军，有黄马将军，他们为了保卫这片珍贵的土地，与京族人民一起浴血奋战，最后把生命留在了这里。现在还有为国捐躯的本村英雄人物。如 2020 年，把解放战争中牺牲的阮瑞业（原名叫阮二）、援越抗美时牺牲的罗周德、对越自卫还击战中牺牲的梁海峰和杜福强等四位烈士的名字列入“左昭”祖先神位，供村民共同祭拜。

京族人民没有忘记这些英雄，把他们像神一样地供奉。祭祀的师傅会拿出喃字经书，摇头晃脑地唱起来，下面的听众静默、肃穆，听候祭师的教导。

大家感谢海神的佑护，感谢英雄们的英勇付出。大家跟着祭师念着喃字，一起唱着京族古老的歌，怀念先人。这些古老的民歌要唱三天三夜，祭祀古人，歌唱现在美好的生活。

哈节对于京族来说，是仅次于春节的隆重节日。那天，大街小巷，龙腾凤舞，大家的心就像这片海水一样连在一起。其他民族的兄弟姐妹也过来祝贺，献上最美的祝福。现在大家都是祖国大家庭里的一员，像石榴籽一样紧紧抱在一起，不分彼此，更何况，这些年来，大家都一起风雨同舟，相互依存。

哈节让哈亭变成了欢乐的海洋。这个海洋的欢笑声比近海的潮水更加嘹亮，回荡在辽阔的天空，让海鸟盘旋不前，倾听这人间美妙的乐曲。

校园里，我听到了读喃字的琅琅书声，亲切又别致。这是东兴市京族学校，全国唯一以京族命名的学校。我们来到的时候，凤凰花正开得红火，一簇一簇的花尽情地燃放在枝头，把校园衬托得非常热烈。我们心里感到一阵阵温暖。

为了更好地传承优秀传统文化，学校特地开设了京语课，让学生学习京族的习俗、文化，包括认识喃字。一板板整齐的喃字让孩子们睁大眼睛，认真地辨认着。老师结合着京族的历史讲解每一个字背后的故事。孩子们兴致勃勃，好奇的眼睛闪着光芒。有的禁不住跟旁边的同学窃窃私语，想把老师讲的一切了解清楚。

我看到了京族的文化在像一条小河一样静静流淌，浸润在每一个京族人的心中，永远流向未来。

身穿漂亮民族服装的老师说，孩子们学得很认真。有些同学已经能够认识很多喃字了。老人们不用担心晚辈们不认识喃字，不用担心京族文化流失了。不过，学校只要求学生认识喃字，不要求他们会写喃字。

我看到了京族人民的博大胸怀。尽管他们处在离中原文化很远的地方，但他们始终坚持将祖国共有的精神家园建设好，不断铸牢中华民族共同体意识。

老师微笑着对我说，京族过去称为越族，1958 年成立东兴各族自治县时，根据其历史、语言、文化艺术、生活习俗的特点和本民族的意愿，经国务院正式公布，定名为京族，成为 56 个民族中的一员，感受祖国大家庭的温暖。

我走出教室，大片的阳光铺洒着。一切都那么灿烂。我看到校园里花草丛丛，五月湿润温暖的天气让这些花草特别的茂盛。在一个花草争奇斗艳的花圃里，我看到一块块五颜六色的牌子写着每个民族的名字：壮族、瑶族、侗族、毛南族……这些牌子紧紧靠在一起，让这个花圃更加美丽动人了。

喃字藏着京族人民艰苦奋斗的密码，也藏着动人的民族团结密码。

莫景春 / WRITER

中国作家协会会员，广西作家协会副主席，曾在《民族文学》《草原》《四川文学》《山东文学》《美文》等全国文学刊物发表散文数十万字，有多篇被《散文选刊》《散文海外版》等刊物转载，文章入选《2015 中国年度最佳散文》等各种选本，曾获叶圣陶教师文学奖、全国少数民族文学创作骏马奖等，著有散文集《歌落满坡》《被风吹过的村庄》。

遥远的防城港

杨　遥

去防城港奔赴一场山海之约，是意外的惊喜。防城港依海而建，1968 年，作为开辟援越抗美海上隐蔽运输航线的主要起运港建设，而那条隐蔽的海上运输线史称“海上胡志明小道”。防城港三面临海，背靠十万大山，像一只伸入大海的手掌。若想要触摸海、了解海、亲近海，防城港无疑是最好的选择。

进入防城港，是在一个湿漉漉的夜晚。城市已经安静下来，偶尔有一两只做了梦的鸟儿传来一两声鸣叫，使得夜晚更加清幽。我们来防城港，是从俗世中拔出脚来寻求滋润的。躺在床上，想到三面都是大海，觉得好像躺在了船上，但这个船一点儿也不颠簸。这个海滨城市比内陆的城市更加安静，更容易让人入睡。

循海而来，防城港位于中国大陆海岸线最西南端，海岸线长 538 公里，像一条缓缓挥舞的绸带，把防城港围了起来。但在防城港市区，一眼望到的不是海，而是树。在防城港的大街小巷，最多的是榕树，像所有的南方植物一样枝叶繁茂，一根根“苍老”的榕须深扎大地，仿佛在宣告自己是这片土地的主人。最有特点的是椰子树，它仿佛是南方壮丽风光的代表，每次一看到椰子树，就知道到南方了。最漂亮的是凤凰木，它们是树，不努力让自己成才，却和花争奇斗艳，满身鲜艳的红色花朵，像孔雀开屏一样骄傲。在防城港，我还看到了蒲葵。小时候在乡下，老人们夏天经常用大大的扇子扇风，当时以为那扇子是用芭蕉树的叶子做的，后来才知道是用蒲葵的叶子做的。去年家里养了一棵蒲葵，只有三四片叶子，却总是绿意盎然，让人心生遐想。但在防城港，最有影响的植物还是红树林。截至2023年年底，防城港红树林面积达到2258.1公顷，是中国首个GEF（全球环境基金）红树林国际示范区。红树林里生活着可爱的招潮蟹、弹涂鱼、泥丁，也是白鹭的天堂。红树林对自然环境和空气质量要求极度苛刻，时刻在净化着海水和空气，在防城港几乎闻不到海边常有的腥臭味。防城港森林覆盖率超过60%，是有名的国家森林城市、国家园林城市。

一座旅游城市火了之后，往往看到最多的是人，而不是风景。防城港这座具备大火条件的旅游城市，如今还能看到许多古朴、自然的原始风景。我们来得恰逢其时。

簕山古渔村位于企沙半岛东南面。传说远古时期，这里因鹿多而得名鹿山，鹿山有棵簕笛竹，簕笛竹的花、叶、根都可治病，因人们过度采摘，簕笛竹死了，为纪念这棵植物，人们便把鹿山改为簕山。鹿从山上跑到海边就是奇景，由鹿而簕，包含着先古居民一种朴素的生态理念。

到簕山古渔村后，已经落了潮，一处广阔的、足有十多平方公里的海滩出现在面前，大海变得十分遥远，一些搁浅的小船安静地停摆在沙滩上，等待下一次海浪的召唤。据说涨潮时，海湾常有海豚出没，每年夏至前后，还会出现天文大潮景象，届时会举办每年一度的“潮起簕山·与浪共舞”观潮节，许多游客都会前来观潮。不是涨潮时候，离夏至也还有段日子，无缘目睹奇观，但安静的海滩一样吸引着在喧嚣中生活的我们，何况海滩上礁石林立、千奇百怪，也是一道风景。踏上这片海滩，我想起陈子昂的诗歌“念天地之悠悠”。礁石和沙滩上不时出现一块水洼，指头肚大的螃蟹看见人走过来，匆忙躲进石头缝里，说不出名字的小鱼却还怡然自得地游来游去。一位老妇人正在礁石上挖牡蛎，手中的锥子一撬、一挖，一块完整的牡蛎便落在手中，像庖丁解牛。想起疫情期间，憋在家中无事时，我常常观看赶海的视频，现在就在海边，便想在渔村住下来，挖挖牡蛎，捉捉螃蟹。

明末清初，簕山古渔村为了防范海盗，按照八卦形状修建防御建筑，现在还留存着东门岗楼。村内四条街巷，青

◎高跷捕鱼　梁宗阳/摄

砖古墙，曲折回旋，内分生路、死路，现存围墙还可辨认。村中一座大古宅厅堂，苔迹斑斑，大门口两个石头门墩像昆明湖边的石舫一样，默默诉说着历史沧桑。

每到夏天，全国各地的许多海滩都如煮饺子一样游人众多，但防城港的金滩、白浪滩、怪石滩却清幽许多。

金滩位于沥尾岛南端，有十几公里长的海岸线，沙滩平缓，像一床柔软的棉被缓缓铺入海中。快要下雨了，黑云压海，大块的云朵快速飘移，形成千奇百怪的形状，好像也在赶海。云层挡住太阳，海变成黑色，冷峻下来，但挡不住当地的京族渔民正在热火朝天拉大网。拉大网是京族渔民浅海捕鱼的一种常见形式。金滩因为坡缓、滩平，最适宜拉大网。拉大网需三四十人，由有经验的网头驾艇向深海撒下大网，其他人分两组一起慢慢往岸上拉。渔民们刚刚把网拖了上来，网里活蹦乱跳的最多的是金鲳鱼。金鲳鱼身体扁扁的，鳍条呈金黄色，看上去金灿灿的，个头不大，味道却极其鲜美。朋友买了6斤，价钱便宜得不敢想象，1 斤才 3 元钱。现在拉大网一网通常能捕几百斤鱼虾，而在二十世纪六七十年代，一网捕捞几千斤也司空见惯，纪录最高的是一网捕捞一万多斤。中午我们就在岛上的渔民餐厅用餐。金鲳鱼用油煎之后，更加金黄灿烂，入口酥脆香甜。虽然最后端上来，但还是被大家一扫而空。

沥尾岛的一侧是木麻黄树防护林，木麻黄树原产于澳大利亚和太平洋群岛，因为耐干旱、抗风固沙、抗沙埋和耐盐碱等特点，引入我国后大受欢迎，成了海岸防风固沙优先选择的树种。英国作家毛姆有部短篇小说集，就叫《木麻黄树》，其以马来亚、婆罗洲为背景，描写一些西方人在远东殖民地的经历。印象更深的是他的《在中国屏风上》，这是他 1920 年来中国游历时记录下来的文字，是了解当时中国的一个途径。这也启发了我，我们应该用更多的文字把当下的中国记录下来，把走过的每一处土地上精彩的故事记录下来，竖起一座当代的屏风。

沥尾岛是京族人聚居的地方，京族是中国唯一的海洋民族，世代以捕鱼为生。东兴京族博物馆就在沥尾岛，集中展示京族文化。拉大网就是京族的重要文化代表之一，但最让我感兴趣的是高跷捕虾。我小时候十分爱看踩高跷，每年正月十五元宵节，踩高跷都是最受欢迎的节目之一。村里精干的汉子们化装成古戏曲中的各种人物，在高跷上插科打诨，技术高的还可以奔跑、翻跟头。前几年，在晋南稷山县见到高跷走兽，那是另外一种惊艳。那是一种团队合作表演，二人足踩高跷同演骑兽状，兽型多取自《封神演义》，比如独角兽、貅狼、麒麟等，表演在鼓乐声中列阵行进，十分恢宏壮观。沥尾岛浅海一带滩涂较多，小鱼小虾一般生活在一米多深的海域，踩在高跷上，不仅可以避免身体陷进去，还可以提高虾网便于捕获。在平地上踩高跷已属不易，在海洋中踩高跷，还要作业，难上加难。京族人踩在高跷上，迎着朝霞，撒下一张张网，也撒下一张张希望。他们将生活变成了艺术。

白浪滩的沙子是黑的，沙质细软，因含钛而白中泛黑。这里的沙滩像簕山古渔村的海滩和沥尾岛的金滩一样，甚是平缓，最低潮位时，沙滩长约8公里，最宽处约 2.8 公里，坐在沙滩上，一排排壮观的白浪滚滚而来，很容易就想起“晚风轻拂澎湖湾，白浪逐沙滩”的歌词。游泳累了就在沙滩上挖一个坑，把自己埋起来，很容易就放松下来。听着海涛入梦，醒来之后，皮肤细嫩爽滑，免费完成了一次天然美白，再跳进海水里，仿佛开动了人生的第二次马达。

怪石滩却大不一样，这里不是用来游泳的，是为拍照而生的。每次出门旅游，不留下一两张美照总有遗憾，怪石滩能帮你完成这个心愿。怪石滩属海蚀地貌，礁石呈褐红色，比起簕山古渔村的礁石，更加巍峨壮观，一片连着一片，层层叠叠。大量户外爱好者自驾到这里，寻找大自然的鬼斧神工，领略惊涛拍岸的壮观。一对对情侣来到这里，拍下与天高、海蓝、石奇同框的婚纱照，见证自己海枯石烂的爱情。

防城港不仅是一座海滨城市，还是一座沿边城市。坐在东兴市口岸，仿佛一抬手就可以牵住北仑河对岸越南人的手，来这里旅游的越南人络绎不绝。在东兴口岸风情街，卖的几乎都是越南特色物产，芒果、榴莲、开心果、香烟、药膏、红木等，足不出国，就可完成一次越南购物。晚上，站在酒店顶层，越南璀璨的灯火和中国的连成一片，界河像一条细细的项链，挂在东兴的脖子上。东兴口岸是中国唯一与越南海陆相连的国家一类口岸，每年进出口货物近百万吨，出入境人数500万人次以上。一些勤劳的边民们，为了赶时间，晚上铺块纸片，睡在口岸旁边。他们在做着梦，做着富裕起来的梦。

杨遥 / WRITER

文学硕士，山西省作协副主席，《黄河》杂志主编。出版有《二弟的碉堡》《流年》《柔软佛光》《闪亮的铁轨》《大地》《理想国》等多部作品。曾获“赵树理文学奖”，《十月》《上海文学》《小说选刊》《山西文学》《黄河》等刊物奖项。部分作品被翻译成外文出版。

吉祥三岛

俞 胜

防城港东兴市的三座海岛——巫头岛、沥尾岛、山心岛，是我国京族唯一的聚居地，人们习惯把这三座海岛称为“京族三岛”。三座海岛的对岸就是越南。

“因为打鱼过春，跟踪鱼群到巫岛，巫岛海上鱼虾多，落脚定居过生活，京族祖先在海边，独居沙岛水四面。”这首古老的民歌，讲述的就是500年前，京族的祖先因为追逐鱼群，从越南涂山迁居到这里的故事。

6月是防城港的雨季，但它不像长江中下游地区的梅雨季那样阴雨霏霏、连日不开。防城港的雨季，是在一日之内数晴数雨。16日这天也是这样，太阳一会儿露脸，一会儿又躲藏起来。雨一天数场，来得快也去得快，干净利落。最长的一场雨大概在下午3点，足足下了半个小时。刚下时，雨点粗壮有力，石子一般地砸到滩涂上，把滩面砸出了一个一个的坑。渐渐雨点细密起来，细密的雨水又抹平了滩面上先前砸出的一个一个坑。赤脚走进滩涂，温暖的沙子吻着人的脚，沙子比没有雨水浸润时多了几分温婉和柔情，让人内心感到一种难以言尽的舒坦。

下午3点左右，我们来到的这片沙滩叫白浪滩。眼前的海水颜色真个似白练一般，与常见的湛蓝的海水颜色大相径庭。问当地朋友，说因为现在是雨季，河水把内陆的泥水带入大海，让眼前的海水变成了现在所看到的颜色。这个说法，让人生疑，如果说是河水带来内陆的泥水，那海水的颜色应该是黄浊的才是，泥水让海水变成白色岂不怪哉？应该是此处沙滩平缓，眼前的海水也不深，清浅的海水呈现出一片白色才比较合理。网上也说白浪滩的得名就是因“沙滩平缓，常常可见排排白浪滚滚而来，壮观瑰丽”，可为佐证。

离开白浪滩时，雨已停了，天空满布一片烟青色的云。车沿着海岸向东前行，不到一刻钟的样子，窗外已现一片蔚蓝的海，应该是此处的海水比刚才白浪滩的海水深一些。突然看见海边一群京族渔民在收捕鱼的网，我们急忙叫停了车，一行人欢呼雀跃地奔向京族渔民劳动的现场。

这网应该是千米以下的小网。来之前，我们在防城港市博物馆中看过京族人捕鱼的资料，京族渔民捕鱼的网有大、中、小三种，大网长三四千米，中网长一两千米，小网千米以下，网宽一般为 4 ～ 6 米。拉大网需要三四十人，中网二三十人，我们眼前见到的拉网的渔民大约只有 10 人，以年龄在 30 岁到 50 岁的男性为主，个个肤色黧黑，穿着以蓝黑两种颜色为主色调的深色衣服。站在海水中的他们，不是赤脚的，个个脚趿塑料凉拖。头上戴的遮阳帽款式不一，有京族风情的竹笠，也有沙滩风格的大沿草帽，更多的是深色的棒球帽。

两位京族的妇女，把网上的鱼往鱼筐中捡拾。她俩年龄衣着与一起劳动的男性无异，戴的也是沙滩大沿草帽。

渔网前的海中停泊着小舢板，他们之前应该就是乘坐这条舢板放的网。网上来的鱼，以一指长的小黄鱼为主，已经装满了十几筐，两筐摞在一起，紧密地摆放在网前的滩涂上，不知是不是这一网拉上来的。

渔民们专心致志地抖动着网，捡拾着网上来的鱼，有时也瞧一瞧旁观的我们，脸上是憨厚的笑容。

沙细软且浅，沙底应该就是坚硬的岩石，人在湿漉漉的滩涂上行走，不用担心鞋底会陷入沙中，弄湿鞋子。有收购鲜鱼虾的贩子或者一些赶海人，骑着摩托车从滩涂上呼啸而过，在滩面上留下一道道轻浅的摩托车的车辙。

我们之前在防城港市博物馆里见过京族渔民踩着高跷捕鱼捞虾的照片，还有些惊奇。来到现场，才明白眼前的这片海，平缓、无淤泥，沙底就是坚硬的岩石，这才让高跷捕鱼捞虾成为可能。踩着高跷可以不借助渔船，走到更深一些的海水中捕捞，这是这个海洋民族根据自身的生存环境创造出来的独特劳动

◎京族拉大网　梁宗阳/摄

智慧。随着现代化捕鱼作业的发展，高跷捕鱼已经退出了历史舞台。虽然此行也没有见到这项传统技艺的表演，但我仍在心里为京族人民今天的幸福生活而高兴。

通过翻阅材料，我们知道京族渔民还创造了“虾灯围网”这种独特的捕捞方式——在网状的虾笼里点上油灯，利用海虾的趋光性，诱引海虾入网。想那入夜后的海面虾笼灯火点点，与天上的繁星一起互相映衬，若见到，一定会有天上人间之感吧。只是此行因为时间仓促，没有见到虾笼灯火围绕京族三岛的夜景，略有些遗憾。

滩涂平整如砥，可低头看，上面也密布着一个个小小的圆形孔洞呢。这些圆形的小洞直径不到 0.8 厘米，可是每一个洞口都是极标准的圆形，而且洞与洞之间的距离，居然也惊人地都保持在一尺左右，绝对能让你想到“鬼斧神工”这个词。你心里惊叹，谁是这些小孔洞的能工巧匠呢？禁不住凝神观看，一只细小的沙滩蟹从小洞口蹿出来，也许是因为发现了你，它又飞速地缩回原来的小洞里，或者蹿进相邻的洞里，一眨眼就不见了。那速度，如电光石火一般，让你顿时生出自己刚才是不是出现了某种幻觉，实际并没有那么一只淡黄色的沙滩蟹钻出洞口的感觉。

泥丁和沙虫都是这滩涂上的宝物。泥丁也像沙滩蟹一样，京族人凭借它们在滩面上留下的小孔，用特制的虫锄翻开沙土，寻找带粉青色泥土的虫道，轻轻浅挖，就可抓到这些狡猾的家伙。

同样，挖沙虫也是在滩涂上找洞口，京族人一看滩涂上某个小洞里突然喷射出细水柱或者是小气泡，就知道下面有沙虫在活动。

在我看来，泥丁和沙虫两者看起来都是白不拉几的，只不过泥丁比沙虫短一些罢了。但当地朋友立刻否定了我的浅薄认知：沙虫长得像一根肠子，颜色比泥丁稍浅一点，身上有像方格子样的纹路；而泥丁除了比沙虫短一些，体形上呈圆筒状，更像一枚钉子，前端细且表皮灰黑。听朋友这么一说，再仔细一看，果然如此。

泥丁做成的汤，味道鲜美爽口，勾起了我对家乡嬉子湖中的小银鱼的记忆。我的味蕾告诉我，这么多年来，唯有泥丁可以与家乡的小银鱼媲美。

品尝到的沙虫是用葱段爆炒的。葱段青绿，沙虫白中带黄，色香味俱全，这色首先就令人有赏心悦目之感。爆炒的葱香味儿中更有一丝沙虫独有的鲜香。吃起来，肉质嫩且有一点嚼劲儿（不是入口即化的），这份鲜美的味道也不能回想，回想一次就会流一次口水。

来京族三岛，更值得回味的还是独弦琴的琴声。我是第一次见到结构如此简单的乐器，京族独弦琴，顾名思义只有一根琴弦，琴身的材质也简单，用竹子或木头制成，长约三尺半。在琴身一端，固定一小圆木与琴身成直角，使得整个独弦琴的外观像一条正在波涛中航行的小船。琴身的另一端装一把手，弦线系在把手上，由左斜向右侧绷紧。

我们来到东兴京族博物馆，京族的美女讲解员头顶白色葵叶编织而成的葵帽，身着色彩鲜艳的民族服饰，拿起一根小竹片，为处处感到新奇的我们拨动了那一根独弦。琴声悠扬、欢快，音色像葫芦丝那样的醇厚丰满，颤音很足，余音绕梁，经久不息。

我想，这美妙的琴声，不就是在抒发着京族人民的心声吗？一声声的，都是对今天幸福吉祥的赞美和对明天更美好的祝愿。

俞胜 / WRITER

安徽桐城人。中国作家协会会员，辽宁省作协特聘签约作家。著有长篇小说《蓝鸟》，中短篇小说集《城里的月亮》《寻找朱三五先生》《在纽瓦克机场》，散文集《蒲公英的种子》等。作品入选《新实力华语作家作品十年选》《2014散文排行榜》《2016年中国散文精选》等多个文学选本。曾获曹雪芹华语文学大奖、安徽省首届鲁彦周文学奖中篇小说奖等。

一弦一世界

锦　璐

中国乐器，吹拉弹拨，林林总总。京族的独弦琴则是独树一帜的奇妙乐器。一柱孤弦，推揉撞摇颤滑，吟哦着星夜私语，漫溢出大海潮声。它简简单单地从历史深处走来，在时光荏苒中颤响延绵着一个民族的迷人文化，进而演进成为活泼、灵动、富有生命力的文化符号。

一根琴弦的列国周游

独弦琴，是京族特有的弹弦乐器，因只有一根琴弦而得名。京语称旦匏，民间又称匏琴或独弦匏琴，主要流行于广西东兴巫头、沥尾、山心三个岛屿。

早在公元8世纪的唐代，我国就有了关于独弦琴的记载。《新唐书》中有："独弦匏琴，以斑竹为之，不加饰，刻木为虺首，张弦无轸，以弦系顶。"古老的文字记录了独弦琴最初的模样——只需要半边破开的竹子，或者一节木头做琴身，一根麻绳或竹篾做弦就基本够了。独弦琴的历史如再上溯，《拾遗记》就会告诉我们，远在殷代，它就出现了，经由乐师的手，把神召唤。

古代的独弦琴因为声音不够洪亮、不够高昂，皇帝听不到它的声音，乐师只好将它弃置一边，于是它在宫廷中备受冷落，以至于在中原地区消失绝迹。但是，它却神奇地出现在北部湾京族三岛，巫头、沥尾和山心。而此地，远离中原千里。

仅仅是因为京族三岛盛产制作独弦

琴的原料楠竹吗?

一种文化现象的产生，是与当地的山水环境和人们的生产生活乃至命运的遭际相联结的。独弦琴对于京族来说，不外乎也是这样。《唐书》有载，居住在京族三岛上的京族，其祖先曾在越南北部和北部湾一带迁徙、漂流，大约在500年前，他们陆续从越南海防迁来京族三岛。作为我国唯一的海洋民族，京族在东兴繁衍生息已有500多年的历史。

这样一考察，曾在中原佚失的独弦琴，竟在海外获得绵延的生命，千年之后，又随着海浪和渔船回归。这不能不让人感叹历史的吊诡。而文化的演进，也正是在这样一次次的分疏亲近中，获得“偶然性”的成果。

一根琴弦的生命泛音

独弦琴是世界上少数全部采用泛音来演奏整首乐曲的乐器。特有的装饰音和长颤音，随着小竹片的弹拨如浪潮起伏。独弦琴的音质音韵，最擅长描摹大海的潮汐与击浪。琴声松一阵又紧一阵，由远及近，再由近及远，哗啦啦漫卷潮头，水波一样，一波一波，接连不断。每一波都带来一种模糊而富有节律的震颤，诉不尽悠婉、沉静、清净、柔韧，并有着淡淡的幽怨凄美的韵味。

读懂京族人的生存状态，才会明了独弦琴的琴声为何那样缠绵悱恻，欲碎人心。

京族长年出没于波涛汹涌的大海之中，吉凶莫测。一旦海上起风浪，家人们就焚香点烛，祈求神灵庇护船上的亲人，扶老携幼守候在海边，翘首等待亲人归来。当渔民安全返回时，家人重逢恍如隔世，分外缠绵。当一连串的字符，“分离”“凶险”“孤独”“生死”“祈祷”“等待”“重逢”“欢喜”“希望”与京族人的命运交融，当“悲欢离合”在他们生命中往来轮回，千丝万缕的“声声慢”在心间缠绕，一鸥一鹭，一沙一砾，都令人在共潮而生的孤月下泛起巨大的情感波澜与寄望。

那单弦一根，一端连着变幻莫测的大海，一端连着悲欣交集的人心。漫长的海岸线上，一根弦呜响呜咽……

长久以来，一年一度祭祀祖先的哈节，是京族人对生养京族的大海表达由衷的感激，延续先民的海洋记忆。浩如烟海的京族民歌，不仅祭祀时唱，劳动也唱，休息也唱，高兴时唱，悲伤时更要唱。歌唱传承着民间史诗，记录着京族的“根”。细腻别致的哈节舞蹈，是祈神之舞，舞影婆娑处，闪烁着京族人日常的生活场景。

习惯海潮声和椰风海雨的京族人，唱哈时要有独弦琴婉转低回的伴奏，对歌表达爱意时要有独弦琴千回百转的起调，甚至连他们说话的音调，“依依耐耐”，都仿佛一柱孤弦的轻轻叹息。

一弦一世界。

一位作家咏叹：“京族人的思想和情感，全都在这一根琴弦里，一个民族的含蓄和深情，一个民族生生不息荡气回肠的精神，全在这一根琴弦里。”

悠然的琴声，诉说着京族人对天地万物的虔诚敬拜，对人情人性的至深体察。京族与自然的和美、和善、和谐相处，或许正因他们早就参悟了人与自然共荣共生的道理。京族三岛上金黄色或白色的沙子随处可见，在阳光下如金子、银子般闪亮着；巫头岛上绿树成

◎京族少女在演奏独弦琴　梁宗阳/摄

荫，不时可见成群的白鹭在蓝天碧海间翱翔；沥尾岛上，得到人类珍爱的连绵的红树林和木麻黄林组成防浪护堤，忠诚守卫着人类家园；踩高跷、拉大网，是人类与海洋亲密对话的劳作艺术……

心灵的秘密是难以言说的，却往往也是不言自明的。每当独弦琴的音调在国外戛然而止，都是因有人买走那把琴而永久收藏——因为难以穷透的神秘感，因为不可思议的心灵共鸣。

一根琴弦的悠扬传送

当独弦琴已经成为最能代表京族文化的符号之一时，伴随而来的，是其形制的不断改良，其技法的不断丰富，独弦琴从而与时代发展相契合，获得持久的生命力。

何绍，独弦琴世家第七代传人，制

作了京族多功能独弦匏琴，以牛角做摇杆，去掉葫芦匏，琴弦直接系于摇杆上，外接音箱。琴面上像古琴那样标出了泛音位置，同时增设木制指板，类似吉他。他将竹签弹奏改进为戴指套的“中指挽杆法”，使独弦琴的演奏技巧又向前发展了一步，从而改变了独弦琴固有的缓慢节奏、低沉音调，丰富了独弦琴的音色与表现力。此琴获得 1993 年文化部科技进步奖三等奖。

陈坤鹏，广西艺术学院教师，他将独弦琴的形制再次改良。音箱内置于琴首处，琴声音色优美，余音更加悠长，更符合独弦琴少弹多摇的特性。使用红木制作琴身，去掉葫芦匏，摇杆可拆卸，解决了独弦琴外形不规整，不宜携带的问题。2005 年，“琴身与电声放大输出部分一体化独弦琴”荣获由国家知识产权局颁发的实用新型专利证书。

王能，民间演奏家，使用了一种较为放松的“灵活控杆法”。左手上下滑动灵活摇杆，使得装饰音的表现富有张力，更加丰满，便于演奏者的感情发挥，有一定的舞台表演效果，感染力较强。2004 年，王能以独弦琴独奏荣获全国第十三届“群星奖”金奖。

此外，还有一些正当年的演奏家也活跃在独弦琴的演奏舞台上，他们是苏春发、苏海珍等。他们有的专门前往越南学习独弦琴的演奏技术；有的潜心研究独弦琴形制的革新；有的则从事独弦琴的传承，并创作了大量的独弦琴演奏曲目，用以增强独弦琴独特的音色魅力。面对不同的观众，苏海珍精心准备不同的弹奏曲目——用闽南语弹唱《望春风》，用老挝语、越南语等弹唱东南亚国家的经典歌曲，还尝试弹奏内蒙古民歌《敖包相会》、云南民歌《小河淌水》等风格各异的歌曲……她认为，“传承独弦琴就该像京族人民所崇尚的大海一样，开放、包容”。

京族三岛实在太喜爱独弦琴了，一件小事可以佐证。苏春发在自家三层小楼的楼顶四角安放了四个大喇叭。这喇叭不播新闻，不播广播剧，而是“专业独弦琴电台”——灵感来的时候他在家里弹上一曲，通过大喇叭播放出去，琴声悠悠传十里，岛上和船上的人都听得到。有时候，在码头、海滩上劳动的村民还打电话来点播曲子，他们点什么，苏春发就弹什么给他们听。

2011 年 5 月 23 日，京族独弦琴艺术经国务院批准，被列入第三批国家级非物质文化遗产代表性项目名录。眼下，独弦琴获得了越来越多年轻人的钟爱，专门学习独弦琴演奏的人数也在日益增加。独弦琴奏响的中国声音，亦将传得更远。

锦璐 / WRITER

广西作协副主席，中国作协会员。中短篇小说见于《人民文学》《十月》《当代》等刊物，作品被《小说选刊》《小说月报》等刊物转载，并多次入选年度选本。著有小说集《双人床》《美丽嘉年华》，长篇小说《一个男人的尾巴》，散文集《绚丽之下沉静之上》。曾获广西文艺创作铜鼓奖 2 次，广西青年文学独秀奖 1 次。

去京族三岛，去江山半岛

庞　白

一

江山半岛，对我来讲不仅仅是一处景点，还是一个人，是一个诗人。这个名叫韦佐的诗人有两个常用笔名，一个是“沙虫”，另一个就是“江山半岛”。

韦佐是河池人，二十几岁开始便在江山半岛边上讨生活。他在这里工作、结婚、生子，也写诗作文，出过五六本个人专著。当年我们玩得好的五六个朋友，他出生最早，却长得最缓慢。我们白头的白头，皮肤粗糙的皮肤粗糙，而他，四十大几的人了，还细皮白肉，看起来比我们几个年轻得多。

去江山半岛和京族三岛，都是和他一起去的。

对于防城港的海滩海岛，我最先知道的是京族三岛。不过不是韦佐告诉的，是我读海校时的两个京族同学，一个是东兴江平人，另一个的老家是京族三岛之一的巫头岛。

在海校读书时，吃饱饭没事做，来自钦北防三地的我们，会拿各自来处的风景论高低。江平的同学姓李，身高185cm，在我们海船驾驶班几十个同学中“高高在上”，我们给他起了个没甚文采的绰号——高佬。现在，老同学聚会喝酒时，都“高佬、高佬”地叫他。他老婆也早已习惯跟着我们这样叫，以至于他住的那个小区的物业管理员，一直以为他姓高。这个同学，前两个月见了。那天，十几个作家去江平采风，到那里就想起高佬是江平人，更想起父亲曾有一个中学同学自合浦嫁到江平。我永远忘不了与她第一次的相见。

20 世纪 90 年代一个初秋的早晨，两位女士在单位同事的引领下到办公室找我。其中胖一些的那位女士见到我后，一把抓住了我的手，颤抖地说："像，像，长得像！"我被吓了一跳，看着她哽咽的样子，虽然不知所以，但也不好甩开。过了好一会儿，才弄明白，原来她是我父亲的中学同学。"文革"期间，她家遭劫难，父母被看管，她和弟弟也被人家从父亲的单位宿舍扫地出门。而她的叔叔抱着"多一事不如少一事"的态度，不愿接纳他们。作为同学的父亲，便把她和她弟弟叫到我家暂时寄居，他们没少吃我奶奶做的饭。"我们在你们家小院子里摘了不少黄皮果吃。""你奶奶宽厚可亲，除了不让别人欺负我们，她什么也不管。"1986 年春天，父亲突然过世时，她在外地，无法前来相送，一直抱憾于心。之后，又因诸多讲不清、道不明的原因，阴差阳错地一直没能"回家"探亲。父亲故去十年后，她才得以在本地老同学的帮助下，找到我这个故人之子，禁不住悲从中来。自从那年后，每年清明、中秋和春节，不管在哪里，她都会给我打电话。特别是清明，总不忘叮嘱：替我给你奶奶和你父亲多烧几张纸。

到江平后，我给高佬打电话，十分钟不到，他就跑过来了。本想让他陪我去看她老人家的，不料高佬和老人家的儿子联系上后，得知老人家已病重住进了县城医院，我非常遗憾没能见上。更遗憾的是，一周后，竟然传来老人因病去世的消息，是高佬帮我去她家做的"人情"。

二

京族三岛位于防城港市西南岸，是东兴市江平镇下辖的三座京族聚居的岛屿：巫头岛、沥尾岛、山心岛。其中，沥尾岛面积最大，山心岛次之，巫头岛面积最小。三岛呈"品"字形排开，都是海洋与河流共同作用下形成的冲积沙岛，总面积不大，约20.8平方公里。

京族是中国唯一的海洋民族，也是古骆越人的后裔。秦汉以前，京族人称骆越。秦汉以后，曾称唐人、客人、安南人、越人，后称越族。1958年成立东兴各族自治县时，根据该民族的历史、语言、文化特点以及风俗习惯和意愿，经国务院批准将越族定名为京族。

东汉马援平定交趾之乱后，京族先民有一部分迁移到今东兴、防城等地散居。据沥尾岛一份清光绪元年（1875年）立的乡约记载，明正德年间（1506—1521年）至19世纪末，越南涂山、春花、宜安、花丰、瑞溪、芒街、万柱等地的人士陆续迁移到今江平等地，至今已有500多年的历史。当时，京族先民陆续从越南涂山、吉婆岛等地迁到中国后，最先居住在江平镇附近的寨头村，后来逐渐向巫头、沥尾、山心3个荒岛及潭吉、红坎、恒望、米漏等周边村落发展。这三岛是我国京族唯一的聚居区，多数人家以渔为业。

京族人讲的京语，与越南语基本相同，语法结构与孟高棉语族基本一致。与越南语对比，京语的不同之处主要是吸收了大量粤方言用词，增加了几个辅音和元音。在京族三岛地区，京语与汉语和粤语同时使用，京族人家家庭内部或京族社区小范围内用京语交流，在公共场合一般用汉语和粤语交流。京族人还在越南生活的时候，在相当长的一段时间内一直使用汉字，大约在公元13世纪的时候，京族才出现了记载本民族语言的土俗字——喃字。16世纪，京族陆续迁居京族三岛后，因喃字比汉字笔画繁杂，多数人不用喃字而使用汉字，只有一些旧的传抄歌本、宗教经书或族谱保留有喃字。民国以后，喃字在京族地区基本停止使用。

服饰方面，解放前，“京族男衫长过膝，窄袖子袒胸，腰间束带；女衫长不遮臀，裤阔、卷起可小便”。京族妇女上身习惯内挂一块菱形遮胸布，外穿窄袖紧身、开襟无领的短上衣，下身穿长而宽的裤子，外出时往往加穿一件旗袍式窄袖长外衣，同时佩戴耳环。少数京族妇女还习惯嚼蒌叶把牙齿染成黑色，以此作为一种装饰。她们往往在后脑勺扎辫子，辫子上缠着黑布条或黑丝条，然后在头顶上盘绕，称为“砧板髫”。新中国成立后，京族人民的穿衣习惯与风格逐渐与周边汉族居民趋同。如今，除少数女性日常仍穿传统京族服饰外，大部分京族女性只在重大节日或重要活动时穿传统民族服装了。

京族的先祖生活在京族三岛，孤悬海上，缺水少食，生存条件恶劣，以打鱼为生。在长期的生产生活中，逐渐形成了本民族与海洋紧密联系的独特生产生活习俗。他们建哈亭、盖海神庙，祈求神灵保佑，也寄托对美好生活的向往。从事生产之余，唱哈、奏独弦琴、跳竹竿舞，展现了他们对生活的热爱。

“哈”在京语中是唱歌的意思。传说在越南的陈朝时期，有一位歌仙善用歌声动员大家反抗黑暗的陈朝统治，她的歌声深深打动了京族的每一位群众，受到人民的敬仰。后人修建哈亭供奉这位保护神，以求得神明庇佑。这个传说和刘三姐的传说颇有相似之处。可见，人民群众对自由、平等的渴望是一样的。

京族最隆重的传统节日称为哈节，又名唱哈节，是京族一年一度的传统节日。每到节日时，京族人民就会在哈亭举行祭神活动，哈节活动一般持续6～7天，传说是为纪念镇海大王杀死蜈蚣精，为民除害而过的节庆。整个哈节过程一般包括迎神、祭神、坐蒙、送神4个环节。祭神后唱哈，聘请职业歌手哈妹唱歌，成年男子依次入席唱哈，边饮酒边听歌看舞，通宵达旦，连续三日三夜。唱哈后送神，送神完成后，哈节结束。

各村举办哈节的时间并不相同，沥尾岛为农历六月初十，巫头岛为农历八月初一，山心岛为农历八月初十。相同的是，每到哈节，男女老少都会盛装云集哈亭，弹起独弦琴，跳起竹竿舞，举行唱哈活动，迎神、祭神，祈祷生产丰收、人畜兴旺。

2006年，京族哈节被列入第一批国家级非物质文化遗产代表性项目名录。

独弦琴是京族的传统器乐，也是京族最出名的演奏乐器。独弦琴这项流传数百年的艺术，也于2011年正式被列入国家级非物质文化遗产代表性项目名录。

独弦琴因制作材质不同而分为竹制和木制两种，演奏技巧十分丰富，常用的弹奏方法主要有正弹法、反弹法、刮奏、击奏、点奏等。在东兴京族博物馆里，我有幸多次聆听了独弦琴的演奏，神奇美妙的琴声，加上造型的独特，独弦琴深深吸引和打动了每一位在场的听众。

三

金滩是沥尾岛上的一片绵长海滩。

最近一次去金滩，是2023年金秋十月。那天早上9点多，我和朋友就到了。

金滩因沙色金黄而得名，面积约15平方公里，有10公里长的海滩，海水清澈，沙细、浪平、坡缓、水暖，无海藻、无鲨鱼、无污染，与北海银滩隔海相望，是广西继北海银滩之后又一滨海旅游热点。金滩银滩，交相辉映。

金滩大多数时候风平浪静，很适合人们在海上游玩。远处水天一色，帆船星星点点；沿岸长达数十里的环岛大堤，种满木麻黄等观光林木，郁郁葱葱。海风习习中，涛声隐隐传来。退潮后，潮水的痕迹清晰可见，各种小动物粉墨登场，你方唱罢我登台，甚至可以看到其他地方已消失的螃蟹在浅水滩中恣意横行。

关于金滩的来历，有一个美丽的古老传说。相传有一天，海龙王带着他心爱的小龙女巡海到了这里，看见一个英俊的小伙子正在泥泞的海滩上耙螺。小龙女对小伙子一见钟情，心生爱意，她示意父王搭桥问路，促成姻缘。于是海龙王问小伙子：“你要金吗？”小伙子摇摇头。海龙王又问：“你要银吗？”小伙子还是摇摇头。“那你要什么呢？”小龙女不解地问。“我要一片没有泥泞的海滩，以便好做海。”海龙王和小龙女听后深受感动，连声说：“好，好，答应你！”说完，便命令虾兵蟹将火速回宫，捣碎库中金子，然后均匀地撒在海岛的滩面上。只见一阵狂风大作，电闪雷鸣，排排巨浪滔天而来，转眼间，泥泞的海滩不见了，取而代之的是一片金灿灿的沙滩。金光闪烁的沙滩一望无边，绵延十几公里，金滩由此形成。小伙子和小龙女自然喜结良缘，他们天天在这金色的沙滩上拉网、耙螺、冲浪、唱歌，过上了快乐的生活。

去过两次金滩，我觉得金滩最美的时候是黄昏。洁净的夕阳和金黄的沙滩融为一体，给人一种海天是金子做的感觉，美不胜收，让人迷醉。

四

再讲回真正的江山半岛。

江山半岛位于防城港市的江山乡，状似龙头，古名白龙半岛，是广西最大的半岛，海岸线长 78 公里。这个区域拥有 1.6 万亩我国大陆海岸连片面积最大的红树林保护区。

半岛沿岸，地质遗迹丰富，遍布着诸多让人心动的去处。比如，沙软海蓝的月亮湾、乱石穿空的怪石滩、长滩坦荡的白浪滩和有“龟蛇守水口”之称的白龙炮台等。

我的朋友江山半岛告诉我，江山半岛四季草木葱茏，这块 208 平方公里的土地，仍保存着总面积约 5000 亩的原始森林。原始森林主要分布在潭蓬运河、周顶瀑布、白浪滩等地周围。

这块土地，重心在白浪滩。退潮的时候，白浪滩腾出的沙滩空地近 5000 亩。这片辽阔的沙滩，静静地铺张于北部湾海畔，它未加粉饰，素面朝天。江山半岛饱含诗意地说：“这是天然的会场、运动场，或是孤独者散步的理想目的地。”

1 万多年前，江山半岛就开始有人类的生活踪迹了。阿婆山贝丘遗址就是这一结论的有力证明。

贝丘俗称贝丘遗址，是以包含人们食余弃置的大量贝壳为显著特征的古代遗址类型。年代主要在新石器时代，有的延续至较晚时代。这种遗址反映出渔捞活动在经济生活中占有相当的比重。1959 年，广东省博物馆考古人员在防城江山半岛发现过亚婆山、易兰嘴、杯较山等三处新石器时代贝丘遗址。后来，广西壮族自治区博物馆和广西壮族自治区文物工作队的考古人员，在防城又发现多个类型不一的贝丘遗址。从陆地淡水入海处留下的遗迹考证证实，距今六七千年前，防城港境内沿海已有人类从事渔猎和采集活动。可以想象，那时生活在这里的人们钻木取火，构木为巢，捕鱼猎兽，他们食用过的各种贝类，使用过的各种工具，丢弃在海滩上、山洞边，日复一日，一代又一代，形成了这些贝丘遗址。

保存较为完整的贝丘遗址主要有两处，一处是位于防城区茅岭镇小陶村梁屋屯附近一个海墩上的龟墩贝丘遗址，另一处是位于东兴市江平镇交东村的社山贝丘遗址。这两处遗址，都属于5000年前新石器时代晚期的贝丘遗址。

在考古人员为发现人类活动遗址感到欣慰的时候，远古人类生活的这些地方，1亿多年前，传说中的恐龙已在这一带嬉戏玩耍很久了。

2002年，岛上的村民发现疑似恐龙骨骼的化石，便报告给了考古部门。经专家考古发掘，化石被认定为侏罗纪时期的恐龙，是当时广西发现的时代最早的恐龙化石，也是我国南方沿海发现的首例侏罗纪时期恐龙化石。

生活在距今大约2.3亿年至6500万年前的恐龙这种动物，曾经是地球上最繁盛、最高大、最凶猛的物种，如今也只是岩石上留下的一抹痕迹。

时间如水，这柔软之物，实在蕴含着太巨大的力量。

沧海桑田，江山半岛遗留下了诸多时光的痕迹——

白浪滩位于江山半岛东北部，因海浪在平坦宽阔的沙滩上形成层层叠叠的白浪而得名，又因其极为宽广、平坦而被称为“大平坡”，其海滩最宽处约2.8公里，长约8公里。沙滩坡度极小，潮差带长达几百米，是开展海滨体育运动的好场所，可供几万人同时开展海滨体育运动。白浪滩的沙质细软，与金滩不同的是，它因含钛而白中泛黑，是世界上少有的“黑金沙滩”之一。钛经酸解后与氧反应生成二氧化钛，二氧化钛具有无毒、最佳的不透明性、最佳白度和光亮度等特点，被用作很多美白产品里的增白剂，此外，二氧化钛还能通过反射、散射紫外线起到防晒的作用。因此，有不少游客来到白浪滩，喜欢在沙滩上挖一个坑，用钛沙把自己的身体埋起来，一段时间后，人体中分泌的汗液等酸性物质催化钛与氧的反应，皮肤会感觉到明显的爽滑。估计没有比这更简单、直接的美白方法了。

怪石滩位于江山半岛最南端的灯架岭前，属于海蚀基岩地貌，岩石呈褐红色。经过海浪千百万年的冲刷，这里形成了今天形态各异、奇形怪状的天然石雕群，当地百姓据此起名。怪石滩岩石以侏罗纪砂岩为主，其形成原因是怪石滩岩层因板块运动形成密集的节理，岩层的节理又受到海水的冲蚀，同时岩石不断被海水溶蚀，最终形成怪石林立的奇美景观。怪石滩风浪较大，是冲浪胜地。涨潮时，“乱石穿空，惊涛拍岸，卷起千堆雪”的景象让人惊叹。岩石形态更是千奇百怪，有的像动物，有的似花木，有的如战阵，有的似迷宫，错落有致。站在灯架岭上，朝可看日出冲破黑暗，在海中喷薄而出；晚可观日落，碧海满红霞，恍如散银碎金。难怪这里能成为摄影爱好者流连忘返之地。

半岛东侧牛头山脚下，是水面平稳，沙质细软，洁净金黄的月亮湾；位于白龙半岛尾部的白沙湾，海湾幽静，海水清澈见底；位于月亮湾附近的潭蓬村和潭西村之间，宽数米，长约 10 公里的是中国唯一的海上运河——潭蓬古运河；位于江山半岛白龙尾尖端的龙珍、白龙、银坑、龙骧 4 座炮台，至今保存完好，与企沙石龟头炮台互相呼应，“龟蛇守水口”……每一处风景，都那么引人入胜。

吸引自己的地方，可一去再去。

庞白 / WRITER

本名庞华坚，中国作协会员、广西作协副主席。现居广西北海市。出版有《落进大海的雨》《慈航》《唯有山川可以告诉》《天边：世间的事》《水星街 24 号》等文集。曾获“中国报人散文奖”、冰心散文奖“散文集奖”、广西文艺创作铜鼓奖等。

你有十万大山，我有一腔激情

刘　春

距上一次来防城港，已整整17年了。2007年3月，广西文联组织区内百名文艺家赴北部湾几个沿海城市采风创作。作为采风团的成员，我有幸和师友们在一个多星期里，马不停蹄辗转钦北防，参观、学习、采访，在城市里、大海边、厂间地头留下了深深浅浅的足迹，也跟很多原本不相识的文艺家结下了友谊。记得那次采风，我与一个电影导演同居一室，每晚被其节奏感极强的呼噜声影响得心烦意乱，但到采风结束前的那天晚上，他郑重其事地邀请我为他写一个剧本，他说他负责拍出来，以作为那几天我宽容的回馈。当然，此事由于我的懒散而失去了后续。从北部湾回来后，我写了4首诗，关于银滩、红树林、三娘湾白海豚，还有京族独弦琴。其中写独弦琴的短诗，一直甚为我喜欢。我至今仍时常回想起当年文艺家们在长木凳上虔诚地一排排端坐，倾听那位消瘦的老师傅弹奏独弦琴的情景。那情景、那音乐不仅美好了一个春日下午，还酝酿成了我笔下的诗句。而在防城港京岛风景名胜区的王牌景点金滩上，文艺家们的欢笑声如同独弦琴下一个个跳动的音符，至今还在我耳边萦绕。光阴似箭，一晃就到了2024年，时隔17年，我又得到了探访防城港的机会。当我接到赴防城港采风的邀请时，我有些恍惚，更多的是激动和好奇——这座城市和当年会有什么不同?

从防城港北站赶往宾馆的10多分钟时间里，汽车在城市道路上行驶，街面宽阔，高楼鳞次栉比，路边整齐葱绿的行道树，富有现代性设计的广告牌，让这座记忆中有些陈旧的小城，隐隐有了时尚都市的气息。“和上一次我来的时候相比，这是一种肉眼可见的变化啊！”我忍不住感慨。开车的小伙子说：“是的，这十多年来，防城港变化非常大，不仅是城市外观，还有很多内在的变化。这几天，老师们可以好好感受一下，对比一下。”小伙子的话，说得我本就有些摇曳的内心更为激动起来。

到了下榻的宾馆，看到了活动行程表。啊，防城港值得一看的地方太多了。作家们被划分为三个不同的小组：海洋组、边关组、山海组，每一个小组三天的行程都安排得非常紧凑。我所在的山海组，要参观采访防城港国际医学开放试验区、广西 3・22 工程纪念园、十万大山国家森林公园、上思县青少年举重队、金花茶特色小镇、全国学雷锋先进集体“十姐妹”志愿服务队、东兴京族博物馆、东兴市京族学校、京族字喃文化传承研究中心等十多个单位和地点。这些地方，有少数是十多年前采风时了解过的，大部分都是第一次见到。而活动的分组，也让人加深了对防城港市情市貌的了解——这个城市与众不同，有大海，有大山，有边防。

几天之后，当我和伙伴们将计划中的地点一一走过时，防城港人的气魄与这片土地上的美景无时无刻不刺激着我，一个熟悉的词在心里闪动——与时俱进。是的，无论是看得见的街景、海景、建筑规划，还是看不见的思维、意识，防城港都在大步向前跨越。在城市之窗的展馆里，我看到了用多媒体生动展示的种种成果，看到了这座沿海小城近百年来的沧桑巨变；在国际医学开放试验区里，我感受到了防城港人的智慧与尝试精神；站在开阔而显示着蓬勃生机的防城港码头眺望远方，仿佛是在眺望一座城市广阔的未来；而当我漫步完十万大山森林公园的涧边小道，感受了布透温泉的温暖拥抱，和朋友们在京族哈亭门外的两棵古老的红豆树荫下，一粒粒地捡拾着地上的红豆时，我忍不住当场写下了这样的字句，交给了身旁的一个当地朋友：“生活在防城港的人们是有福的。这里的人，心像大海般宽阔纯正。在这里，我真正是感受到了‘心旷神怡’这个词的意思。空气那么清新，好像一伸手就会抓住无数个负氧离子。”

我更在乎自己曾经熟悉的部分——金滩和独弦琴。

从上思县采访回来的路上，汽车沿着一条长长的海边道路行驶，一个作家突然喊道：“这不是金滩吗？”同去的当地文联工作人员答道：“是的，这是金滩。”作家们纷纷要求下车散步，尤其是几位 2007 年也曾经到过防城港采风的作家，请求的声音更是迫切。

司机找了一个开阔的地方，把车停了下来。作家们迫不及待地打开车门，跑到沙滩上撒野。海水似乎比 17 年前蓝了很多，海边的防护带也砌得更坚实牢固。在沙滩上游玩，面朝浩瀚的大海，再郁闷的心情也会开朗起来。沙滩上，几位作家流连忘返，摆着各种姿势反复拍照。当年一同参加采风活动的作家林虹回忆起当年朋友们一起在金滩上散步的情景，她还记得我用手机为她和锦璐、黄芳、刘美凤、蒋淑玉在沙滩上拍了许多开心谐趣的合影，其中有一张是 5 个人前后站立，后面的人双手扶住前面的人的肩膀，每人凌空向侧方伸出一条腿，那姿势有一种翩翩起舞的曼妙。这张照片至今还在我的电脑里，可惜前两年散文家刘美凤已病逝，大家再也无法拍摄一张相似的照片了。我注意到海岸边的风景和当年也有所不同，记得那时金滩海岸一带是比较荒凉的，树木不如当下密集，楼房也不多，而现在长长的防护既带给人视觉上的美感享受，也让人内心踏实。随处可见的宾馆、民宿和饭馆，也无声地显示了这个地方在人们心目中的重要地位。我坐在沙滩上一处相对高一些的地方，看着近处三三两两漫步的朋友们，和远处浩瀚无边的大海，只感觉内心空阔，神清气爽。这是一个承载往事和现实的好去处，它有你记忆中实实在在的欢乐回忆。

走进东兴京族博物馆，我有一瞬间惊讶于当年竟然没有参观这个地方，因为按常规，我每到一个城市，博物馆几乎是必到的地点，因为博物馆是了解当地历史、文化的好去处。从讲解员的介绍中我才知道，原来东兴京族博物馆建成于 2009 年，而当年我来采访时，它还没有建成。我记得当年我们在一个环境简陋、类似于仓库的空地上，听一个老艺术家弹奏京族著名的乐器独弦琴。老人摆好独弦琴，找一张木凳坐下，弹了一些传统小调，琴声优美，令人惊叹。我曾经把这次听琴的经历写成了一首题为《独弦琴演奏师》的诗歌——

踩着稀稀拉拉的掌声，他走到前台
扫一眼台下的观众
上身微微前倾，表情平静

然后，他坐下，伸出一只手
握住琴头翘起的部分，另一只手
看似随意地斜斜一拂

大厅里流淌着一种情绪
不是高山流水，不是雨打芭蕉
是母亲在你远行前的叮咛

所有的目光都集中在他的手上

——要多少汗和泪
才能成就一只神奇的指头

琴声渐渐慢了下来
大厅里更静了
人们能听到彼此的呼吸

我的痛苦在于——
一个词，一句话，一首写在
纸上的诗，能存在多久？

在这首诗里，我把当年的环境和所见所闻所感用简洁的文字叙述了出来。一根简单的琴弦也能够自成音乐，这个发现让我浮想联翩，甚至怀疑文字的力量。而这次来防城港，我对独弦琴又有了新的认识。博物馆里建起了一个专供弹奏独弦琴的简单舞台，给我们弹奏的是一个温文尔雅的年轻女士，是这博物馆的馆长，也是京族独弦琴演奏的传人赵霞。

赵霞给我们弹奏了《草原之夜》《彩云追月》等经典曲子，又应一些文艺家的要求弹奏了《军港之夜》等曲目。我慢慢找到了2007年的感觉，心里泛起了“往事如昨”的涟漪，当年听琴的场景仿佛历历在目。但同行的作家们显然觉得还不够过瘾，他们想“考验”一下眼前这位独弦琴演奏艺术家。“来一首网红歌曲！”一个作家喊道。赵霞一笑，问：“想听什么歌曲？”下面回答：“刀郎的！”

曾在去年流行全球的《罗刹海市》在赵霞的指头下弥散开来，这真是古老乐器和当代神曲的完美结合，听得众人两眼发光，心旷神怡。弹奏完毕，一位当地作家告诉我们，赵霞已经把独弦琴从博物馆舞台搬到了网络上，她的抖音账号有50多万粉丝，是一位网红音乐家。她所弹奏的独弦琴曲目受到了很多网友的追捧，点击量巨大，而她的抖音账号名称就叫“京为天人”，“京”就是京族的“京”。我想，民族乐器与当下最活跃的社交平台融合，借助网络的巨大传播力，将民族文化精华传达给更多受众，这也是新时代文化传播的一个范例吧！

为了传承民族文化，东兴市京族学校也设立了独弦琴兴趣班。当我们参观完该校的校史馆出来时，正好听到一个教室里传来琴声，原来是几个少数民族学生用独弦琴合奏电影《刘三姐》中的歌曲。几个孩子用灵巧的小手，将一首熟悉的《山歌好比春江水》弹奏出来，既新鲜，又保持着原作的神韵。我再一次感受到了这种古老的民族乐器的独特魅力，看到了民族艺术在这片土地上散发出来的新鲜活力。

短短三天的参观采访，集“海边山”为一体的防城港，在我心里更为清晰，也留下了更多悬念。采风结束，在防城港北站候车时，我在本子里写下了一首题为《我和你》的小诗——

你有十万大山，我有一腔激情
陪你在早晨五六点钟的金滩
等待比金子纯粹的太阳

我有十万音符，在胸中蠢蠢欲动
你只用一根琴弦
就挑动我生活的全部潮汐

刘春 / WRITER

中国作家协会会员，广西作家协会副主席。现居桂林。著有随笔集《文坛边》《让时间说话》，诗集《我写下的都是卑微的事物》《另一场雨》，文学评论集《一个人的诗歌史》（三部）等。曾获首届“华文青年诗人奖”、广西文艺创作铜鼓奖。

◎百人演奏独弦琴　梁宗阳/摄

从山到海

林虹

从十万大山出来，感觉呼吸里都是草木和山泉水的气息，浑身舒坦。电影《英雄虎胆》就是在此拍摄的。十万这个数字，于我来说，是让人神往的，想着可在丛林穿行，感受电影里的那种莽莽群山的神秘。可惜到达防城港上思县时正下雨，初夏的雨，一会儿暴雨如注，一会儿柔弱如丝。目之所及，都是氤氲和空蒙，心也随着起伏，中年如我，松弛感那么遥远。

从石墩涉水而过，穿过葳蕤的树林，沿着大山的石头河走了一小段。哗啦啦的溪水，已经治愈了我。录了一小段水声，失眠时可想象在水边，松风吹过，从树上落下的松果啪一声砸在水中，松鼠的尾巴轻轻地抚着我的头，它清澈的眼神，映照了我的迷离，我们彼此印证，世间烦琐，终得以抚慰。或许，有一天，会来此山居吧。

神思中，下了山，要去海边。防城港真是让人向往的地方，靠着十万大山，濒临南海，一海之隔是越南。

从那梭过江平，又下了很大的雨。雨滴滴答答地打在车窗玻璃上。窗外，水雾升起，树木、水田、群山、河流、野花，像一幅山水画。我靠着窗，出神地看着，看到路边有个牌：那夏。心里动了下，很喜欢这个名字。车上的作家开始讨论“那”字，原来是壮语水田的意思。“那夏”是不是夏天的水田的意思呢？很诗意的名字，防城港亦如此，比如上思、布透、那梭、江平、金滩、金花茶、白鹭、独弦琴……这些诗意的名字，像金滩的浪花，轻涌着我的心弦，像独弦琴一样弹奏着。

而当我真正弹独弦琴时，雨还未停。路边盛开的凤凰花，像火焰一样绚丽灿烂。在东兴京族博物馆，自治区级京族独弦琴艺术代表性传承人赵霞老师，站在一架独弦琴前，右手弹琴，左手拨着摇杆，两手配合默契，在弹奏《过桥风吹》，那是京族的传统歌曲。赵老师穿着白色棉麻上衣，袖口绣着海浪的波纹，黑色裙子，胸前挂着一个棕色玛瑙的挂件，头发挽着，笑容温婉，端庄典雅，像一株素雅的莲花。

是的，赵老师就像一朵盛开的莲花。我曾在视频上看到过她在海边弹着独弦琴。蓝天、白云、一望无际的大海，沙滩上像金子一样颜色的细沙绵延着。在这如诗如画的背景中，赵老师穿着京族的服装，白色的长裤，白色的外衣，下摆绣着墨绿的荷叶和粉色的荷花，圆形的帽子上也绣着同样的图案。海风吹来，开衩的衣袖飘起，衣襟飘起，裙裤飘起，和着琴声，和着涌向海边的浪花，像在跳一曲京族的舞蹈。

“我有件御寒衣，想要送给你，父母问起时，我就说过桥时，风吹去……”

琴音袅娜而出，像炊烟一样袅袅漫开，空灵悠远，柔美婉转，余音缭绕，又摇曳多姿，延音和颤音，像小鹿的梅花脚印踩在心里，有着好看的图案，为这些印记欢喜雀跃又有一些感伤，那是爱情啊。过桥时，风吹走的，不仅是御寒的衣服、遮雨的斗笠、为爱而定的戒指，吹走的，还有这些为爱和父母说的谎言。

怎么办呢？爱上一个人，善意的谎言也带着悸动的美好。爱上一个人，怎么办呢？叮叮叮……只能用这些像小鹿一样的心跳来做衬词。叮叮叮，海水不知啊，它们不停地拍打着海浪；拉大网的渔民也不知啊，他们在金色的晨光中拉着渔网；那些活蹦乱跳的鱼儿呀，它们也不知啊，所以被那些渔网网住了；捞虾的人也不知啊，他们踩着高跷，拿着丫型捞架缓缓地推着捞网……

谁没有春心萌动的一刻呢？是月夜下在金滩牵手漫步？是去哈亭边的红豆树下捡一把红豆？还是去热闹的江平古镇吃薄薄的风吹饼？要不，去吃一碗江平定情米粉，可好？吃了定情米粉，就可以大大方方地去见父母了，这该是《过桥风吹》的续版了。

悠扬清丽的琴声中，我看到了与防城港一海之隔的越南涂山，也就是现在的海防市，那里住着京族的先民。大约在16世纪初，京族的先民在一次出海打鱼时，追赶一群鱼来到了江平镇的海边，看到这里渔业资源丰富，土地肥沃，气候适宜，风景秀丽，就陆续迁徙到江平镇的沥尾、巫头、山心这三岛居住，成为东兴主要的少数民族。这个民族曾称越族，1958年定名为京族，是中国唯一的海洋民族。

这个向海而生的民族，勤劳聪慧。渔民们出海打鱼时，发现系在桅杆上的绳索，在摇摆中与杆碰撞时可发出美妙的声音，于是，他们从木船、桅杆、风帆得到启示，制作出了独弦琴。

这就是赵老师弹的独弦琴了。这种泛音演奏乐器，琴身用竹子制作，一根琴弦像绳索，固定在竹子的两头，船头上有像桅杆的摇杆，摇杆下端有一个小竹筒，这是共鸣箱，灵感的来源应是风帆吧。这独弦琴的造型像船，用四根竹子架着，像停泊在沙滩的船。

真是神奇啊，独弦成曲，一弦奏百音。这干净透亮的音乐，像窗外的雨水一样清冽，像被雨水清洗过一样无尘。我陶醉其中。一片安静之后，掌声响起才知赵老师已经弹完《过桥风吹》了。

我还在回味着那些萦绕在耳的余音，同行的作家已开始点歌了。《军港之夜》，不知谁说了句。赵老师抿嘴一笑，就开始弹了。当熟悉的旋律响起，“军港的夜啊，静悄悄……”作家们跟着唱。最后赵老师弹了一曲《猪八戒背媳妇》，我很惊讶，没想到独弦琴居然能弹出这么欢快有趣的曲子，在我的印象里，独弦琴因为颤音和延音的运用，听起来有些幽幽的感伤。后来才得知，这是赵老师的创新弹法，她觉得独弦琴不局限于弹抒情悠扬的音乐，也能弹诙谐欢快的音乐，于是在抖音直播时，做了大胆的尝试，没想到受到了很多听众的欢迎，这让赵老师在传承独弦琴的路上走得更远、更广阔。

赵老师表演完后，我跑上去看这个独弦琴，好奇地问：“赵老师，这个独弦琴只有一根弦，你怎么知道哪个音区呀？”赵老师依旧微微笑着，指着琴身说，这有6个泛音点，切弦于这6点能分别弹奏出6个自然泛音，就能奏出6个音区、3个八度音域。我低头仔细看，真的是，琴身有6个点。对于这神奇的独弦琴，我很想尝试一下，于是赵老师手把手教我。

赵老师把戴在食指的指套脱下给我戴上，让我右手的食指放在泛音点，右手手指侧轻压在琴弦的泛音点上，指套回拨时，手掌紧跟着离开琴弦，左手同时把摇杆下压。我第一次弹独弦琴，充满了新鲜感，可是多次触琴无声，这让我有小小的挫败感，到底是我心境的问题，急于求成，又怎能得道呢？

赵老师见状，握着我的右手，在一个泛音点上用指套回拨，声音清亮悠长。我很开心，继续尝试，但都没能把回拨、压弦、摇杆这三个动作同时完成。“不急，有个过程的。”赵老师很耐心，“我带的学生都是这样，从零开始，现在都已经可以表演了。”

赵老师作为自治区级京族独弦琴艺术代表性传承人，一直致力于独弦琴艺术的传承，她在当地开有传承班，教过的学生有上千人，还通过网络直播宣传推介独弦琴艺术，现已有4年时间，粉丝有50多万。有些网友还专门到东兴跟赵老师学独弦琴。

“独弦琴只有6个泛音点，学生在学习独弦琴时，怎么弹，有没有专门的独弦琴曲谱？”我对这个一根弦的琴很感兴趣，但又觉得太难学了。

“没有曲谱，过去的独弦琴都是口传心授，我现在在编写独弦琴的曲谱，以便让更多的人来学习独弦琴，更好地传承下去。”赵老师眼里是满满的激情。

不仅是赵老师在传承独弦琴的艺术，我们在民族学校也看到了学校把独弦琴放在教学中，让更多的学生来学习他们这个民族特有的文化。

在独弦琴演奏室，十多个学生穿着校服坐在独弦琴前，他们先是弹奏了《过桥风吹》，然后又弹奏了《山歌好比春江水》。当熟悉的音乐响起，大家又忍不住跟着哼唱。表演完，我问一个有些羞涩的学生学琴多久了。她说，她很喜欢独弦琴，学了有三年了。站在一旁的音乐老师，穿着白色的连衣裙，准备做妈妈了。她清澈的笑容，让这雨天有了阳光的颜色。“我是本地人，从广西艺术学院毕业后回到家乡，在学校教音乐，也教学生们弹独弦琴。”音乐老师说话很温和，像那些流淌的音乐一样。

赵老师和音乐老师，她们都在自觉地传承独弦琴的京族文化，而京族喃字研究专家苏维芳则在致力于传承喃字的京族文化。

喃字，听着就想知道其中之意。在京族字喃文化传承研究中心，苏维芳老师讲解了喃字的历史，我得以了解原来喃字也叫“字喃”，是最直接、最准确表现京语音义的文字，也是京族文化的重要标志。

白发苍苍的苏维芳老师退休后，就潜心研究喃字文化。他用喃字唱起了《京岛是我的故乡》，见我们不得其意，他便走到写着喃字歌词的一幅书法前，拿着一根竹子指着墙上的歌词唱起来，苏春发老师也一起跟着清唱。曲调很有特色，有一种海的气息扑面而来，潮湿舒缓，带着浓浓的乡愁。虽听不懂是什么意思，但我看到了附在一旁的歌词：“松枝风吹阴影凉，柿枝飘拂柿子香……妹铺花席待哥坐，若哥爱景情不忘。”原来歌曲唱的是京岛的美景和爱情。妹铺花席，多浪漫的场景，就如同《过桥风吹》一样，虽然情郎没有出现，但那种想象的爱情场景，是让人心动和向往的。

“下个月农历六月初十，你们来过哈节啊。到时可热闹了，哈哥哈妹在哈亭唱哈跳舞。”苏春发老师笑呵呵的，他站在哈节时祭祀神灵祖先的哈亭前邀请我们。

“啊，好可惜啊，要能赶上哈节，那是多快乐的事。”我感叹着，两次来沥尾，都没遇到哈节。

哈节是京族的传统歌节，入选了国家级非物质文化遗产代表性项目名录。“哈”在京族的语言是“唱歌”和“吃”的意思，真是有趣的语言，唱歌和吃，都是让人愉悦的。哈，多快乐的字义，这是个快乐向上的民族啊。

“哈妹，来，我们跳竹竿舞吧。”一位穿着淡蓝色京族服装，戴着同色帽子的哈哥走到我面前，我欣然应答。在哒哒的竹竿声中，我们快乐地起舞。身后，一群穿着红色上衣、白色长裤的京族女子在海边弹奏着独弦琴。哈亭前，人群熙攘，唱哈的、看哈的、品尝美食的……这个以渔业为主要生计的民族，感恩大海的馈赠，感激海神和祖先的庇佑，他们以唱哈的形式祈求风调雨顺、安康顺意。这快乐的节日，也呈现了这个海洋民族的美好生活场景。

从金滩吹来的海风，吹拂着我们灿烂的笑容，海浪拍打着沙滩，一波波地涌向岸边的木麻黄树。

“师姐，你一个人坐在海边，在想什么呢？”师弟晓阳走过来，“上车了。”“啊。”我回头应了声，回过神，眼前的场景并未消失。我知道，它们就像那些防城港的市花——金花茶，一朵朵盛开着，开在每个平凡又美好的时光里。就像从山到海的雨，落在洼地，溅起的水花，也有着彩虹的光环。

林虹 / WRITER

瑶族，广西贺州人，中国作协会员。曾在《作家》《诗刊》《民族文学》等刊物发表作品。出版有小说集《清澈》，散文集《时光深处》《两片静默的叶子》，诗集《十万朵桂花》。获《散文选刊》2014年度华文最佳散文奖、中国少数民族作家学会文学奖、广西少数民族文学创作“花山奖”，创作剧本获第八届广西剧展剧目桂花金奖、桂花剧作奖等。

渐行渐远的『疍家歌』

紫灵

五月，是个多变的时节，炎热阳光与倾盆大雨同一天在我们的头顶上交替。在这多变的时空里，海天一色，大海不再矜持，翻腾的海浪多了几分成熟与热闹。这一天，有幸与来自五湖四海的老师、朋友一起走进企沙渔港。企沙渔港位于防城港市企沙镇，三面临海，地形平缓开阔，因“沙”得名。是于1994年10月经国务院批准、1995年5月9日正式对外开放的沿海边境贸易口岸之一，是广西第二大渔港。然而，在很多很多年前，它只是一个隐匿在山与海之间的渔民临时停靠的小码头……

企沙，古称吴冲港、沙岗，于清朝中期成圩，1933年后改名企沙。它还是吴冲港的时候，因这里水流在经过弯曲的海岸线时受到海水的正面冲击的作用，在凹岸形成横向环流，随着岁月的打磨，形成了可以停靠渔船、避风的地方。这道弯曲、荒芜的海岸线，由于渔民的不断迁徙到来而渐渐地变得有了生机。迁徙过来的渔民本是一群长年漂泊在海上的疍家人，他们沿着这块海湾，在一片长满木麻黄、车辕木和相思树的林子里，用木头、鲁古叶和茅草建起了疍家棚。从刚开始的星星点点，慢慢地变成一座可以彼此看见炊烟，携手相望日出日落，鸡犬相闻的小村庄。这里的沙子洁白细腻如雪，宛如一片南国雪原，光着脚丫踩在上面酥酥的、软软的、暖暖的。风一吹，浪卷起，天与海便蓝得没有了边际。再后来，小村庄变成了小镇，小码头变成了渔港码头……

上了岸的疍家人并没有放弃那片大海，他们依然生活在海上。陆地上的家只是他们漂荡生活中短暂的休憩地，渔船依然是他们的依靠，打鱼、赶海依然是他们主要的生活方式。千百年来风里来浪里去的生活，已然融进这一群人的血脉。然而，在古时候他们又认为，自己这一族群常年与风浪搏斗，生命难以得到保障，如同蛋壳一般脆弱，所以又把自己称为疍家。经查，“疍家”一词，最早见于南宋周去非的《岭南代答》：“以舟为室，视水为陆，浮生江海者，疍也。”由于常年漂泊海上，他们又被称为“海上的吉卜赛人”。

在海上寂寞的日子里，他们在海上以叫喊来传递信息。叫喊间常会伴有海上船歌号子，后来逐渐变成一种属于他们的特殊歌调，用来传达他们生命里的声音。以水为伴的疍家人，骨子里的风情全都来源于水，因而所唱的歌谣便如同海水一样悠然流长。这便是我们今天听到的疍家歌，在当地也被称为咸水歌。这边唱来那边和，岁月如流，疍家人的亲情、友情、爱情就在这一首首歌谣中流转。

疍家歌唱词没有限制，疍家人就这样在歌声中聊天，以歌传情，以歌声来诉说他们的喜怒哀乐。他们所唱的歌谣来源于生活，他们所唱的唱词都是歌者信手拈来，因而口语化、生活化也是疍家歌的一个显著特点。其中有一首修船歌是这样唱的：

烂船港湾几年沉，个只好板修成新。
如今驶船出远海，可记谁是修船人？

简简单单的歌，但生活的沉甸甸就这样在歌声中被缓缓地唱了出来。

2010年，咸水歌和疍家婚礼同时被列入防城港市市级非物质文化遗产名录。而由疍家歌唱出来的婚嫁，更是集中体现了疍家人的一整套风俗习惯。在疍家婚礼中，疍家祖先以船代轿、以唱抒怀，如果说陆地上的民族婚俗讲究一个“礼”字，那疍家婚俗还兼有一个“唱”字，这无疑是它们的古老传统“婚时以蛮歌相迎”的遗韵。

我还记得那是2022年的一个夏夜，有幸在企沙华侨村委的邀请下，随着当地的渔民乘着小艇上了疍家婚船，得以亲历了这场喜庆。那一夜，海风轻柔，明月初升，渔港内停满了大大小小的渔船，船上灯火星星点点，宛若一片海上星宿图。其中有一处灯火最为辉煌、耀眼，那里便是将要举行婚礼的水上人家。从小艇到婚船需要沿一道舷梯上船，这舷梯为了在船上不占太多的地方，做得小而窄，几乎以70°斜角横架在渔船与小艇之间。为了上船，像我这般不常在船上行走的人不得不经历一番心惊胆战。那一刻，我由衷佩服那些在舷梯上行走如飞的人家。然而，上得船来却是另一番光景。

船上花团锦簇，渔灯与鲜红的灯笼交织在一起，显得富贵堂皇。船舱门上端端正正地贴着大红的喜字，船中央铺着一张红色餐布，甲板中间摆满各种水果、喜糖，统称为喜果。鸡、鸭、鱼，还有螃蟹、海螺等各种各样你所能想到的海鲜产品，皆用大托盘沿着喜果围了一圈又一圈，摆不下的，再重重叠叠地如同垒小山似的叠起来。所有的人都是席地而坐，疍家没有在船上安放桌椅的习惯，因为渔船终日在海上飘摇，桌椅放着反而容易摔倒。

在这里，你所能看到的每一张脸都洋溢着欢笑与幸福。幸福与快乐有时候其实是很简单的，你可以快乐着别人的快乐，幸福着别人的幸福。在欢声笑语中，新郎带着自己的伙伴们去接新娘了。趁此空闲的机会我跟船主聊了起来，在他的讲述下，我对疍家婚礼才算是有了一个比较全面的了解。疍家婚礼按古代制习会有十二个流程，分别是送日子单、搭棚、抽礼、采花、坐夜盒、叹家姐、拜饭、接亲、男女方脱契、上红、拜堂、摆酒，一套仪式流程走下来，要历经三天三夜。

新娘出嫁前一天，在自家船上摆上歌堂，亲友轮番歌唱，歌词内容随手拈来，如：

哥：钱财尽散实艰难，有情酒斟无情杯。
　　饮过此酒何时回，四海江湖在此杯。
妹：临行不舍郎腰背，去舍难分别难回。
　　相思树下相思子，与郎分别寄相思。

这一夜他们可以唱一个通宵，谓之“坐夜”，往往在这一夜的陪唱当中，也会唱出很多新的姻缘。等到新郎、新娘再次出现时已经到了拜堂、摆酒的环节了。此时新娘头上的髻围半遮半掩地挡住脸，只留那娇怯在珠帘里若隐若现。髻围形似一顶帽子，与汉族的新娘盖头的作用一致，主要由色彩鲜艳的布料和各种充满喜庆色彩的珠子串联拼接而成。此时，新娘随嫁而来的物品已在船上摆开，成双成对的活鸡活鹅、猪肉、鱼肉、苹果、喜酒、喜饼、喜糖、红枣、橄榄等寓意吉祥的礼品，满满当当地摆满整个甲板。

然而，让我更感兴趣的是两位新人身上的服饰。疍家服饰以蓝色为基调，据说蓝色是源自蓝天和大海的馈赠。裁剪则与过去的唐装相似，为阔大袖口、宽短裤脚的黑布斜襟样式。新娘的服饰上用彩色丝线绣着太阳、海浪、花朵、蝴蝶等图案，这也是疍家千百年延续下来的图腾，他们崇拜太阳，敬畏自然。新娘嫁衣是大红的喜色，新郎依然以深蓝色为主，令人感到诧异是他们身上那金光闪耀的金饰，用光彩夺目来形容也毫不夸张。

新郎、新娘脖子上戴着的金项链不下数十条，长命锁、金凤凰、金牡丹……有些吉祥瑞兽我更是连名字都叫不出来。手腕上戴满金手镯、金手链，戴不上了，伴娘就用绳子直接穿起来挂到新娘的脖子上。手指上都套满了金戒指，耳朵吊着的金耳环是一串一串的。这一身金光闪烁，着实让人叹为观止。然而，在这金光闪耀之下却是苦难生活的缩影。由于长年生活在海上，印刷的钱币在船上极难保存，一阵暴雨或是一阵海浪都足以让整条小船湿透，船里船外再难看见干燥的地方，钱币也会随水而化。若用银币，上一回上岸得到的银钱，下一回赶集那钱便不是原来的钱了。经过漫长的岁月，他们发现只有黄金一直保持着流通，并且还能做成好看的饰品。于是，这种闲时为饰品、急时为盘缠的东西就这样在疍家人之间传承起来。在他们眼里任何形式的财物都比不过黄金，这也形成了疍家人贺礼送黄金首饰的习惯，而他们只要赚到钱，大多也会换成黄金。

疍家水上歌谣传唱最辉煌的时期是 20 世纪 50 年代。当时航运交通繁忙，水产捕捞行业兴旺，疍家队伍浩浩荡荡，唱起歌来人多势众，歌声就如排山倒海。他们就是这样唱出了疍家人对新人的教导与祝福，他们就这样唱出了一代又一代疍家人的喜怒哀乐。其实，对于疍家人，自小我便有着另一种情感，因为我的外婆就是他们当中的一员，在我的身上同样流淌着他们的血脉……

现如今，这独特的海上生活形式渐渐远去，不少疍家人放弃了水上生活，已经上岸谋生了，生产生活越来越与城镇同化。在文化潜移和文化整合的作用下，疍家歌也在慢慢消失。这千古传承的歌谣如今已日渐消逝，偶尔能听到的只是老人们的片词半曲。听着这些渐渐远去的声音，带着几许苍凉、几许无奈……

庆幸的是，近年来越来越多的人开始关注、了解这一块古老的文化，通过收集、改编、整理再创作，让疍家文化通过另一种舞台形式来呈现，让濒临消失的民俗文化以另一种方式得到了传承。

紫灵 / WRITER

本名凌立英，广西防城港人，中国作协会员、防城港市作协副主席。代表作有中篇小说《水妖》《蛊毒》《青藤之上，爱已远走》等，出版有《紫灵中篇小说集》、长篇小说《迷失的图腾》。长篇小说《铜鼓秘语》获2023年泛北部湾网络文学大赛一等奖。

京族“活字典”

苏世成

2024年7月14日，农历六月初九，东兴市沥尾村的哈亭前张灯结彩，国旗飘扬，锣鼓喧天，热闹非凡。一年一度的沥尾村京族哈节正式拉开帷幕。

越南茶古村今年也组成代表团来参加沥尾村的哈节，按照惯例，接待越南客人的任务又落到了84岁的苏维芳身上。这一天的苏维芳成了忙人、名人，既要接待客人，又要接受媒体记者的采访，还接待专家、大学生的访问，有点招架不住。

想了解中国京族的文化，到了东兴的京族地区，不找苏维芳聊聊，等于白来。这是包括越南在内的中国京族文化研究专家的一致看法，这也充分说明苏维芳是目前中国京族文化的“活字典”。

苏维芳是何许人也，京族有什么样的文化？这都源于苏维芳退休后把京族文化救活、点亮、照耀，下面一一分解。

一

京族三岛位于中国大陆与海洋交接的最西南端，与越南隔海相望，是祖国几万里美丽海疆的一部分，是镶嵌在祖国南疆的明珠。京族是我国56个民族之一，主要聚居于广西东兴市，是我国唯一的海洋民族，与大海相依为命。

2000年的一天，苏维芳无意中看到《广西日报》一篇题为《救救京族字喃，留住京族文化》的报道，对他触动非常大。经他调研，京族三岛在2000

年前后，真正懂得喃字的人只有 7 人，且年龄都在 80 岁以上，再不行动起来就晚了！

13 世纪末，越南在使用汉字的基础上，以汉字为素材，运用形声、会意、假借等造字方式创造了表达越南语言的文字，应用于京族经书、传统叙事歌等的记录。懂喃字首先要懂汉字，而 1949 年前，京族人能上学读书识字的人很少，只有村里的道公，他们经常读经书才能熟练掌握喃字。

苏维芳年轻时是村里的宣传队长，为了导演一台京族戏而向当道公的外祖父阮其福学习喃字，并熟练掌握了喃字的用法。在 20 世纪 90 年代后期，苏维芳成为广西古籍委员会的成员，是喃字专家。“现在年轻人不学习喃字，要是再不抢救，喃字恐怕就要失传了，京族的传统文化也将随之流失！”于是苏维芳萌生了抢救喃字、抢救京族传统文化的想法。

他知道，要抢救喃字，最有条件和能力的人其实就是他本人了。他懂喃字，又懂越南语，多年从事文字与管理工作，有文字功底和组织协调能力。他和老伴都有退休金做生活保障，孩子们也都已成家立业，无任何后顾之忧。况且自己是生于斯长于斯的地道京岛人，太了解京族三岛的情况了。环视广西甚至全国，估计再也找不出这样的合适人选了。如果自己不带头去抢救喃字，那就愧对老祖宗、愧对京族人民，良心更是过不去啊。

民族的自觉与自信，历史的选择与担当，在一个老共产党员的脑海中已逐渐清晰起来。别人退休是在家养花种草，漫步海滩，或周游世界，三五好友，小酌几杯，闲聊人生。苏维芳退休却是人生另一篇章刚刚启幕，他和老伴告别城市，回到家乡沥尾岛建房，扎根海岛，做起农村人。

吹着儿时吹过的海风，他看着自己当林业队长时种下的、现在已经挺拔的木麻黄树，闻着熟悉的咸腥味，与渔民为伍，枕着涛声入睡，做着传承京族文化的梦——梦真香。

二

抢救喃字，从收集京族古歌和古籍开始。先从本村做起。他白天骑着自行车，带着录音器材和笔记本，走村串户，凡是会唱京族古歌的老人，或家里藏有古籍的人家，他都不放过。

苏维芳的行动，深深感动了刚刚从广西大学中文系毕业在家待业的苏凯。苏凯也是沥尾京族人，与苏维芳的家相距很近，论辈分，苏凯应叫苏维芳为爷爷。苏凯觉得，在家待着也没事干，不如与苏维芳爷爷一起挖掘、抢救京族文化，不仅能为京族做点贡献，还能学习喃字，一举两得。对苏维芳来说，有个“实力派”的帮手，也是好事啊。

一切如冥冥之中的天意，好像是有人在安排一样，就那么的顺理成章，又是那样的缘分天定。在以后10多年的日子里，即使2003年苏凯已到东兴市区上班了，他也还是会回来，利用周末的时间与苏维芳一起搞收集整理工作。无论风雨烈日，在京族三岛和其他京族散居的乡村小巷里，经常能见到操着京语的爷孙俩的身影。他们早出晚归，带着手信，登门拜访会唱京族古歌的京族老人，哪怕只录得一首古歌，只找到一本破烂的喃字古籍，爷孙俩都如获至宝。他们常常是白天录音，晚上听录音，译出喃字，再译成汉语。

在京族三岛之间来回穿梭一次都超过30公里。比如，从沥尾岛到山心岛，要先搭公共汽车到江平街，再从江平街坐摩的去山心村。每次登门拜访或召开个小型座谈会，总不能空着手去，买点水果、糖饼之类是少不了的。

所有费用都是自掏腰包。苏维芳清楚地记得，刚退休时每月退休金为1998元，留给老伴1000元作生活费用，剩下便是自己的私房钱，基本都花在这方面了。

苏凯说，走村串户，他们经常饿着肚子，厚着脸皮，还要提防狗。农村散养的狗多，见到陌生人，总要大声狂吠。可去的次数多了，村里的狗都会摇着尾巴欢迎他们了。

其间，他们走访了包括民间歌手、宗教从业人员在内的 200 多位京族老人，收集了大量民间书籍和近 2500 首诗歌等第一手材料，并对它们逐字整理、翻译。

真是快手及时，苏维芳和苏凯拜访过的 200 多位老人，到如今在世的只有 20 多人了。民族文化的抢救真的要有人去做才行，不能“等靠要”。

三

随着收集到的材料越来越多，苏维芳年纪也越来越大，他意识到没有专项资金，单依靠自己个人的力量难以完成挖掘、整理、出版工作。因此，他考虑成立一个专门的组织机构来开展抢救喃字工作，方便筹集资金来整理出版这些民歌古籍，也方便对外文化交流。

2009 年 2 月，苏维芳向广西壮族自治区民间文艺家协会（以下简称“广西民协”）递交了成立“京族字喃文化传承研究中心”的请示。

“字喃”与“喃字”的意思是一样的，只不过“字喃”是京族人的直译或直读，为了突出京族的读法或特色，就用了“字喃”这个叫法。广西民协于 2009 年 6 月批准成立了这个机构，苏维芳任该中心主任。时任广西文联主席、著名作家、书法家潘琦亲笔为“京族字喃文化传承研究中心”题字，并于当年京族哈节亲临哈亭为该中心揭牌。目前，这个中心是中国第一个也是唯一一个专门的喃字研究中心。

有了机构，有了组织，从此这个民间文化组织在展现京族古文字文化遗产魅力，提高京族文化影响力，增强民族自豪感和自信心，促进民族文化繁荣发展和民族团结进步，铸牢中华民族共同体意识等方面都发挥了不可替代的作用。

那时，整个京族地区，包括苏维芳在内只有 8 人懂喃字，最年轻的是他本人，也超过 60 岁了。喃字随时都有断绝的可能，这样下去真不行啊。所以苏维芳一边收集、整理、翻译喃字，一边思考如何让年轻的京族人也来学习喃字，关心喃字文化。

苏维芳计划在村里开办喃字培训班，自己编写教材，亲自当老师。至于培训经费，找村里的经济能人苏明利解决。苏明利经过 10 多年的打拼，已成为村里有名望的经济能人。果然，苏明利非常爽快地答应帮助解决了资金和场地的问题，并成为第一期培训班的学员。村委会则负责组织三个岛的学员。

2003 年 5 月，第一期京族喃字培训班如期在沥尾村举办，京族三岛共有 30 多人参加，最年长的近 90 岁，最小的只有 8 岁。从 2003 年到 2024 年共举办 21 期京族喃字培训班，坚持做到每年一期，每期培训时间为一个月左右。每期苏维芳都亲自备课、上课，共培训 700 多人次。现在能熟练掌握喃字的有 100 多人，平均年龄 45 岁。

但苏维芳不满足于这种社会培训，他一直想让喃字京语走进学校，只有从娃娃抓起，才是解决喃字传承的长远之计。想法得到了东兴市教育部门和东兴京族学校的大力支持。经过几年的筹备，从 2012 年开始，京族学校喃字京语课在四年级以上班级中开设，到 2019 年时，由每周一节课增至两节课。

喃字能走进中小学课堂，尽管只是在京族三岛的学校，但已培训了数百名京族青少年，这是一个巨大的进步和成绩。

四

苏维芳顶烈日冒风雨，收集到第一手材料，回家后先听录音，一笔一字译成喃字，再译成汉语。苏凯帮着校对和输入电脑，再接着分类编写，如京族诗歌类、人物传说类、神话传说类等。

近20年来，为了京族文化的传承，苏维芳比上班族还忙，为了赶稿，甚至差点"没了命"。

2012年秋天，为了及时交付《京族传统叙事歌》给出版社，苏维芳每天写稿、校对到深夜，经常工作到凌晨两点。本来就患有高血压的他终于顶不住了。一天夜里，凌晨两点左右，他晕倒在书房里，幸亏老伴及时发现，拨打120后送到医院抢救。当时测得血压达195mmHg。20多天出院后，他继续加班赶稿，大概10天后，血压又升到近200mmHg，再次进入医院治疗。

2013年夏天，苏维芳坐着电动三轮车去村委会开会时被外地游客的车撞了，至今右脚还留有后遗症，走路蹒跚，一拐一拐的。他经常伏案写作，视力也受到影响，前两年做了白内障手术。为了京族文化，他把老命都拼出去了，身体付出了很大的代价。

老伴阮兴明看着很心痛，但又无奈，因为她知道苏维芳的性格，只承认"错误"，但坚决不改！

20年多来，他克服了高血压、白内障、车祸伤腿等身体困难，蹒跚而行却不愿闲下来，甚至一日三餐都是老伴催着才从书房出来吃。

但是对苏维芳来说，身体的伤病不算大困难，最大的困难是如何筹集经费，将那些用心血编写的书稿制做成公开发行的出版物。只有出了正规的书，才算是给后人留下了喃字，才是真正做到了对京族文化的保护、传承、传播。

苏维芳清楚地记得，在他退休前，能找得到的正规出版的京族文化类书籍不超过10本，属于京族人自己编写的几乎没有。所以他立志改变这一现象。

他说，作为一个民族，说自己如何的好，文化如何的丰富多彩，如何的深厚，却没有东西拿得出手，叫别人如何信服？迟做不如早做，别人做不如自己做，自己做更有发言权！

是的，他是这样想，更是这样做。

退休20多年，他亲自收集、挖掘、整理编写成样书的有66本，超过2000万字，其中出版的有20本，超过800万字。同时还协助相关单位出版了一批京族书籍，如《京族百年实录》《当代中国的京族》《中国少数民族大辞典·京族卷》等，他为这些书提供了大量的篇目。

说起如何筹集经费来出版这些书，苏维芳总结起来就三个字：不要脸。说得更直白些就是化缘。刚开始时，不是找这个单位要3000元，就是去那个单位求5000元，还有就是找本村本地的经济能人资助。

一个正处级退休干部，古稀之年的老人了，为了几千块钱，真的是厚着脸皮了，但不厚脸皮，能有这么多的成果吗？

后来，随着苏维芳的成果越来越多，尤其是京族字喃文化传承研究中心成立后，喃字文化的研究工作引起了各级领导及专家学者的关注。

苏维芳也利用上级领导来看望慰问的机会，顺势现场打报告要经费出书。如《京族传统叙事歌集》《京族史歌集》等6本大部头书的出版，就是利用时任自治区党委常委、宣传部部长沈北海2014年到东兴市调研时争取到的机会。

五

除了想方设法编写出版更多的京族文化书籍，让更多的人了解研究京族和宣传京族，苏维芳还热心做好民族文化交流工作。2002 年至今，除疫情几年外，他每年都组织人员去越南参加越南茶古、万宁等地的哈节活动。

哈节是京族特有的传统民族节日，又称唱哈节。“哈”是京语，是唱歌的意思，“唱哈”即唱歌。节日源于纪念为京族三岛人民除害的镇海大王。哈节一般持续 7 天，整个流程分为迎神、祭神、坐蒙和送神 4 个部分。从开始到结束，每天都有穿着节日盛装的哈哥哈妹弹着独弦琴，载歌载舞。京族也是歌舞的民族。

每逢哈节，都是苏维芳最忙碌的时候，接待越南客人就成了他的主要任务。他向越南的客人介绍中国改革开放的成就，讲解中华文化。

20 多年来，苏维芳热情接待来自国内和越南各种民间文化交流团队及旅游参观团队共 150 多批，达 5000 多人次。还有来自国内的高校师生和新闻媒体，因为次数太多，他都记不清有多少人次了。

尽管年纪大了，但只要有客人到来，他都热情接待，赠送自己编写的书籍，耐心解说。他用自己的方式讲好了防城港和中国的故事，讲好了京族文化和中华文化的故事，成了新时代京族文化权威的宣传员、传播者。

京族字喃文化传承研究中心是民间组织，从来没有过财政经费预算。虽没有固定的资金来源，但靠着一股拼劲，一股激情，不但感动了京族人民，也感动了各级领导，每年中心确定的工作任务基本都能完成。

中心不断与时俱进，不单单只做喃字的传承工作，凡是与京族文化有关的工作，中心都积极参与并主动谋划。如积极协助申报各级非遗名录，截至 2024 年 9 月，成功申报非遗项目 25 项，其中国家级 2 项，自治区级 6 项。这两年的工作重点还与乡村振兴相结合，在京族三岛建立和培育“京家文化院”，以文化来振兴京族乡村；建立独弦琴等京族文化工艺制作坊，建立京族文化数据库等。

退休20多年，苏维芳在京族文化挖掘、整理和传承方面取得了巨大的成就，个人也获得了一系列的荣誉，先后荣获广西和全国民族团结进步先进模范个人，两次荣获广西离退休干部先进个人，荣获全区少数民族古籍工作先进个人，确是实至名归。

习近平总书记指出，各民族优秀传统文化都是中华文化的组成部分，中华文化是主干，各民族文化是枝叶，根深干壮才能枝繁叶茂。

如果中华文化是大海，京族文化就是大海中的一朵美丽浪花。

面对成绩与荣誉，苏维芳动情地说，我有着55年的党龄，一直坚守着一个共产党员的初心与使命，为了让生命不留下遗憾，也让自己活得更有意义，只是做了自己应该做的事情。看到京族文化蓬勃发展，开花结果，后继有人，我就心满意足了。

苏世成 / WRITER

京族，现任防城港市文联党组成员、副主席，《边海文学》主编。所作诗歌、散文和报告文学曾在《防城港日报》《边海文学》发表。

天歌壮家情

林丽华

在我很小的时候，父亲喜欢在闲暇时拿出他心爱的鼎叮，坐在院子里的龙眼树下，悠然地自弹自唱。那陶醉的样子，我现在回想起来，仍记忆犹新，恍如昨日。

父亲喜欢文艺。年轻的时候，他经常带着他的文艺宣传队到各地去演出。而我从小耳濡目染，潜移默化中也成了一个小小的文艺爱好者。每当父亲弹鼎叮唱歌的时候，我就拿来我的小板凳，在父亲身边安安静静地坐着，托着下巴，一脸享受地听他弹唱。虽然我听不懂他唱什么，但是鼎叮悦耳圆润的声音和父亲唱出来的舒缓旋律，让我喜欢而且着迷。

有时，父亲忙完一天的工作已经很累了，但是晚上还是会跟几个喜欢唱“天歌”的朋友一起围坐在饭桌旁，在一盏昏黄的小油灯下，改编、创作天歌。他们在讨论、修改、弹唱的时候，我就是他们的第一个听众和观众。日子久了，我听着听着也会哼几句。

鼎叮又叫天琴，是壮族的传统乐器，流行于中越边境的龙州、宁明、防城区的峒中镇。

鼎叮的由来有一个美丽而又温暖的传说。很久以前，当地有一对青年男女，一起到山上砍柴。他们来到一个山涧中，听到了泉水叮咚的声音，觉得非常的悦耳动听。于是，他们决定做一把琴，把这种美妙的声音留住，并带回村子里，让乡亲们也能享受到优美的乐音。

他们用葫芦做琴筒，用木条做琴杆，用藤条做琴弦，制作出了一个有着独特音质的二弦琴，通过弹拨琴弦使之发出动听的声音。由于弹拨时清脆的叮叮声，人们给它取了一个很形象的名字——鼎叮。

在古时，鼎叮弹唱是天婆（巫婆）为人禳灾治病时所用。天婆身穿黑色长裙，头戴珠绒帽，手持鼎叮边弹边唱边舞。天婆的鼎叮被看作天上神物，平时是不准动的，要用时也得先沐浴敬香之后，才能取下来弹奏。

后来，这种巫术性质的弹琴歌舞演变为群众性的娱乐活动，但仍称唱天、弹天、跳天。所使用的乐器鼎叮便被称作天琴。由一人独唱、一人伴奏或一人自弹自唱的称作“独天”，两人以上弹琴对唱的称作“对天”。天琴伴歌时，歌声和琴声的节奏、节拍、速度等都不相同，千变万化，但又结合得非常融洽。“跳天”是天琴演奏者边弹琴，边唱歌跳舞的综合性表演形式，多为群众性的娱乐活动，常常在欢庆节日、庆祝丰收或婚娶喜庆时进行，人数众多，场面浩大，个个情绪激动，人人欢畅快乐。

演奏天琴时可以坐着也可以站着。坐着弹奏时，给人一种温情叙事的感觉，好像在静静地把生活里一些感人的事，还有人与人之间一些温暖的情娓娓道来，让听的人很自然地进入天琴叙述的故事里，与之产生共鸣。站着演奏时，又可以灵动奔放，带着欢快的节奏，使人沉浸在热烈的气氛中，甚至会不由自主地跟着哼唱应和，翩翩起舞。

据峒中镇的天琴老艺人说，峒中天琴流传了四代，已有 200 多年历史。

每年“三月三”是壮族人民的歌节，在防城区垌中镇那丽村组织的盛大的庆祝活动中，不仅当地民众兴高采烈地参加，历史上同属一个支系的上思县、宁明县民众以及越南广宁省平寮县的民众也前来助兴。

过去，“三月三”节庆里最幸福的是男女青年，他们在对歌中寻觅良人，他们用歌声互问名姓、身世，并向对方问候、祝贺，相互考察才能，表达爱慕之情，两人分别时也要用歌声互勉、相送。当对歌达到高潮时，青年男女便拿起天琴边弹边唱边舞，尽情欢乐。天琴既是歌唱的伴奏乐器，又是舞蹈的道具。这种活动有时要持续几天几夜。节日中播下的爱情和友谊的种子，日后会开出朵朵幸福的花。

现在，时代进步了，青年男女不再需要用天琴弹唱来表达爱慕、寻觅伴侣了，更多的是用天琴天歌来歌唱太平盛世的美好生活。人们给天琴赋予了更深远的含义，让天琴的传承和发展变得更有意义。

现代人用天歌的曲调，写出咏唱青年男女爱情，歌唱邻里和睦相处、互相帮助的唱词，使天歌从原来“祭神”的曲子，发展成了具有浓厚民族文化特色，又具有娱乐性的歌谣。

2018 年，峒中镇那丽村成立了“防城壮族天琴艺术及砧板陀螺示范基地”，天琴作为峒中镇民族民俗文化的一部分，得到了很好的保护和传承。

2019 年年初，峒中镇江口村组织了一个 10 人天琴表演队，她们白天工作，晚上排练，创作出很多歌颂社会主义、歌唱党和祖国繁荣昌盛的天歌。特别是疫情期间，他们把全国上下众志成城、一致抗疫的豪情写进天歌里，满怀激情地歌唱。据江口村监委主任、原天琴表演队队长韦琼良介绍，2020 年“三月三”，她们受邀到白浪滩庆祝活动上表演，得到了观众的一致好评。2021 年的儿童节，天琴表演队去到防城港市防城区第二小学为孩子们表演，为节日助阵，受到了孩子们的喜欢。

几年来，天琴表演队一直活跃在乡村舞台上，她们利用晚上的闲暇时间进行排练，一点儿都不耽误白天的工作。在脱贫攻坚、乡村振兴的征途上，她们用独特的方式，为乡村文化振兴增添了一道亮丽的风景线。

天琴作为独特的乐器，已被载入《中国乐器图鉴》大型画册中。在北京中国艺术研究院音乐研究所的中国乐器博物馆里，珍藏着一把来自壮族民间的天琴。这是壮族天琴艺术作为中华民族艺术的一部分所得到的至高荣誉，代表了它所做出的贡献。

2024年2月9日，大年三十晚上，广西壮族的天琴弹唱登上了中央电视台春节联欢晚会的舞台，一曲欢快的《山歌好比春江水》将观众带入了广西秀美的山水之间，展示了广西民族文化独特的艺术魅力，展现了广西丰富的民族文化底蕴。

鼎叮弹唱犹在耳，天琴拨动幸福来。

林丽华 / WRITER

壮族，广西防城港人，退休教师。中华诗词学会会员，广西诗词学会会员，防城港市诗词学会会员，防城港市散曲学社社员，防城港市作家协会会员。有诗词作品发表于各类诗刊，散文作品散见于各报刊。

在氤氲的艾香里

陆飞伶

夏至如约而至，时光里充满了艾草的气息。端午带着苍翠，在馥郁而绵长的艾香里款款地走来。艾草，一种古老悠久的草本植物，草根芸芸，看似弱草无力，实则生命力极其顽强。很多人家的院子、菜园里都长着大片的艾草。微风拂过，艾草随风摇曳，艾香弥漫在房前屋后。

在十万大山人眼中，艾草是端午节的主角之一。我记得小时候每到端午节，我们大院里的孩子们喜欢用本地方言边唱边跳："五月五，是端午。门插艾，香满堂……"端午前夕，爷爷总会舍近求远地到山里采一大捆野生艾草回来。艾草采摘回来后，爷爷坐在院子里一株一株地除去杂质，再仔细地选几株粗壮鲜嫩的扎成一束，挂在老屋大门的两侧。我手捧着野生艾草看了又看，好奇地问："爷爷，院子里、菜园里多的是艾草，你为什么跑到那么远的地方去摘呢？"爷爷憨憨地笑着说："十万大山里的野生艾草充分吸收了天地精华，最能防虫驱蚊、驱灾辟邪。别看这些艾草长得很普通，但用处可大了。"爷爷说，小孩若因积食而引发肚子胀，找几片阴干的艾草叶片，捣碎、喂服，不到 1 小时，肚子就不胀也不痛了。提起野生艾草，寡言少语的爷爷总有说不完的话，他已然将野生艾草当成了仙草，并当作祈愿生活美满和平安的载体了。

"在端午前后，用艾草、桃叶、桑叶、七色花等煮水，在午时给孩子泡澡，洗过后，孩子整个夏天都不会长痱子了，健健康康。"挂完艾草，爷爷喃喃地说着。随后他便到后院折来一些桃叶、桑叶、七色花，清洗干净后，与野生艾草一起放入大锅里，加水用旺火熬煮。煮好后，大锅里的水呈黄褐色，散发着浓烈的草药香。说来也奇怪，这水仿佛有一种神奇的力量，用它洗完澡，顿时觉得全身分外舒爽惬意，身上还带着淡淡的清香，当天蚊虫真的不来叮咬了。在童年的记忆里，夏日大院里有一种小小的蚊子，这种蚊子特别小，飞来飞去，全无声息，专在白天出来叮人。尽管我和堂兄弟姐妹们手脚不时抖动，可手臂、小腿上仍到处是它们留下的"吻痕"，且奇痒无比。我们忍不住用力挠，抓破了皮肤，疼得"哇哇"直叫。爷爷见状，便会给我们结艾草绳。他把前年风干的艾草和旧布条缠在一起，编成麻花一样的艾草绳，再点燃艾草绳，那冒出来的烟散发出一种独特的香味，能把小蚊子驱赶得远远的。艾草绳凝聚了爷爷对我们默默的爱。

剩下的艾草，爷爷会把它们摊开在院子里晾干，再捋下艾叶存放进陶罐里。在医药稀缺的那些年，同一个大院里的阿公阿婆腰腿疼痛时总会来找爷爷帮忙。爷爷会取出端午前后晒干的野生艾叶，抓上一小把置于手心，双手反复揉搓，搓成一小条。点燃后便用手捏着艾条转圈圈，艾条越烧越旺，吹一口气，一缕轻烟袅袅上升时便放在患者的疼痛部位，在灼热的疼痛感刺激下，患者发出一连串低沉的叫声。这种治疗方法就是艾灸。艾灸在西周以前就有了，《孟子·离娄上》中有记载，"今之欲王者，犹七年之病求三年之艾也。苟为不蓄，终身不得"。唐朝有专门的灸师群体，到宋朝时，艾灸技术已相当成熟。记得曾在网上看到一幅宋朝风俗画的代表作品《艾灸图》，描绘的就是乡村艾灸的场面。可见那时寻常百姓家对艾草的认知和应用很普遍。我翻阅《本草纲目》时看有记载，艾以叶入药，性温、味苦、纯阳之性，通十二经，具回阳、理气血、逐湿寒、止血安胎等功效。在漫长岁月中，小小的艾草给予了我们的祖先庇护和自信。而现在，无论是医学还是饮食，都把艾草的功效发挥得淋漓尽致。

药食同源，古人早在几千年前就以鲜艾制作食品。农历五月的艾草既壮实又鲜嫩，很多地方都会用其叶做各种糕点。端午，爷爷除了包灰水粽，还会做艾叶糍粑。而艾叶糍粑是我父亲常念叨的美食之一。父亲说:“你爷爷做的艾叶糍粑，我总吃不腻。”随我在异乡生活的父亲，若能尝到故乡的美食，就觉得是一种享受、一种满足。爷爷做的艾叶糍粑不仅满足了父亲的味蕾，更重要的是艾叶糍粑的馨香跨越十万大山的山山水水，把亲人之间的爱紧紧连在了一起。

“艾”同“爱”谐音，艾草在故乡亦称“爱草”，这个温暖的名字延续着古老的习俗，让我常常在氤氲的艾香里回味故乡的端午时光。

陆飞伶 / WRITER

笔名阿伶，壮族，广西上思人，现为《防城港日报》副刊编辑，中国林业生态作家协会会员，广西作家协会会员。与他人合著出版有诗集《我在十万大山等你》、散文集《十万大山一个离心最近的地方》。作品散见于《广西少年报》《青少年文学》《防城港日报》《北海日报》等报刊。